BERNHARD SETZWEIN

EIN SELTSAMES LAND

Bernhard Setzwein

Ein seltsames Land

Roman

edition lichtung

1. Auflage 2007

94234 Viechtach   Postackerweg 10
E-Mail: lichtung-verlag@t-online.de
www.lichtung-verlag.de

Umschlagfoto: Herbert Pöhnl
Satz und Gestaltung: Hubert Ettl
Herstellung: Friedrich Pustet KG Regensburg
ISBN 978-3-929517-45-3

»Wir ahnen endlose Gebiete,
dann blitzt es oft auf, als läge hinter denen
erst noch recht ein seltsames Land.«

Adalbert Stifter

I.

Gegen den Herbst
kommt eine freiere Zeit

1

Mit einem Mal schien die Sonne, weil sie nach viereinhalb Milliarden Jahren keine Lust mehr hatte, ihr Licht immer nur auf nichts Neues zu werfen, mitten in Lobers Gesicht. Der war eben aus einem kleinen Wäldchen, durch das die Straße führte, in flotter Fahrt herausgekommen, als ihn ihr Strahl genau ins Auge traf. Er klappte die Sonnenblende herunter, sichtlich vergnügt. Denn der Tag war herrlich, und hatte nicht soeben der über allem wachende Himmelskörper höchstpersönlich auf ihn gezeigt, so als wolle er ihn mit seinem Sonnenstrahl anstupsen und sagen, »du … ja, du! … dich meine ich«.

Warum jetzt gerade er gemeint sein sollte, war Lober zwar noch nicht ganz klar, aber daß irgend etwas mit ihm geschah, das spürte er. Er hatte das seltsamerweise nicht einmal beunruhigende Gefühl, er stehe unter Beobachtung. Sogar die Stimme aus dem Autolautsprecher schien ihn direkt ansprechen zu wollen. Sie kam von einer Hör-CD, die Lober gerade eingelegt hatte, und sie ließ durchblicken: Ich kenne dich, ich weiß, wer du bist und wo du dich gerade aufhältst, zwischen Thyrnau und Oberdiendorf nämlich, in deinem Außendienstwagen, denn du bist unterwegs nach Hauzenberg, wo du deine Tour beginnen wirst, deine Vertretertour von Haustür zu Haustür, mit dem Musterkoffer in der Hand, »Grüß Gott, ich komme von der Firma Nachschaff«. Aufgebrochen bist du in Passau, heute früh, und jetzt paß auf, was ich dir erzähle, du bist nämlich nicht alleine unterwegs, da gab es schon mal einen, der nahm genau denselben Weg wie du, vielleicht etwas langsamer, es kommt nämlich beim Unterwegssein auf die Langsamkeit an, langsam unterwegs sein, das ist die Kunst, er hatte aber auch nur ein Pferd, der andere, du aber einen Wagen, die Farbe des Fells allerdings von diesem Pferd, paß auf, ist *wie der frische Bruch eines Eisenstückes*, also grauglänzend, metallic sozusagen, genau wie dein Pkw, metallicgrau, aber das nur nebenbei, was wirklich wichtig ist, kommt jetzt, hör zu: *Der Tag war heiter, und die Sonne schien warm hernieder.* Lober klappte die Sonnenblende wieder hoch, denn die Einfallsrichtung hatte sich nach einer langgezogenen Rechtskurve geändert, das Sonnenlicht blendete ihn jetzt nicht mehr, sondern schien ihm warm aufs Ohr. *Das Pferd ging durch die Schlucht in langsamem Schritte.* Man könnt' einen Gang herunterschalten, dachte Lober, ging es doch mit einem Mal steil bergab ... ja, genau, wie in eine Schlucht hinein. *Als es über sie hinausgekommen war, ging es wohl schneller, aber nur im Tritte.* Na gut, wenn du meinst, wieder vierter Gang. *Es ging einen langen Berg hinan, dann eben, dann einen Berg hinab, eine Lehne empor, eine Lehne hinunter, ein Wäldchen hinein, ein Wäldchen hinaus, bis es beinahe Mittag geworden war. In dieser Zeit langte der Reiter unter einigen hölzernen Häusern an, die den Namen des Hauzenberges führten.* Eigentlich müßte jetzt gleich das Ortsschild kommen. Hölzern allerdings sind sie schon lange nicht mehr, die Häuser! *Sie lagen in Unordnung zerstreut, und der Grund, auf dem sie standen, war ungleich.* Klar, ist ja hügelig, dieses Wäldermeer, als sei eine Herde Buckelwale gestrandet. Und unordentlich verstreut ist auch nicht so verkehrt, wenn man schaut: hier ein Neubauviertel, dort das übliche Gewerbegebiet mit den Baumärkten, den Discountern. *Es war hier schon kühler als an der Donau.* Exakt! Der Typ, wer immer das gewesen sein mochte, der das geschrieben hatte, der kannte sich aus. Lober sah auf die Temperaturanzeige im Armaturenbrett: Unten in Passau, als er im Hotel *Wilder Mann* ausgecheckt hatte und losgefahren war, um neun, waren es schon

18 Grad gewesen, es würde ein herrlicher Spätsommertag werden, auch wenn es hier heroben lediglich 15,5 Grad waren. *Da in Passau viele Obstbäume standen, ragte hier nur der Waldkirschbaum empor, er stand vereinzelt, und stand in einer Gestalt, die in manchen Teilen zerstückt war, und bewies, daß viele harte Stürme in den Wintern an ihm vorübergegangen waren.* Lober hatte eben das Ortsschild passiert und steuerte Richtung Neubaugebiet. *In sehr schöner Bildung dagegen stand die Eberesche umher, sie stand bei vielen Häusern, und mischte das Grün ihres Laubes und das beginnende Rot ihrer Trauben zu dem Grau der Dächer.* Auch das … stimmt genau. Seltsam! Als ob es heut' geschrieben worden wäre. Dabei war doch eben noch die Rede gewesen von 1138, irgendwas von einem Markgrafen, Luitpold oder Heinrich dem Spendablen. Ebereschen, die haben sie hier alle stehen in den Vorgärten. Und Thujen natürlich, Zwerg-Blautannen und Thujen. Nur einen Waldkirschbaum, den hatte er nicht gesehen. Beziehungsweise er wußte überhaupt gar nicht, wie so einer aussah. Man müßte mal genauer aufpassen, dachte Lober. Und: Was man alles nicht kennt in der Natur. (Er war halt doch eine Großstadtpflanze …)
Gleich würde er da sein. In der Rotfinkenstraße fing er für gewöhnlich an mit seiner Tour. Aber wer war das eigentlich, der da aus dem Lautsprecher mit ihm sprach? Das hätte er jetzt schon noch gerne gewußt. Er nahm die CD-Hülle, die neben ihm auf dem Beifahrersitz lag. Hatte ihm seine Franzka zugesteckt. Die steckte ihm ständig etwas zu. Für sie waren's wahrscheinlich Liebesbeweise, für Lober wortlose Drohungen. *Daß du auch ja an mich denkst.* Er tat doch sowieso nichts anderes. Wie oft auf seinen langen Autofahrten wälzte er das Franzkaproblem. Sollte er ihrem monatelangen Drängen nachgeben und mit ihr zusammenziehen oder doch lieber weiterhin – fadenscheinig, höchst fadenscheinig, wie er selbst wußte – auf sein Außendienstmitarbeiterschick-

sal pochen und ins Feld führen, daß er doch sowieso die meiste Zeit außer Haus sei? »Das lohnt sich ja faktisch fast gar nicht«, hatte er erst neulich, von ihren Vorwürfen in eine ziemlich aussichtslose Enge getrieben, gesagt, und das war natürlich das Dümmste, was er hatte tun können. Denn jetzt war er erst recht auf die Anklagebank gesetzt. Wie man denn nur in einer solchen das ganze weitere Lebensglück betreffenden Frage – Zusammenziehen oder nicht –, wie man da überhaupt das Wort *faktisch* in den Mund nehmen und, beinahe noch schlimmer, von einer Kosten-Nutzen-Rechnung reden könne, denn das meine ja wohl sein *das lohnt sich nicht.* Jedenfalls endete es mit jener Lober mittlerweile nur allzu vertrauten Situation, daß er schweigend in der einen Sofaecke saß und sie stumm und tonlos heulend in der anderen, ja, seine Franzka konnte das: tonlos heulen und schluchzen, weil sie dann immer beide Hände zu Fäusten ballte und vor ihren Mund preßte. Er kannte kein herzzerreißenderes Bild. Alles, was ihm dann einfiel, war, klein beizugeben und zu sagen, er werde sich die Sache noch einmal überlegen. Und damit er dieses Überlegen nicht wieder vergaß, sobald er die Stadt verließ und in Richtung seines Bayerischen Waldes unterwegs war – Franzka sagte immer, »du und dein Bayerischer Wald« –, steckte sie ihm diese kleinen Erinnerungshilfen zu. Das konnten ganz unverfängliche Dinge sein, die an sich gar nichts mit der Zusammenziehfrage zu tun hatten, zum Beispiel ein neuer Schlüsselanhänger für ihn … obwohl: über Schlüssel, Haus, Wohnungstüre ließe sich vielleicht doch eine fatale Assoziationskette herstellen.
Wichtig war nur, daß die Sache zusteckbar war. Also ungefähr sakkotaschengroß. Taschenbücher und Hör-CDs eigneten sich deshalb ganz hervorragend. Außerdem sorgten sie gleich noch für eine zweite Sache, die Franzka ebenfalls nicht ganz unwichtig sein konnte. Taschenbücher und Hör-CDs

würden vielleicht helfen, Lober etwas mehr zu domestizieren. Ihn häuslicher zu machen. Denn was half eine gemeinsame Wohnung, zu der sie ihn vielleicht doch noch würde überreden können, wenn der Kerl nicht gleichzeitig häuslicher wurde? Wer dagegen schon mal Bücher hat, je mehr desto besser, der tut sich schwer mit dem Herumzigeunern. Bücher sind in einer gewissen Weise so etwas wie ein Klotz am Bein. Und deshalb steckte sie ihm häufig etwas zum Lesen zu. Auch für die langen Abende in den Gasthöfen. Er behauptete ja, außer dem Herumsitzen in den Wirtsstuben seiner Übernachtungsquartiere inmitten dieser immer etwas wunderlichen Waldler gebe es nichts, womit man sich amüsieren könne in den Gegenden, die er bei seiner Bayerwaldtour durchreisen müsse. Bei der Tour durch den Vorwald sei es schon wieder ganz anders. Er sage nur Deggendorf und vor allem Straubing. Aber hinten im Wald! »Ein Nachtleben in dem Sinn findest du da ja nicht«, sagte er oft zu ihr, und sie dann darauf: »Jaja, ich weiß schon, die gehen noch mit den Hühnern ins Bett.« Sie glaubte ihm nämlich kein Wort. Jedenfalls: Für sein bemitleidenswertes Leben, »kein Heim, immer nur Gasthöfe«, sagte sie spöttisch, steckte sie ihm gern etwas zum Lesen zu. Weil sich aber herausstellte, daß er die Bücher nicht einmal ansah, war sie in letzter Zeit mehr auf Hörbücher umgestiegen, »das ist schon gelesen«, sagte sie, »von der Elsner … oder der Berben, die magst du doch, das brauchst du gar nicht mehr selber lesen, nur zuhören, zum Beispiel beim Autofahren«. Was ließ sich dagegen noch vorbringen als Ausrede?
Jedesmal, wenn es ans Aufbrechen ging, also dasselbe: Er schon in der Tür, links den Übergangsmantel über dem Arm (im Bayerwald war mit einem Wetterumschlag jederzeit zu rechnen), rechts den Musterkoffer in der Hand, mit anderen Worten: wehrlos, gelähmt, ohne die geringste Möglichkeit, sich zu sträuben, steckte sie ihm noch schnell etwas in die

Sakkoaußentasche. Neuerdings bevorzugte sie Elaborate gewisser Esoterik-Gurus, mit Titeln wie *Auf Wanderschaft* oder *Der Weg ist das Ziel* oder auch *Unterwegs zum Selbst* ... »Das muß dir doch gefallen«, sagte sie, während sie die von ihr gefüllte Sakkotasche noch einmal tätschelte, »wo du auch immer unterwegs bist.« Ob sie ihm damit sagen wollte, er solle jetzt endlich mal zu seinem Selbst kommen, und wenn er dann dort angekommen wäre, würde vielleicht ein alter lebensweiser Onkel auf ihn warten, dort in dem Selbst, und mit besänftigender Stimme sagen: »Jetzt gib dir schon einen Ruck und mach es ... zieh zusammen mit ihr!«
So etwas oder ähnliches hatte er auch diesmal wieder erwartet, als er, schon im Auto sitzend, in der Tasche seines Sakkos herumgefingert und diese CD mit einer Luftbildaufnahme des Bayerischen Waldes auf dem Booklet herausgezogen hatte. »Für meinen mutigen Waldfahrer«, hatte ihm Franzka ins Ohr geflüstert ... sie, die Großstädterin, zog ihn öfter damit auf, wie wagemutig es doch sei, wenn er wieder zu einer Fahrt in den Bayerwald aufbrach.
Wahrscheinlich wieder irgendso ein esoterischer Quatsch, hatte Lober gedacht, diesmal vielleicht Nachrichten von keltischen Kraftorten, unterlegt mit Didgeridoo-Sound. Und trotzdem: Er hatte seine Lieblingsscheibe aus dem Player geholt, Tom Petty & The Heartbreakers, die beinahe pausenlos während seiner Fahrten lief, *it's all right if you love me / it's all right if you don't / I'm not afraid of you runnin' away / honey, I've got the feeling you won't.* Statt dessen hatte er Franzkas Geschenk eingelegt. Das war unten in Passau gewesen, noch während er aus der Parkgarage herausgefahren war und auf der Luitpoldbrücke die Donau überquert hatte. Er stand gerade an der Ampel nach dem Tunnel, wo es zur Ilzstadt hinaufgeht, als er kurz versuchte, den Titel der CD zu lesen. *Der Waldfahrer und andere Stücke* ... nein, stimmt ja gar nicht, *Waldgänger* ... *Der Waldgän-*

ger stand da, es ging ums Gehen, nicht ums Fahren, unter dem Titel stand noch kleiner *Die schönsten Stellen aus* ..., aber da war die Ampel schon wieder auf Grün umgesprungen.

Jetzt versuchte es Lober also noch einmal, hier im Neubaugebiet von Hauzenberg mußte es doch möglich sein, daß man ... wenigstens den Namen ... verdammt, jetzt wäre er beinahe zu weit nach links gekommen. Hatte gerade noch dem entgegenkommenden Kleinlaster ausweichen können, natürlich der *Eismann*, wer auch sonst im Neubauviertel von Hauzenberg. Trotzdem: Er mußte es jetzt wissen. Lober drehte die CD-Hülle hin und her, zifferte am Kleingedruckten auf der Rückseite herum, Track fünf, *Mein Leben*, da müßte doch was zu erfahren sein. Lober drückte die Vorlauftaste. Sagte (zu wem eigentlich?): Na los, erzähl' noch schnell, wie's so war, dein Leben, muß nämlich gleich raus. Die Stimme aus dem Lautsprecher antwortete: *Es ist das kleinste Sandkörnchen ein Wunder, das wir nicht ergründen können. Daß es ist, daß seine Teile zusammen hängen, daß sie getrennt werden können, daß sie wieder Körner sind, daß die Teilung fortgesetzt werden kann, und wie weit, wird uns hienieden immer ein Geheimnis bleiben.* – Lober stutzte. Da will einer was von seinem Leben erzählen und dann ist es nichts als Staub. Das kam dem Außendienstmitarbeiter der Firma Nachschaff irgendwie bekannt vor.

2

Noch unten in Passau beim Frühstück im *Wilden Mann* hatte Lober an sich selbst die Devise ausgegeben, heute beginnst du in Hauzenberg. Er wählte also den brutalst möglichen Einstieg. Das machte er aus sportiven Gründen. Denn ihm war klar: Neubaugebiet, das war die Härte, Neubaugebiet

war eine echte Herausforderung, Neubaugebiet war im Grunde so etwas wie die Schlacht an der Somme. Grabenkrieg jedenfalls. Kaum einen Millimeter Landgewinn. Klarer Frontverlauf. Hier der Hausbesitzer, da der Außendienstmitarbeiter. Dazwischen die Demarkationslinie der Haustürschwelle. Da hätte eher die deutsche Armee die Linie bei Verdun überrannt, als daß ein Außendienstmitarbeiter – ganz egal welcher Firma – es geschafft hätte, diese Frontlinie zu überqueren. Neubaugebietsbewohner waren berüchtigt für ihren eisernen Verteidigungswillen. Die waren nicht auszuräuchern in ihren Stellungsgräben. Da konntest du Giftgaswolke um Giftgaswolke süßlichster Beschwörungsformeln hinüberschicken, die blieben standhaft. Standhaft mit den Händen auf den Hüften den Türrahmen versperrend. Die verteidigten ihre Haustürschwelle. Vor allem aber verteidigten sie ihr total überzogenes Haushaltsgeldkonto. *Wir kaufen nichts!*
Im Grunde wohnte nämlich in diesen herrlichen Villen das heulende Insolvenzunglück. Man hatte sich übernommen. Man eiferte dem Leben in den Städten nach, beziehungsweise es waren immer mehr Städter, die hierherzogen und das Leben aus den Vorortvillengegenden mitbrachten und zum Vorbild erhoben. Mittlerweile wirkte es gar nicht mehr deplaziert, sondern wie schon immer hierher gehörig. Man protzte jetzt, im einstigen Kleinhäuslerland, mit Villen, denen waren aus allen Dimensionen geratene Erker sowie von stehenden und hängenden Geranienwäldern völlig überwucherte Balkone angeklebt. Von außen sah alles nach Überfluß und maßloser Verschwendung aus, aber das war natürlich die reine Täuschung. Wie es innen aussah, wußten nur Außendienstmitarbeiter wie Lober. Außendienstmitarbeiter waren im Grunde Innenhineinschauer. Sie sahen – vielleicht als einzige – in dieses himmelschreiende Insolvenzunglück hinein, da genügte es, daß sich die Haustüre nur für einen

kurzen Augenblick und nur einen Spaltbreit öffnete, sie sahen trotzdem alles. Diese verhärmten Mittdreißigerinnen, die man mit seinem Klingeln gerade vom Kochherd aufgescheucht hatte, wo sie die Reste vom Vortag aufwärmten, und die einen, ohne überhaupt zuzuhören, anherrschten: *Wir kaufen nichts!* Weil sie nämlich nichts mehr kaufen konnten. Weil sie sich komplett übernommen hatten mit ihren größenwahnsinnigen Neubaugebietsvillen. Immer mußten es Häuser in Parkhausgröße sein. Unter drei Stockwerken geht nichts. Zwölf Zimmer oder noch mehr für die obligate deutsche Vier-Kopf-Kleinfamilie. Acht Zimmer stehen dann zwar mehr oder weniger leer, aber erst einmal müssen es zwölf Zimmer sein. Schon in der Planungsphase verlangt die Gattin: Sechzehn Zimmer müssen es aber schon sein. Vier kann der alles noch einmal durchrechnende Bauherr und Ehegatte ihr gerade noch ausreden. Acht stehen dann trotzdem noch leer. Und drei Bäder muß das Haus haben. Zwei Gästetoiletten. Man hat zwar nie Gäste, weil man sich eine Einladung nicht mehr leisten kann, aber zwei Gästetoiletten. Und das wichtigste: nach außen hin immer alles proper. Im Vorgarten eine Ziehbrunnenattrappe, neben der Doppelgarage ein Leiterwagen, auch der mit Geranien geschmückt. Lober fragte sich, was diese Accessoires eigentlich ausdrücken sollten. Daß man noch kein fließend Wasser im Haus habe, dafür aber eine Satellitenschüssel am Giebel? Lober wartete immer darauf, daß einmal eine Hausfrau aus einem dieser Haustürportale – es waren ja garagentorgroße Haustürportale, die man jetzt hatte, mit Butzenscheiben und aufgehängtem Ährenkranz – daß also eine Hausfrau aus diesem Haustürportal käme, mit einem Plastikeimer in der Hand, zu ihrem Ziehbrunnen ginge und sich das Wasser für den Nachmittagskaffee heraufkurbelte. So etwas geschah nie. Genauso wenig wie der geraniengeschmückte Leiterwagen je einmal zum Ein-

satz gekommen wäre. Was sollte der Leiterwagen eigentlich besagen? Daß, wenn man es einmal nicht so eilig hätte und mit dem BMW aus der Doppelgarage lospreschen müßte, daß man dann auch ohne weiteres einmal seinen Leiterwagen einspannen könne, wahrscheinlich hatte man irgendwo auch noch zwei Ochsen stehen, hinter dem Haus vielleicht im Garten, zwischen dem *OBI*-Holzgartenhäuschen und den Blumenrabatten, die den kurzgeschorenen Golfrasen umrandeten und in denen alle zwei Meter eine zerbrochene griechische Amphore aus der schwarzen Blumenerde herauslugte, das heißt die Attrappe einer zerbrochenen Amphore, die gab es nämlich im Baumarkt als Preßkeramik zu kaufen: zerbrochene Amphoren, wie frisch aus der Ägäis herausgefischt. Da hinten also könnten ja, wer weiß, dachte Lober, zwei Ochsen stehen und die spannte man dann vor den Leiterwagen und fuhr damit ... ja, wohin fuhr man dann eigentlich, zum Mistabladen auf den Acker oder doch eher zum *Lidl* oder zum *Netto*, zum *Minimal*? Man hat ja schließlich die Auswahl und lebt in einem Land der unbegrenzten Möglichkeiten.
Lober war den Fußweg zu einer Doppelhausreihe entlanggegangen. Probierte es an der ersten Haustüre. Wie durch ein Wunder ward ihm bereits beim zweiten Klingeln aufgetan. Gleich an der ersten Tür nach dem zweiten Klingeln aufgetan. Es würde ein Glückstag werden müssen, wenn er schon so begann. Die Dame des Hauses stand vor ihm. Sah Lober mit seinem Musterkoffer, und noch ehe er irgend etwas sagen konnte, schrie sie völlig hysterisch: »Hab' keine Zeit, mir kocht die Milch über!« Und schlug die Tür zu.
Is' ja schon gut, dachte Lober und stand jetzt da mit seinem Testpapier in der Hand, das er noch schnell aus der Tasche gezogen hatte. Das war sein Verblüffungspapier, ein kreisrundes, schneeweißes Plättchen. Mit dem hatte er noch jedesmal Erfolg gehabt und selbst die sauberkeitssüchtigste

Hausfrau überzeugen können. »Sie haben doch sicher gestern den Dielenboden gesaugt … oder gar gewischt, hab ich recht, Madame?« und welche Madame würde es da wagen zu widersprechen, und schon hatte er sie am Angelhaken, denn nun würde er weitermachen, »aber sehen Sie einmal, wenn ich mit diesem Papier hier über den Ihrer Meinung nach doch sicherlich blitzblanken Boden wische, dann …« Aber soweit war er gar nicht gekommen, daß er sich wieder aufrichten hätte können mit seinem Beweispapier, auf dem noch jedesmal nach diesem Überrumpelungscoup ein Schmutzrand zu sehen gewesen war. Weil sich Madame ja aufführen muß, als ob der Vesuv Lava spuckt, nur weil die Milch überkocht. Er hätte ihr noch hinterherrufen wollen (denn das machte den erfahrenen Außendienstmitarbeiter aus: in jeder Situation eine Beratung parat), »manchmal muß es sich direkt ein wenig anlegen … ich meine anbrennen … sonst … sonst wird das nichts. Zum Beispiel Gulasch, … ein richtiges ungarisches Gulasch muß anbrennen, die Ungarn lassen immer alles anbrennen«, aber die Dame des Hauses hörte ihn schon nicht mehr.
Lober wechselte die Straßenseite, bog in den Drosselweg ein. Vielleicht waren Reihenhäuser doch nicht der richtige Einstieg. Er ging an einem dieser Jägerzäune entlang, vorbei an Masten mit aufgezogenen weißblauen Rautenfahnen, an gipsernen Löwen, die die Auffahrten zu Doppelgaragen bewachten. Und auf einmal fühlte er eine zaghafte Regung in sich aufsteigen, jetzt hier auf der Stelle seinen Musterkoffer auf den Gehwegasphalt abzustellen, sich die viel zu eng um den Hals geknotete Krawatte vom Hals zu reißen, das Anzugjakkett auszuziehen … nein, es vom Körper herunterzufetzen und über die spitz zugefrästen Holzlattenenden des Jägerzauns zu peitschen, bis es nur mehr in ausgefransten Stoffstreifen davon herunterhinge. Und dann würde er auflachen, laut auflachen, zum Beispiel angesichts dieser hundehütte-

großen Mühle, die im nächsten Vorgarten stand, an dem er jetzt vorbeikam, aus frischem, hellem Fichtenholz oder vielleicht auch aus Fichtenholzplastikimitat, jedenfalls wurde das nette Miniaturwasserrad dieser heileweltkleinen Spielzeugmühle – klapper-di-klapp – von einem echten Wasserrinnsal angetrieben und daneben im Gras lag ein Bambi mit schokoladenbraunem Fell, allerdings in den Dimensionen überhaupt nicht zur Mühle passend, sah doch das Bambi wie irgendso ein Tyrannosaurus Rex locker mit dem Kopf über das mit kleinen Felsbröcklein beschwerte Schindeldach der Mühle hinweg.
Doch das alles tat Lober nicht. Sondern er bog brav in die nächste Einfahrt ein, ging bis zur Haustüre, klingelte. Diesmal dreimal. Die Tür öffnete sich und ein Mann in Küchenschürze stand vor ihm. Nur noch Männer trugen Küchenschürzen. Innenhineinschauer wie Lober konnten darüber genaue statistische Aussagen treffen. Frauen hatten das längst abgelegt, das Küchenschürzentragen. Aus emanzipatorischen Gründen. Soweit sah Lober sogar in die Frauen hinein. Auch auf diesem Gebiet Innenhineinschauer.
»Ja, bitte?« sagte der Beschürzte.
Lober erschrak direkt ein wenig, weil ihm bewußt wurde, daß er die ganze Zeit stumm vor diesem Herrn da stand, gefangengenommen von dessen Erscheinung, zugegebenermaßen lächerlichen Erscheinung. Ob das nur allein die Küchenschürze ausmachte? Längsgestreift war sie in den Farben der italienischen Flagge und auf dem Latz trug sie die Aufschrift *Alfredissimo.* Unter dem Schriftzug ein gezeichneter Hummer.
»Ist was mit Ihnen?« fragte der Hausmann, weil Lober immer noch keinen Ton herausbrachte, nur sein Grinsen wurde immer breiter, direkt debil.
»Das kleinste Staubkorn ist ein Wunder, das wir nicht verstehen … und deshalb bekommen wir es auch nicht restlos aus

dem Teppichboden heraus ... letzten Endes hilft da selbst die stärkste Saugkraft nichts, wußten Sie das?«
Lober hätte nicht zu sagen gewußt, ob diese Variante der Gesprächseröffnung schon jemals auf irgendeinem der von ihm besuchten Schulungsseminare durchgesprochen worden wäre. Trotzdem war ihm das jetzt so eingefallen, ja, dieser Satz erschien ihm geradezu die wichtigste Mitteilung, die er heute zu machen hatte.
»Ah, jetzt ...!« Der Hausmann lachte auf. »Sagen Sie's doch gleich: Zeuge Jehovas. Sie lassen sich auch immer was Neues einfallen. Nicht unwitzig, aber ... für 'ne theologische Disputation habe ich jetzt trotzdem keine Zeit.«
Disputation, hatte er Disputation gesagt? Wahrscheinlich schon. Lober hatte ja gleich auf den ersten Blick auf frühpensionierten Gymnasiallehrer getippt, plötzlich manifest gewordene Kreideallergie, so was in der Art, jetzt aber war er sich sicher: zwölf Uhr mittags allein daheim, *Alfredissimo*-Küchenschürze, Disputation: er mußte irgend so einen akademischen, folglich arbeitslosen Oberschlaumeier vor sich haben. Er ließ trotzdem nicht von ihm ab.
»Nein, nein, warten Sie doch. Wußten Sie, daß das Staubkorn getrennt werden kann, und daß das Getrennte dann wieder Staubkörner sind, und daß man das so weitermachen kann ... fortsetzen ... bis ad Delphi ... oder wie man sagt, Sie kennen sich doch da aus ... aber was ich eigentlich sagen wollte: Ist das nicht ein Wunder?«
»Was?«
»Na, die Moose, die Kräuter, die Bäume, die Tiere.«
Dem Herrn war mittlerweile sein überlegenes Lächeln vergangen. Er schüttelte den Kopf.
»Wollen Sie mir nicht endlich sagen, wer Sie überhaupt schickt?«
Just in diesem Moment geschah das Ungeheuerliche. Lober wußte es nämlich nicht mehr. Er wußte die Antwort auf diese

simple Frage nicht mehr. Dabei war das doch das eherne Gesetz eines jeden Außendienstmitarbeiters. Damit hatte doch im Grunde jedes Haustürgespräch zu beginnen: *Grüß Gott, ich komme von der Firma* … Aber Lober wußte es nicht mehr. Und er wollte auch gar nicht mehr darüber nachdenken. Er gab sich nicht die geringste Mühe, daß es ihm wieder einfiel. Alles, was er tat, war lächeln. Er lächelte den Mann in der *Alfredissimo*-Küchenschürze an. Der schüttelte über diesen offensichtlichen Irren vor ihm den Kopf und schmiß dann, ziemlich geräuschvoll, die Haustüre zu.
Lober blieb stehen. Leise murmelten seine Lippen: *Nie und nie in meinem Leben war ich so erschüttert wie in diesen zwei Minuten.* Er mußte lachen.

3

Vielleicht waren es auch drei oder vier Minuten. Dann allerdings faßte Lober sich wieder. Außerdem schaute der Schürzenmann recht bedrohlich über der Scheibengardine hervor, die das Küchenfenster nur halbhoch gegen die Blicke von draußen abschirmte. Lobers Aufmerksamkeit blieb für einen Moment an dem Motiv hängen, das der Gardine eingestickt war, ein barfüßiges Mädchen, dem eine Schar Gänse folgte. Das Gesicht des Mannes darüber paßte überhaupt nicht zu dieser reinweiß gestickten Idylle, er schien irgendwelche Flüche und Verwünschungen zu murmeln.
Lober ging zurück zu seinem Wagen. Gab er tatsächlich schon auf? Wegen dieser lächerlichen zwei fehlgeschlagenen Versuche? Oft suchte er einen ganzen Vormittag lang nach einem Menschen, der bereit war, ihm zuzuhören, und Haustüren schlugen im Dutzend direkt vor seiner Nase zu. Das

durfte einem doch nichts ausmachen. Erinnerte sich Lober denn nicht an seine alten Steherqualitäten?
Nein. Es schien, als wolle er sich an überhaupt nichts mehr erinnern, was mit seinen Außendienstpflichten zu tun hatte. Er setzte sich in seinen Wagen, nicht ohne vorher sein Sakko ausgezogen und auf die Rückbank geworfen zu haben. Ja, er warf es. Keineswegs hängte er es auf den dafür vorgesehenen Kleiderbügel. Machte es ihm denn gar nichts aus, daß es zerknittern würde? – Anscheinend nicht.
Er fuhr los. Richtung Waldkirchen. Und schaltete den CD-Player gleich wieder ein. Das mit dem Leben, das wollte er jetzt noch genauer wissen. Denn irgendwann muß doch noch was vom Leben kommen, nach all diesen Staubkörnchen. Und wirklich: Die Stimme erzählte jetzt vom Schwimmen in etwas Fächelndem, daß es warm gewesen sei und wohlig und dunkel, und daß das erste, was er (wer eigentlich?) wahrgenommen habe, Klänge gewesen seien, Glanz, *es war Glanz, es war Gewühl, es war unten*, so sprach die Stimme mit ihrem warmen, dunklen Timbre, und von Armen, die ihn getragen hätten, erzählte sie, und von den ersten Wörtern, an die er sich erinnere, natürlich war das Wort *Mam* dabei, nicht Mama, nur *Mam,* und von dunklen Flecken in der Erinnerung war die Rede, natürlich, wer hat die nicht, und daß sich später herausgestellt habe, daß diese dunklen Flecken die Wälder waren, die Wälder des Böhmerwaldes um ihn herum, und daß das Leben doch eigentlich ganz einfach sei, so einfach wie ein Kornhalm, und das Fensterbrett, das muß auch ganz wichtig gewesen sein, das Fensterbrett seines Geburtshauses, nahm Lober jetzt einmal an, ja, hier spricht einer ganz offensichtlich von seiner Kindheit, und daß in dieser Kindheit das Fensterbrett gleich neben der Eingangstür zum Elternhaus so ungeheuer wichtig gewesen sei, *dort war es allein, wenn ich zu lesen anhob*, ah ja, und dann? … *Auf diesem Fenster-*

brett sah ich auch, was draußen vorging, und ich sagte sehr oft: »Da geht ein Mann nach Schwarzbach, da fährt ein Mann nach Schwarzbach, da geht ein Weib nach Schwarzbach, da geht ein Hund nach Schwarzbach, da geht eine Gans nach Schwarzbach.« Auf diesem Fensterbrette legte ich auch Kienspäne ihrer Länge nach aneinander hin, verband sie wohl auch durch Querspäne, und sagte: »Ich mache Schwarzbach!« In meiner Erinnerung ist lauter Sommer, den ich durch das Fenster sah, von einem Winter ist von damals gar nichts in meiner Einbildungskraft.

Auch wenn Lober nicht wußte und sich auch nicht vorstellen konnte, wo dieses Schwarzbach lag, so stand doch in diesem Augenblick als ein innerer Befehl klar vor ihm der Satz: Jetzt gilt es, nach Schwarzbach zu gehen!

4

Vorerst aber war er noch auf dem Weg in Richtung des alten Salzmarktes. Welche innere Stimme ihm eingegeben hatte, ausgerechnet dorthin zu fahren, wußte er nicht. Irgend etwas würde er dort schon finden. Und wenn es nur die Gelegenheit zu einem kleinen Imbiß war. Denn Lober hatte schon wieder ungeheuren Hunger. Der Hunger war gewissermaßen sein ständiger Begleiter. Ein unangenehmer, lästiger, so wenig abzuschütteln wie der eigene Schatten. Lober tat alles, um ihn zu vertreiben. So bediente er sich zum Beispiel beim Frühstücksbüfett im Hotel immer, als ob es für zwei zu essen gelte, das stand ihm, fand er, allein schon von Berufs wegen zu. »Wenn man schon als fahrender Vertreter gezwungen ist, allabendlich in einem dieser Hotels zu nächtigen, dann nimmt man wenigstens das Frühstücksbüfett mit«, hatte er seiner Franzka einmal versucht zu erklären, auf einer ihrer seltenen gemeinsamen Urlaubsreisen. Badeurlaub in der Türkei hatte sie durchgesetzt, und das, obwohl er geradezu gewimmert hatte, »laß mich daheim bleiben«, aber sie hatte nicht nachgegeben. Kann sein, weil sie der Hoffnung gewesen war, gemeinsames Urlaubmachen sei fast so wie Zusammenziehen, gemeinsames Wohnen ... oder doch zumindest eine Vorstufe davon. Natürlich hatte sich diese Hoffnung als trügerisch erwiesen. Im Gegenteil: Man rückte fast wieder ein wenig mehr auseinander. Weil da wurden so Unvereinbarkeiten sichtbar. Er zum Beispiel spachtelte für zwei, beim Frühstücksbüfett im Hotel, sie saß daneben, wunderte sich, schüttelte den Kopf, nippte an einem Orangensaft und ... las. Immer hatte sie ein Buch dabei. So wie sie seine Fresserei nicht verstehen konnte, konnte er nicht verstehen, wie man schon zum Frühstück mit einem Buch in der Hand dasitzen konnte. Sie waren einfach ein Traumpaar.

Wie gut, daß seine Franzka, die in letzter Zeit auffällig häufig spitze Bemerkungen über seinen Körperumfang machte, nicht mitbekam, wie er gewöhnlich, wenn er auf seiner Tour war, die Zeit zwischen Frühstück und Mittagessen überbrückte. Nämlich mit einer warmen Leberkässemmel oder einem Döner, beides aß er, einhändig lenkend, im Auto. Es galt Zeit zu sparen. Dafür wurde regelmäßig der Anzug versaut durch die aus dem Döner herausquellende Joghurtsoße. Wer nur hatte diese Joghurtsoße erfunden? Bestimmt ein die westliche Geschäftswelt mit ihren Anzügen hassender islamistischer Fundamentalist.

Döner oder Leberkässemmel lagen sozusagen unausweichlich auf seinem Weg. Naturgemäß mußte er über die Marktplätze all jener Bayerwaldortschaften fahren, die in seinem Vertretergebiet lagen. Und ebenso naturgemäß gibt es auf jedem niederbayerischen Marktplatz eine Metzgerei, im Schaufenster die Aufschrift »Heiße Theke« und daneben ein fröhlich grinsender Schweinekopf. War einmal kein Metzgerladen da … auf die Dönerbude war Verlaß. Die war mittlerweile genauso wie der Metzgerladen, ja wenn nicht sogar noch mehr als er, ein traditioneller Bestandteil eines jeden niederbayerischen Marktplatzes geworden. »Klein-Istanbul« stand in Großbuchstaben über der Markise des Verkaufsstandes. Lober ging das die letzte Zeit eh nicht mehr aus dem Kopf. Wie es kam, daß es kein Bayerwalddorf mehr gab, keine Parkbucht an einer Bundesstraße, wo nicht einer dieser fahrbaren Dönerstände stand. Und daß die immer gleich aussahen, die Dönerverkäufer. Eigentlich genau so wie die gemalten Werbeschilder, die am Straßenrand schon hundert Meter vorher ankündigten, daß jetzt gleich ein Dönerverkauf komme. Immer war es ein Schnauzbärtiger, der da herunterlächelte, neben sich einen Dönerspieß, dick und gewölbt wie ein Faß. Irgendwann fragte sich Lober, ob es nicht vielleicht sein könne, daß es sich letzten Endes immer nur um ein und denselben Türken handle, der da seinen fahrbaren Dönerstand auf den Marktplätzen von Jandelsbrunn oder Thyrnau, Hutthurm oder Klafferstraß, Schimmel oder Röhrnbach aufbaue. Meist war es ja gar kein Türke. Soviel hatte Lober schon herausbekommen. Zwar sagte alle Welt, gehen wir zum Türken einen Döner essen, aber in Wahrheit handelte es sich ja um Tunesier, Iraner, Ägypter, einmal sogar, so hatte er durch Nachfragen herausbekommen, war der Türke in Wahrheit ein Bangladeshi, für den Bayerwaldler klangen die wenigen Sätze, die der Dönermann mit einem beim Dönerkauf zu wechseln hatte, eh alle gleich orientalisch. Und so konnte also ruhig auch ein Bangladeshi den Döner verkaufen, einen Döner übrigens, wie ihn noch kein Türke in der Türkei je gesehen hat, mit Joghurtsoße, was geradezu lachhaft ist, überhaupt meinte sich Lober zu erinnern, irgendwo in der Zeitung gelesen zu haben, in der Türkei äßen sie, ganz im Gegensatz zu Niederbayern, überhaupt nie Döner, ja wahrscheinlich seien ihnen diese Speise und das Wort dafür vollständig unbekannt. Ganz anders dagegen in Bischofsreut, Büchlberg und Oberneureutherwaid: Da stand überall ein und derselbe Türke und wechselte blitzartig seinen Standort, sonst aber blieb er immer derselbe, mit Schnauzbart natürlich. Endgültig auf den Gedanken, daß hier etwas nicht stimmen könne und daß ihm das alles orientalisch vorkomme mit diesem blitzschnell seinen Standort wechselnden Dönerverkäufer, war Lober gekommen, als er einmal in Kollerschlag oder Haidmühle oder wo auch immer über den Marktplatz fuhr und natürlich diesen Dönerstand sah und zwar unter einer großen gelben Vorwegweisertafel abgestellt, und zwar so abgestellt, daß sich die Ortsnamen auf der Vorwegweisertafel und die Dönerbudenaufschrift ganz wunderbar aneinanderfügten und man also lesen konnte: Röhrnbach, Hauzenberg, Klein-Istanbul. Schon damals hatte sich Lober gedacht, was das doch für ein wundersames Land sei, durch das er da täglich fahre. Es mochte ja sein, daß es sich veränderte und täglich etwas von dem verschwand, was Lober, als er vor Jahren von einem Kollegen die Bayerwaldtour übernehmen konnte, noch als besonders pittoresk, aber auch auf eine bestimmte Art und Weise anheimelnd empfunden hatte. Das verlassene und einsam auf einer Waldstrecke stehenden Buswartehäusl zum Beispiel. Oder das Momentbild im Vorbeifahren von einem Bauern, der im Schubkarren sein Tragl Bier vom Dorfladen heimfuhr. Die Heustadlwand mit den unzähligen, unter Heftklammern feststeckenden Papierfetzerln von heruntergerissenen Plakaten, nur zwei waren hängenblieben, das eine kündigte die demnächst stattfindende Aufführung der Pfarrgemeindetheatergruppe an, »Nur kein Schnaps« hieß das Stück, und darüber der Hinweis auf das Feuerwehrfest mit Seilziehturnier, Tombola sowie Wein- und

Schnapsbar. Oder: der aus einem Kleinbus ausgebaute Autositz, den sich ein Angler ans Ufer seines Teiches festmontiert hatte. Oder: das kleine Holzbrettchen am Jägerzaun eines sonst ganz unauffälligen Einfamilienhauses mit je einer leeren Bier- und Limoflasche, die Etiketten bis zur Unleserlichkeit von der Sonne ausgebleicht, sonst kein Reklameschild, kein Hinweis, und der Wanderer weiß trotzdem: Hier kannst du einkehren. Oder: der auf Ziegelsteinen aufgebockte, räderlose VW Golf inmitten einer Streuobstwiese, umstakst von einer Schar Hühner. Sicher: Vieles von dem war verschwunden. Anderes tauchte neu auf. Aber nie hatte Lober das Gefühl, er habe dieses Land schon ganz gesehen und es könne nicht jederzeit etwas Seltsames und Unerwartetes auftauchen, wenn er jetzt gleich um die nächste Kurve bog.

5

Vorerst aber stand Lober. Er war an eine ampelgeregelte Baustelle gekommen. Früher hätte eine solche Unterbrechung seiner Vertreterreise einen mittleren Tobsuchtsanfall bei ihm ausgelöst. Er hätte mit den Fäusten auf das Lenkrad eingetrommelt und geschrien, wieso sich diese Baustellenampeln eigentlich immer ihm in den Weg stellen müssen. Und wieso sie grundsätzlich auf Rot umsprängen, wenn er daherkomme. Natürlich sind die Ampelphasen so geschaltet, daß man eine halbe Ewigkeit warten muß. Den auf ihre Schaufelstiele aufgestützten, untätig in der Sonne herumstehenden und im Dampf der Teermaschine sich aalenden Straßenbauarbeitern war nicht im geringsten beizubringen, was eine solche Unterbrechung für einen von Bayerwaldort zu Bayerwaldort hastenden Staubsaugervertreter bedeutete.

Doch heute war alles anders. Stillvergnügt tat Lober etwas, was gestern noch, in ähnlicher Situation, undenkbar gewesen wäre: Er stellte den Motor ab. So schnell würde es eh nicht weitergehen. Eine Einsicht, der sich Lober normalerweise niemals hingegeben hätte. Wutschnaubend hätte er vor sich hingegrantelt: Es muß aber weitergehen! Und zwar ein bißchen plötzlich! – Heute sagte er sich: Gar nichts muß.
Im übrigen ging ihm das Fensterbrett nicht mehr aus dem Sinn. Na, dieses Fensterbrett, auf dem dieser … jetzt mußte er aber wirklich einmal nachschauen, wie der Mensch eigentlich hieß. Er nahm noch einmal die CD-Hülle vom Beifahrersitz. *Adalbert Stifter.* Noch nie gehört, noch nie gelesen. Lober klopfte mit der CD-Hülle leicht gegen das Lenkrad. Bei ihm war es eigentlich ganz ähnlich gewesen, früher. Auch er hatte so einen Platz gehabt wie dieser Stifter, von wo aus man alles sehen konnte, wer wo hingeht zum Beispiel. Nur bei ihm war es nicht das Fensterbrett gewesen, sondern eine der beiden Steinsäulen, die als Türpfosten für das kleine Gartentürchen dienten, das das Grundstück seines Elternhauses von der Straße trennte. Es war ein typisches Fünfziger-Jahre-Einfamilienhaus gewesen, im Osten von München, 800 Quadratmeter eigenes Reich, und zwar eines mit Hollywoodschaukel, Tuffsteinalpinium und einem holzschindelverkleideten Hausgiebel, an dem, über dies alles herrschend, ein Hirschgeweih hing. Lobers Kindheitsparadies. Aus dem er aber doch vertrieben wurde. Von seiner eigenen Neugier hinausgetrieben wurde. Es begann damit, daß er Nachmittage lang auf dem Steinpfosten neben dem Gartentürchen saß, mit dem Rücken zum Paradies, die Augen aber auf die Welt da draußen gerichtet, weil die war ungleich spannender, aufregender. Da fuhr zum Beispiel der Kohlenhändler Roider vorbei, mit seinem dreirädrigen Pritschenwagen, Marke *Tempo Hanseat.* Oder: Da ging ein Mann vorbei und zog einen

Gig hinter sich her. Unter der Segeltuchplane, die ihn abdeckte, hatte er Zeitschriften, die er den Abonnenten ins Haus brachte, die *Hör zu* zum Beispiel oder, worauf Lober ein besonderes Augenmerk hatte, *Fix und Foxi*-Hefte für den Günther, der zwei Häuser weiter wohnte und jedesmal, wenn er die Hefte aus der Hand des alten Mannes in Empfang nahm, kurz zu Lober herüberschaute und die Zunge herausstreckte. Dann ging da noch eine Frau vorbei, deren Seidenstrümpfe hatten eine Naht, die zog sich von der Ferse des Stöckelschuhs über Wade und Oberschenkel bis unter den Rock. Noch nie hatte Lober so etwas gesehen, und es war zugegebenermaßen sehr beunruhigend.
Von diesem verstörenden Anblick – die Frau ging jetzt täglich an ihm vorbei, mußte wohl irgendwo in der Nachbarschaft eingezogen sein – hatte sich Lober erst losreißen können, als schräg gegenüber auf dem noch freien Bauplatz eines Tages Baumaschinen aufzogen, ganz offensichtlich sollte dort ein weiteres Wohnhaus entstehen, schon gleich begann ein Bagger die Baugrube auszuheben. Er mußte wohl demnach, stellte Lober gerade lächelnd über sich selbst fest, damals in jenem Alter gewesen sein, wo noch nicht entschieden war, wie der Kampf um die Vorherrschaft in einem jugendlichen Gehirn ausgehen würde, was mehr Aufmerksamkeit beanspruchen durfte: Baumaschinen oder Damenstrumpfnähte. Damals müssen es wohl noch die Baumaschinen gewesen sein, erinnerte er sich, jetzt da die Warteschlange vor der Baustellenampel voranrückte, auch Lober ließ den Motor an, rollte ein Stück mit, rutschte aber noch nicht durch die Grünphase mit hindurch, was er eindeutig als Glücksfall deutete. So blieb noch etwas Zeit, den Erinnerungen nachzuhängen. Zudem kam er jetzt genau neben dem mannshohen Reifen eines der Baustellenfahrzeuge zu stehen, und gleich war er zurückversetzt in das Staunen von

damals, denn genau dieses Überdimensionierte der Baustellenwelt war es gewesen, was ihn so fasziniert hatte: Man kam sich vor wie Gulliver im Land der Riesen.
Jedenfalls war er von seinem Steinpfosten langsam heruntergerutscht und hatte sich vorsichtig näher getraut, jeden Tag noch ein Stück näher, bis er schließlich ganz am Rande der Baugrube stand, auf deren Grund schon die Streifenfundamente gegossen waren für das neue Haus. Täglich sah er jetzt den Baumaschinen zu, dem Kran, den Lastwagen, die Nachschub brachten an Sand, Ziegelsteinen, Zementsäcken, die beim Abladen aus allen Ritzen feinen grauen Staub aushusteten. Besonders faszinierend waren die Bewegungen des Krans mit seinem weiten Auslegearm, oder auch die Hydraulikkontraktionen des Baggers mit diesem roboterhaften Rukkeln und Zuckeln. Stundenlang konnte Lober zusehen. Und natürlich hatten ihn die Bauarbeiter längst bemerkt, den Knirps, der am Rand der Baugrube stand und ihnen bei jedem Handgriff mit einer Faszination zusah, als seien sie Gladiatoren in einer römischen Kampfarena.
Irgendwann redeten sie ihn an, ob er nicht einmal schnell hinüberlaufen könne in den *SPAR*-Laden und ihnen ein paar Flaschln Bier holen. Zuerst war es nur einer, der mit Lober sprach, als aber die anderen sahen, daß der Bub nicht sogleich die Flucht ergriff und vor Entsetzen davonlief, kamen auch sie näher. Bis er sich umsah, war Lober von einer ganzen Schar von Arbeitern umringt, alle hatten sie nackte Oberkörper, dabei aber einen Hut auf, mörtelverschmierter Cordstoff, und ihre Oberkörper waren mit einer festgetrockneten Mörtelkruste bestrichen, die Männer sahen aus, als trügen sie Brustharnische, und zwischen den Harnischteilen rann der Schweiß herunter, so daß die Haut feucht glänzte. Dickes, schwarzes Drahtgestrüpp kräuselte sich auf ihren Oberkörpern und wuchs unter ihren Achseln hervor, und schwarze

Cordhosen hatten sie an, mit besonders dicken Rippen und einem mit zwei Reißverschlüssen zu öffnenden Hosenlatz, den man zum Wasserlassen herunterklappen konnte. Die Reißverschlüsse waren so grobgliedrig und so derb, wie er noch nie welche gesehen hatte, alles war so überdimensioniert an dieser Baustellenwelt, die Autoreifen der Laster, die Reißverschlüsse und Knobelbecher der Arbeiter, und jetzt hatte er gar nicht richtig aufgepaßt, was ihm die Arbeiter alles zugerufen hatten, die Bestellungen waren nur so heruntergeprasselt auf ihn, Leberkässemmeln und Preßsack pfundweise, letzterer auch noch teils weiß, teils rot, »an rodn Preßsack, host g'hört Biascherl, daßd ma fei ja koan weißn bringst«, und jetzt forderte ihn einer auf, doch zu wiederholen, was man ihm gerade alles aufgetragen habe, und da hatte Lober auf einmal so ein Gefühl, daß er ganz furchtbar schnell zum Biesln müsse.

Weil er keine Antwort gab, bogen sich die Arbeiter vor Lachen, bis einer von ihnen plötzlich einen Zettel in der Hand hatte und hinter dem Ohr einen Bleistift hervorzog, aber was für einen Bleistift!, auch dieser Bleistift war gemacht wie für Riesen, die Mine dick wie ein Regenwurm, und auch nicht zugespitzt, sondern zugeschnitzt mit einem Messer. Alles, was diese Bauarbeiter in die Hand nahmen und womit sie zu tun hatten, war grob und fünfmal so groß wie normal, jetzt hatten sie gerade noch einmal wiederholt, was er ihnen bringen solle, und er hatte wieder nicht aufgepaßt, nur auf diesen Bleistift gestarrt, wie der auf den Zettel etwas hinschmierte, die Spur des Bleistifts war natürlich auch fünfmal so breit wie ein normaler Bleistiftstrich und die Buchstaben fünfmal so groß, und jetzt fragte einer, »lesen wirst doch wenigstens schon können«, und Lober mußte erst einmal hinunterschlukken, ehe es ihm gelang, mit dem Kopf zu nicken. Schließlich sammelte der, der den Zettel geschrieben hatte, das Geld ein, und alles miteinander übergaben sie Lober, der das Gefühl hatte, er könne jetzt einen Geldbeutel gebrauchen, wie ihn sicher nur Bauarbeiter hatten, einen Geldbeutel nämlich in der Größe eines Reisekoffers, so riesengroß kam Lober die Geldsumme vor, die man ihm in die Hand drückte, und vor allem, so riesengroß kam ihm die Verantwortung vor, die ihm zusammen mit diesem Geld aufgeladen wurde, zumal er, als er sich umdrehte und sogleich losrennen wollte, erst einmal stolperte und ihm einige der Münzen entglitten. Gott sei Dank fielen sie in die tiefen Spurrillen, die von den Monsterreifen der Laster in das Erdreich gedrückt worden waren mit ihren an urzeitliche Saurierpfoten erinnernden Stollenprofilen, und in einer solchen festgedrückten Mulde sammelten sich die Münzen. Als Lober sie aufhob, hörte er in seinem Rücken das Gelächter, das nach nackten Oberkörpern klang und nach der aufplatzenden Betonkruste, die den Männern bei einem solchen Gelächter ganz sicherlich von der behaarten Brust springen mußte.

Mit dem Zettel und dem Geld, das Lober in seinen Hosentaschen verstaut hatte, war er schließlich zum *SPAR*-Laden gelaufen. Der Frau Kleiber, die ihn schon gut kannte und ihm zulächelte, drückte er nur den Zettel der Bauarbeiter in die Hand, denn vor Aufregung konnte er vorübergehend wirklich nicht mehr lesen. Sie aber hatte anscheinend keine Schwierigkeiten mit dieser Handschrift eines Riesen und packte in ihrem Laden nach und nach mit der Genauigkeit einer Herbergsmutter alles in Papiertüten. Als es ans Zahlen ging, stülpte Lober seine Hosentaschen einfach um und schüttete deren Inhalt auf den Ladentisch. Ein Einmachgummi, ein paar Glasmurmeln waren auch darunter sowie Liebesperlen, die verpappt waren mit den Flusen, die sich unwillkürlich in jeder Bubenhosentasche im Laufe von Wochen ansammeln. Frau Kleiber zählte sich die zuvor auf einem kleinen Block

mit zarter Bleistiftspitze zusammengerechnete Summe ab und gab ihm das Geld, das zuviel war, zurück. Die Bauarbeiter waren so sehr zufrieden mit seinem Botendienst, daß sie ihm dieses übriggebliebene Restgeld schenkten. Vielleicht war es aber auch so, daß sie sich auf diese Weise den Knirps einfach kauften und er gar nicht mehr anders konnte, als auch in den nächsten Wochen bis zum Richtfest ihren Laufburschen zu machen.
Hinter Lober hupte es ärgerlich. Er sah auf und bemerkte, daß die Ampel grün zeigte. Mit einer eher unwirsch nach oben gerissenen Hand entschuldigte er sich nach hinten. Man hätte diese Geste aber auch deuten können als ein »nun hab' dich nicht so, du Raser, man wird sich doch noch erinnern dürfen«.

6

I'm learning to fly, but I ain't got wings … Lober war zu Tom Petty zurückgekehrt. Mit ihm war so herrlich schweben, hügelauf hügelab, Kurve rein, Kurve raus und gar nie schneller als 50 km/h, das reichte zum Fliegen. Einem stillen, sachten Dahinfliegen. Und wohin flog Lober? In Richtung des alten Salzmarktes.
Längst war aus dem über 1000jährigen Marktflecken eine Stadt geworden. Und damit das auch jeder gleich am Ortseingang begriff, hatte man vor wenigen Jahren die Unsitte riesiger, häßlicher Hinweistafeln auf ein sogenanntes Parkleitsystem übernommen. In ihrer Vielfalt – P^2, P^5, P^8 – waren die Schilder nichts als verwirrend und glichen mehr einer unlösbaren mathematischen Formel als einer Hilfestellung für Ortsunkundige und Orientierungslose. Prompt bog Lober

gegen die Fahrtrichtung in eine Einbahnstraße ein. Natürlich wurde er von entgegenkommenden Autos angehupt, jemand zeigte ihm den Vogel. Er bremste ab, setzte zurück und suchte nach einer Parklücke am Straßenrand. Nachdem er ausgestiegen war, orientierte er sich Richtung Zentrum. Am Marktplatz angelangt, blieb er erst einmal stehen. Er scheute wie ein edles Turnierpferd vor einem allzu hohen Oxer. Worüber Lober nicht hinwegkam, war, was man aus dem Marktplatz gemacht hatte. Schon bei seiner letzten Tour waren ihm die Bautafeln aufgefallen, die von einer Marktplatzsanierung sprachen, doch was er jetzt da vor sich sehen mußte, war die totale Marktplatzverunstaltung. Laut Bautafel war dafür die *Hoch- & Tiefbaufirma Multerer* aus Wutzelshofen verantwortlich. Lober hatte sich noch gedacht, Wutzelshofen, hab ich ja noch nie gehört, und das war wirklich außerordentlich und ließ sich von so gut wie keiner Bayerwaldortschaft sagen: daß der Außendienstmitarbeiter der Firma Nachschaff noch nicht von ihr gehört hatte. Wie armselig doch der in ein Granitbett eingezwängte Stadtbach aussah und welch groteskputzige Wildbachhaftigkeit das vorgaukelte, daß man ihn über Stufen das leicht abfallende Gelände des Platzes hinunterplätschern ließ. Dieses Plätschern war nichts anderes als das verschämte Übertönen der friedhofsmäßigen Öde, die dieses Steinplattenmeer ausstrahlte, denn der ganze Stadtplatz war ja nichts anderes als eine riesige, das ehemals quirlige Stadtleben zudeckelnde Grabplatte. Wahrscheinlich Chinagranit! Das kam ja noch dazu, daß diese Pflasterung höchstwahrscheinlich mit Granit aus China ausgeführt worden war. Das hörte man in letzter Zeit ständig, daß, wenn irgendwo ein Marktplatz neu gestaltet worden sei, man für die Pflasterung chinesischen Granit verwendet habe. Das muß man sich mal vorstellen, dachte Lober, mitten im Bayerischen Wald, wo ringsherum lauter aufgelas-

sene Granitsteinbrüche waren und wo in beinahe jedem Dorfgasthaus ehemalige, jetzt arbeitslose Steinhauer hockten und in ihre Halbe Bier hineinstierten, da wurde draußen auf den Plätzen chinesischer Granit verlegt, die ganze jahrhundertelange Steinhauertradition des Bayerwaldes wurde unter dieser chinesischen Granitgrabplatte bestattet.
Jetzt übertreibst du aber, sagte eine Stimme in Lober, gleichzeitig aber spürte er, wie gut es mitunter tat, einmal so richtig zu übertreiben. »Marktplatzschande!« hätte er jetzt am liebsten laut hinausgeschrien, aber dann wäre ihm wahrscheinlich ein Lacher dabei ausgekommen. Das beste war, er ließ das jetzt alles hinter sich. Glücklicherweise sah er eine Toreinfahrt, die anscheinend in eine Einkaufspassage überging. Daran schloß sich eine Art Hinterhof an mit einem Café und einer Buchhandlung. Lober näherte sich dem Laden, blieb aber draußen vor dem Schaufenster stehen.
Wann war er das letzte Mal in einer Buchhandlung gewesen? – Er hatte immer eine gewisse Schwellenangst, wenn er vor so einer Ladentüre stand. Er fand, er passe so gut in eine Buchhandlung wie ein Vegetarier in ein Schlachthaus. Sicher war es das letzte Mal gewesen, daß er einen solchen Laden betreten hatte, als ihm die glorreiche Idee gekommen war, er könne ja seiner Franzka einmal etwas mitbringen. Ein Buch! Ihr ständiges Lesen, das zu Beginn ihrer Beziehung, es ließ sich nicht leugnen, ein gewisser Störfaktor gewesen war, irritierte ihn schon lange nicht mehr. Im Gegenteil, Lober hatte mit der Zeit erkannt, daß lesende Frauen zwar in der Anfangsphase einer Beziehung vielleicht eher unpraktisch sein mögen, weil versuch einmal an eine Frau heranzukommen, die ein Buch in der Hand hält, das ist schon rein körperhaltungstechnisch schwierig, daß aber andererseits lesende Frauen auch etwas Positives an sich haben, später dann, in der unvermeidlich eintretenden Ernüchterungsphase noch jeder

Beziehung. Dann stellt sich nämlich heraus: Um eine Lesende mußt du dich eindeutig weniger kümmern. Die braucht nicht diese ständige Aufmerksamkeit wie andere Frauen oft, nichtlesende zum Beispiel oder auch Frauenzeitschriften lesende. Mit denen verhielt es sich nämlich komplett anders als mit Buchlesenden. Komischerweise, fiel Lober jetzt auf, wenn er darüber nachdachte, ist das Lesen von Frauenzeitschriften das gerade Gegenteil von einer stillen Beschäftigung, wie es das Buchlesen ist. Da muß immer kommentiert, beredet, um nicht zu sagen bequatscht werden, was man eben gerade gelesen hat. Am allerschlimmsten sind ja die Was-sind-Sie-für-ein-Typ-Tests. Gib einer Frau eine Frauenzeitschrift mit irgend so einem Was-sind-Sie-für-ein-Typ-Test und du bist deine Ruhe los, hatte sich Lober schon oft gedacht. Sofort wird sie dich auffordern, doch einmal auf diese Was-sind-Sie-für-ein-Typ-Testfragen zu antworten, nur so spaßeshalber, aber als Mann ahnt man natürlich, es geht jetzt nicht um Spaß, sondern sofort und gleich ums Ganze. Ums große Ganze. Das große Ganze der Beziehung. Welcher Beziehung? Natürlich der Beziehung, in der man mit dieser fatalerweise immer wieder Frauenzeitschriften lesenden Frau steht. (Lober hatte durchaus seine Erfahrungen vor Franzka gemacht!) Infamerweise nämlich bezogen sich die Fragen dieser Was-sind-Sie-für-ein-Typ-Tests ausnahmslos auf besonders heikle, dem Manne von Natur aus unangenehme Fragen. Was sind Sie für ein Kommunikationstyp?, zum Beispiel, da würde er am liebsten schon schreien, der Mann, aufschreien, daß er Kommunikation im großen und ganzen durchaus o.k. finde, daß er aber nur diese idiotischen, scheißblöden Was-sind-Sie-für-ein-Typ-Frage-und-Antwort-Spiele hasse! Oder auch: Sind Sie mehr der Beziehungsflüchtertyp oder der fengshuibeschlagene Nestbauertyp? Der In-die-Frauen-Hineinschauer oder der Ist-mir-doch-wurscht-Haltungs-Einnehmer? Sind Sie

mehr der romantische Typ oder doch eher der Sockenanbehaltertyp? Lauter solche Fragen und lauter solche Tests. Natürlich hat sie, während der Mann noch möglichst muffelig die Richtigkeit des Augenblicks ausgerechnet jetzt für einen solchen Was-sind-Sie-für-ein-Typ-Test anzweifelt, einen Stift in die Hand genommen und schon die erste Frage gestellt. Es gibt immer drei Antworten. Das Wesen dieser Tests ist es, daß es immer drei Antworten gibt. Eine blödsinniger als die andere. Sie fragt, welche der drei Antworten er denn wählen würde. Er versucht abzulenken, indem er darauf verweist, daß die drei Antwortangebote überhaupt keine Differenzierungsmöglichkeiten zulassen, also genaugenommen gar keine Angebote sind, sondern eine Frechheit, sie sagt, du sollst ja nur zum Spaß irgend etwas sagen, er sagt, das Leben ist so viel komplizierter als diese blöden Tests, sie sagt, du nimmst also die Antwort a), er schreit: nein, sie: welche denn dann, jetzt bleiben ja nur mehr b) und c) übrig, und er kapituliert und sagt, meinetwegen c), und damit hat er schon verloren, auf der ganzen Linie verloren. Und er weiß es. Er wird jetzt keine Ruhe mehr haben, bis der ganze Test ausgefüllt und ausgewertet ist.
Wie schön war es, daß seine Franzka keine Frauenzeitschriften las, sondern nur Bücher. Vielleicht wäre es einmal eine gute Idee, er brächte ihr neuen Lesestoff mit, so einen richtig dicken Schmöker, 700 Seiten Beschäftigung für sie und 700 Seiten In-Ruhe-gelassen-Werden für ihn. Er sah sich jetzt die Buchumschläge vor ihm in der Auslage ganz genau an, versuchte sich eine Vorstellung zu machen, um was es jeweils in dem Buch gehen könnte, aber es gelang ihm nicht recht. Er ertappte sich dabei, wie er über die Bücher hinweg in das Ladeninnere schaute. Sollte er es tatsächlich wagen und hineingehen? – Eine blonde Frau stand hinter der Kasse und sah ihm schon eine ganze Weile zu. Außer ihr war

sonst niemand im Laden. Lober faßte sich ein Herz und ging hinein.
Die Buchhändlerin war erfahren in solchen Fällen. Sie blieb erst einmal hinter ihrer Kasse stehen. Sie lächelte und grüßte freundlich. Aus Erfahrung wußte sie: Man muß solchen Herren Zeit lassen, sich zu akklimatisieren. Man durfte keinesfalls sofort auf sie zustürzen und sie in Verlegenheit bringen, indem man sie nach ihren Wünschen fragte. Solche Herren hatten keine Wünsche, sie waren wunschlos unglücklich. Weil sie sich nicht auskannten. Weil sie völlig überfordert waren inmitten dieser vielen Angebote. Damit es nicht auffiel, daß sie im Grunde völlig orientierungslos waren, eilten sie sogleich auf das erstbeste Regal zu. Fatalerweise war es meist das mit den Psycho-Ratgebern, den Beziehungs-Leitfäden, die immer in direkter Nähe zum Eingangsbereich standen. Natürlich war es mit dem Herrn, der eben den Laden betreten hatte, genauso. Auch er stürmte sofort auf das erstbeste Regal zu, so als ob er auf einem Schiff mit ungeheurem Seegang sei und sich sofort irgendwo festhalten müsse. Man konnte förmlich sein Erschrecken beobachten, als er die Buchtitel las, die da vor ihm standen. *Krieg der Spermien. Wieso wir lieben und leiden, uns verbinden, trennen, betrügen. Festhalten und Loslassen. Das I-Ging der Frau.* Natürlich durfte er sich jetzt nichts anmerken lassen. Er nahm eines der Bücher. Es war das *I-Ging.* Blätterte darin. Die Buchhändlerin sah genau, daß er überhaupt nicht in die Seiten schaute. Daß er vielmehr das Terrain sicherte. Zu welchem Regal er am unverfänglichsten hinüberwechseln könne. Vielleicht zu dem der Reiseführer? Oder dem der Kochbücher? Ja. Kochbücher. Bei Kochbüchern kann nicht viel passieren. Da kann man nichts falsch machen. Lober nahm eines der im Stapel vor dem Regal aufliegenden Bücher. Hatte anscheinend immer ein unglückliches Händchen, wie die Buchhändlerin amü-

siert beobachtete, denn auch jetzt griff er zielsicher zum Verfänglichsten. In diesem Fall *Womit man Naschkatzen fängt. Erotische Rezepte.* Die Buchhändlerin hatte ein Einsehen. Sie ging auf Lober zu. Schnell legte er das Buch wieder zurück.
»Kann ich Ihnen helfen?«
»Ja … ähm …«
»Sie suchen ein Geschenk. Hab ich recht?«
»Nein, warum?«
Sie war erstaunt. Männer, die sich in ihren Buchladen verirrten, suchten eigentlich immer ein Geschenk. Nie etwas für sich selber. »Kein Geschenk?« fragte sie noch einmal nach.
»Nein. Aber sagen Sie, haben Sie Stifter?«
»Wie bitte?«
»Ja, warten Sie …«, er überlegte, »Albert Stifter. Haben Sie den?«
»Ach, Sie meinen Adalbert Stifter?«
Lober lachte verlegen.
»Oder den … ja.«
»Da muß ich erst einmal schauen.«
Sie drehte sich um, wollte in den hinteren Teil des Ladens gehen. Lober verstand die Aufforderung und folgte ihr. Das sei ja interessant! Ausgerechnet Stifter! Wie der Herr denn ausgerechnet auf Stifter komme, fragte sie, wartete aber keine Antwort ab, sondern ging einfach weiter, sagte noch: Dieser Stifter ist ja heute totes Germanistenpapier. Tatsächlich, sie sagte, während sie Lober um eine Ecke herum immer noch tiefer in ihren Laden hineinzog, *totes Germanistenpapier.* Wo hat sie das denn her, dachte Lober. Das ist doch kein Sprachgebrauch für eine Buchhändlerin, immerhin war er ja auch vom verkaufenden Gewerbe, und selbst wenn es im Vergleich zu den hehren Geistesprodukten hier bei ihm nur um die Produktpalette der Firma Nachschaff ging, was ein Verkaufsgespräch ist, das wußte er allemal. Sollte man viel-

leicht nicht gerade auf diese Art und Weise beginnen, das Verkaufsgespräch, dachte Lober, während er der Buchhändlerin in immer dunklere Regionen ihres Ladens folgte. Das wäre ja gerade so, als wenn er zu dem neuen Modell *Augias* sagen würde, das sei ein staubhustender Metallschrotthaufen. Statt dessen war doch auf die Vorzüge des Geräts hinzuweisen, auf die neue Zyklonentechnik, den Fliehkraftabscheider, oder zum Beispiel auf die stufenlos zu regelnde Saugleistung oder – die große Neuheit beim *Augias* – den mitgelieferten Adapter, der eine Schubumkehr des Luftstromes erlaubte, mit anderen Worten, man konnte mit dem *Augias* nicht nur saugen, sondern auch blasen. Irgendso eine Finesse mußte doch auch dieser Stifter haben, irgendeine Art von Schubumkehr, die man hätte lobend hervorheben können als jemand, der seine Ware verkaufen will. Doch noch während Lober so überlegte, sagte die Buchhändlerin, eigentlich sei ja dieser Stifter mehr eine Literatur für Nonnen und Krankenschwestern. Sie blieb abrupt stehen und blickte zu Lober auf, erschrak wohl selbst über das, was ihr da herausgerutscht war.

Lober mußte schmunzeln. Da hatte er aber schon ganz andere Krankenschwestern kennengelernt (das war die Zeit vor Franzka gewesen). Die Buchhändlerin sah Lobers Lächeln und deutete es falsch. Nämlich als Zustimmung. Also drehte sie sich um und machte weiter. Wenn sie schon, wie sie sehe, frei von der Leber weg reden dürfe, sagte die Buchhändlerin, dann würde sie sagen: Diesen Stifter lesen doch nur noch Nonnen und Krankenschwestern, und zwar solche, die keinen Mann abbekommen haben, die lesen so etwas, und vielleicht gerade noch ihren Tagesablauf begähnende Beamtenwitwen. Sonst aber auch niemand.

»Meinen Sie nicht, daß Sie da die Krankenschwestern unterschätzen?» sagte Lober.

Sie wiederhole ja nur, was der große Österreicher gesagt habe. Der gefalle ihr immer mit seiner unmäßigen Grantelei, »der übertreibt so herrlich, direkt amüsant«, bei Stifter sei alles betulich, jungfernhaft, tolpatschig und unerträglich provinziell, das könne man auch noch bei ihm lesen. Bei wem?, fragte Lober. Na, bei diesem großen Österreicher, »den sollten Sie sich einmal vormerken, für eine spätere Lektüre, nach Stifter, zur Erholung gewissermaßen, weil irgendwann hält man ja diesen Stifter nicht mehr aus«, sie nannte dann auch noch den Namen des großen Österreichers, aber der sagte Lober wieder einmal nichts.

»Und Sie wollen also jetzt wirklich anfangen, Stifter zu lesen? Auf einmal wollen Sie damit anfangen?«

»Ja.«

»Interessant. Naja. Es gibt immer wieder überraschende Dinge. Gerade auf dem Feld der sogenannten Lieblingslektüren. Direkt absonderlich manchmal.«

Sie drehte sich wieder von Lober weg und ging noch tiefer in ihr Buchladenlabyrinth hinein. An einem Regal im hintersten Eck angekommen, ging sie in die Hocke und sagte, dieser Stifter sei ja ein unglaublicher Umstandskrämer, was die Sprache betreffe, sie suchte die auf dem untersten Regalbrett stehenden Bücher durch, ein dermaßen literarischer Umstandskrämer, er wähle ja von zwei sprachlichen Optionen grundsätzlich immer die längere und umständlichere, ob er nicht doch lieber die soeben erschienene Biographie dieses Fußballtorwarts lesen möchte? Das fragte sie ihn, aus der Hocke zu ihm aufblickend, das seien schöne kurze, einfache Sätze, nicht diese Umstandsmeierei, Torwartsätze eben, er wisse schon, wen sie meine, diesen Psychopathen, der bei dem kleinsten Fehler einer seiner Vorderleute immer gleich ausraste, seinen Kiefer nach vorne schiebe und sein unglaubliches Orang-Utan-Gebiß entblöße, na der, der dann durch

seinen Strafraum tobe wie eine aus Angst um ihren Nachwuchs wahnsinnig gewordene Orang-Utan-Mutter, »weiß denn der Mensch nicht, daß Fußball nur ein Spiel ist, sollte ihm mal einer sagen«. Man müsse ja Angst haben, er ramme jeden Augenblick einem seiner Vorderleute sein unglaubliches Gebiß in den Nacken, er packe ja die Leute immer gleich am Hals, würge sie und schreie dabei aus wenigen Zentimetern Entfernung seine gefürchteten Torwartsätze dem anderen ins Gesicht, so übrigens seien auch die Sätze in diesem Buch, einfache, kurze, ins Gesicht des Lesers geschriene Torwartsätze, das habe der Ghostwriter wirklich ausgezeichnet hinbekommen, ob er nicht vielleicht doch lieber das lesen wolle anstelle von diesem Umstandskrämer?
»Nein, danke«, sagte Lober, »ich bleibe bei Stifter.«
»Die Briefe sind gut«, sagte die Buchhändlerin und richtete sich auf, dort unten im untersten Regal war anscheinend nichts zu finden, »aber die hab ich nicht da. Die gibt es ja nur als teures Germanistenpapier. Ich sehe schon, Sie wollen mich auf die Probe stellen.« Sie musterte ihn, so als ob sie ihm jede nur erdenkliche Bosheit zutraue. »Sie wollen das Stifterexperiment mit mir machen, stimmt's?« Sie drohte spaßhaft mit dem Zeigefinger. »Das ist schon lange nicht mehr vorgekommen, daß einer nach Stifter gefragt hätte. Aber warten Sie, da hinten, da habe ich noch billige Klassikerausgaben.«
Lober folgte ihr auch dorthin.
»Alle reden zwar von Stifter, aber keiner liest ihn«, sagte die Buchhändlerin. Manchmal könne man fast meinen, er sei eine Erfindung der Tourismusbranche, dieser Stifter. Da haben sich eines Tages sämtliche Tourismusreferenten des unteren Bayerischen Waldes zusammengesetzt und diesen Stifter erfunden.
»Ach ja?« sagte Lober.
Ja, freilich, nur damit man vom Stifterland sprechen könne. Das hier sei ja alles Stifterland. Steht in jedem Fremdenver-

kehrsprospekt. Aber vielleicht sei das alles eine einzige Erfindung der Tourismusreferenten, die Landschaft und der Stifter und die Kombination Stifterlandschaft. Damit sie die Leute hierher locken können. Sie locken ja die Leute immer nur in die Landschaft, aber nie in die Bücher. Da könne sie ihm ein Lied davon singen, als Buchhändlerin. Und das Erstaunliche dabei ist: Der Trick funktioniert. Würde jemals einer der hierher Gelockten Stifter tatsächlich lesen, würde er aufschreiend vor Qual diese Landschaft sofort wieder verlassen.

»Machen Sie mal dieses Stifterexperiment«, sagte sie zu Lober. »Stifter ist ja nur deshalb so hoch im Kurs, weil heutzutage die Natur so hoch im Kurs ist! Lassen Sie mal die Natur wieder ganz aus der Mode kommen, und Sie werden sehen, auch dieses Gerede über Stifter hört auf.« Sie zog einen Band aus dem Billigklassikerregal. »Niemand liest ihn. Seit ich diesen Laden eröffnet habe, sind Sie der erste, der nach Stifter fragt.«

»Ach ja?«

Sie streckte ihm das Buch hin. Er nahm es ihr aus der Hand. Es war ein dicker Band, etwas verstaubt. Kein Bild auf dem Titel, nur Schrift. *Adalbert Stifter, Die Erzählungen*. Lober begann in dem Buch zu blättern. Man könne ja nicht eine Buchhandlung hier im Dreiländereck führen und keinen Stifter da haben, sagte die Buchhändlerin. Sicher, sie habe etwas länger suchen müssen, aber immerhin, Stifter ist da! Sie drehte sich von Lober weg, zog ihn ganz sanft aus dieser dunklen Ecke wieder nach vorne Richtung Kasse.

»Eigentlich ist das ja alles Kitsch, was der schreibt, dieser Stifter. In der heutigen Zeit, ich bitt' Sie! *Hochwald*, so ein Kitsch. *Bergkristall* ... haben Sie den Film gesehen, unglaublicher Kitsch! Oder diese ... diese ... wie heißt sie gleich noch ... *Mappe des Großvaters* ... nichts als Kitsch!« Sie drehte sich nach Lober um, vielleicht nur um zu schauen, ob er ihr auch folgte, und zeigte auf das Buch in seinen Händen. »Haben

Sie übrigens alles da drin, nur falls es Sie interessiert. Ich meine, welcher Großvater hat heute noch eine Mappe? Ich sag' Ihnen, was die Großväter heute haben: Bombenleger als Enkel, das haben sie.« Sie winkte ab. Drehte sich um, ging weiter Richtung Kasse. »Wir bräuchten mal jemanden, der heute einen *Hochwald* schreibt. Oder statt *Die Mappe des Großvaters Der Enkel des Großvaters*.«

Sie waren an der Kasse angelangt. Die Buchhändlerin trat hinter die Ladentheke. Sah Lober plötzlich streng an. »Sie haben doch davon gehört?«

»Wovon?«

»Na, von dem, was in Hundling passiert ist!«

Natürlich hatte Lober davon gehört. Die Zeitungen waren ja voll gewesen, die letzten Wochen. Und auch im Autoradio, wo Lober den Lokalsender eingestellt hatte, war nichts anderes mehr gekommen als Meldungen über die sensationelle Wende im Fall um den mysteriösen Briefbomber. Ein Jugendlicher hatte sich selbst in die Luft gesprengt, nachdem man mit einem Massen-Speichelgentest dabei war, ihm auf die Spur zu kommen.

»Na also, dann wissen Sie ja, was ich meine. Keine *Mappe des Großvaters*, sondern *Der Enkel des Großvaters*.«

»Ja, sicher, das wäre interessant«, sagte Lober, ohne recht zu wissen, von was die Buchhändlerin jetzt eigentlich redete. Ehrlich gesagt wurde ihm die Situation nun langsam zu prekär. Wenn er jetzt zahlen könnte und gehen, wäre ihm das das liebste gewesen.

»Der Mann ist ja gestraft für den Rest seines Lebens. Ich meine jetzt den Vater. Und natürlich auch die übrige Verwandtschaft. Haben Sie es gelesen?«

Lober zeigte auf das Buch. »Was macht das?«

Sie aber ließ nicht locker. »Hier, das müssen Sie lesen.« Sie griff nach dem Zeitschriftenständer gleich neben der Kasse.

Zog die aktuelle Ausgabe eines großen Polit-Magazins aus Hamburg heraus. »Eine Reportage von Maximus Theuer. Über Hundling. So wie er das halt immer macht, der Theuer, zugespitzt, übertrieben, bewußt boshaft. Aber, ich meine, erschrecken kann man da ja schon. Was sich da für Abgründe auftun. Und das mitten in unserem Bayerischen Wald. Von wegen Stifterland … Heiderose … Hochwald! Sie, ich glaub, der war sogar mal in meinem Laden. Na, der Bub, der das getan hat. Meine mich zu erinnern. So ein blasses, milchgesichtiges Bürscherl. Angemerkt hat man ihm in dem Sinne nichts. Fragte nach einem Buch über diesen amerikanischen Unabomber. Schon mal gehört? Unabomber?« Lober schüttelte den Kopf. »Hatte ich natürlich nicht. Ich mein', hier im Bayerischen Wald ein amerikanisches Buch über den Unabomber! Wer braucht denn so etwas? Die normale Jugend im Bayerwald doch nicht! Jedesfalls lese ich in dieser Reportage … von Maximus Theuer…, daß sie das Buch über den Unabomber bei ihm gefunden hätten. Da können sie auf einmal Englisch, wenn's darum geht, eine Bombenbauanleitung aus Amerika zu lesen. Was geht nur in dem Kopf von so einem Buben vor? Also von mir jedenfalls hat er das Buch ganz bestimmt nicht. Zum Glück war der Maximus Theuer nicht auch noch hier bei mir im Laden und hat mich interviewt. Er ist ja überall herumgeschlichen, erzählen die anderen. Die Bacherin aus dem Steinbruch zum Beispiel. Alle hat er ausgehorcht und anschließend in die Pfanne gehauen. Das macht der immer so. Wen der interviewt, den haut er anschließend in die Pfanne seiner nichts als boshaften journalistischen Giftküche. Ein durch und durch boshafter Autor. Aber das mögen die Leute ja. Ich les es auch immer wieder, zugegeben. Weil … so lange es einen nicht selbst betrifft. Jedenfalls: Hut ab, der traut sich was, der Theuer. Hab ich mir oft gedacht. Auch bei seinen Büchern. Wahrscheinlich muß das ein Autor können: unerschrocken und boshaft sein bis zum Letzten. Sie sehen es ja, dieser Stifter mit seiner ganzen Empfindsamkeit ... Betulichkeit ... Weicheiprosa ... wer liest denn das noch? Irgendwie hat das Grausige mehr Anziehungskraft, finden Sie nicht auch? Das ist einfach so. So ist der Mensch.«

Sie legte das Politmagazin einfach auf Stifters Erzählungen. Fragte keck: »Zusammen?«

Lober war baff. War jetzt diese Verkäuferin einfach nur raffiniert, wie er noch selten jemand aus seinem Gewerbe erlebt hatte, oder konnte sie es tatsächlich nicht verantworten, ihn so ... so völlig einseitig versorgt nur mit diesem Stifter gehen zu lassen?

»Also gut, rechnen Sie 's zusammen.«

Er gab nach.

Sie allerdings nicht. Noch während sie die beiden Preise in die Kasse eintippte, sagte sie: »Wissen Sie, was in einem Buch über den Bayerischen Wald heute drin stehen müßte ... unter anderem? Wie die Jugend wirklich ist. Erst versucht sie alle anderen in die Luft zu sprengen, dann bringt sie sich selber um. Versteh das einer, diesen Wahnsinn! – Geben Sie mir zehn Euro. Den Stifter hier ... den gebe ich Ihnen zum halben Preis.« Und jetzt grinste sie vielsagend. »Weil der ist nicht mehr ganz neu ...«

7

Lober wollte jetzt eigentlich zu seinem Wagen zurückgehen, als sich draußen vor dem Buchladen jemand bei ihm zurückmeldete. Treu und ohne ein Murren hatte er die ganze Zeit draußen vor dem Laden ausgeharrt, so als ob da ein Schild

befohlen hätte: *Ich muß leider draußen bleiben!* In dem Moment aber, in dem Lober herauskam, hakte er sich unter … sein treuer Begleiter, der Hunger. Seit dem Frühstück im *Wilden Mann* hatte sich Lober nicht mehr um ihn gekümmert. Dem mußte abgeholfen werden.
Lober betrat am Marktplatz eine Konditorei mit Tagescafé. Unten im Verkaufsraum herrschte Gedränge. Lober jedoch kannte sich aus. Kein Wirts- und kein Kaffeehaus im ganzen Bayerischen Wald, das er nicht mindestens einmal schon begutachtet hatte. Und so wußte er, es gab noch ein Obergeschoß, in dem er seine Ruhe haben würde, vielleicht daß da irgendeine Rentnerin sitzen würde, die hier ihren Vormittagskaffee schlürfte, irgendwelche Schüler, die der Schule davongelaufen waren und beschlossen hatten, heute lieber einmal etwas vom Leben zu lernen, und wenn es bloß das Rumhängen war (auch Rumhängen will nämlich gelernt sein).
Tatsächlich, es war sogar völlig leer, im Obergeschoß. Lober war der einzige Gast. Das Fräulein, das hier bediente, lehnte gelangweilt an einer Theke für die Ausgabe von Kaffee und Kuchen, die mit Hilfe eines bedenklich rumpelnden Aufzuges von unten herauftransportiert wurden. Wie im Märchen. Stets gedecktes Tischlein. So gefiel es Lober. Er setzte sich ans Fenster. Es dauerte eine Weile, bis das Fräulein aus seiner erstarrten Haltung erwachte. Nachdem sie Lober das Gewünschte gebracht hatte, ein Haferl Kaffee und zwei Stück Mohnstrudel, wäre sie gleich wieder in ihre alte Anlehnungsbedürftigkeit zurückverfallen, wäre da nicht plötzlich die Chefin gestanden, aufgetaucht von wer weiß woher, um ihr mit einer herrischen Kopfbewegung Beine zu machen. Das Mädchen verschwand in einer Abstellkammer. Geschmerzt lächelnd grüßte die Chefin zu Lober herüber. Ob es als Entschuldigung gemeint war? Kurz darauf jedenfalls tauchte das Mädchen wieder auf, und zwar mit einem Staubsauger und

begann im hinteren Teil des Raumes, den Teppichboden von irgendwelchen Kuchenkrümeln zu säubern.
Staubsauger! Eigentlich hätten Lober Anblick und Geräusch dieses Gerätes auffahren lassen müssen. Wo war nur sein schlechtes Gewissen heute? Und wo dessen nörgelnde Stimme, die sich normalerweise bei solcher Gelegenheit sofort hören ließ: Erinnert das den Herrn gar nicht an irgend etwas? Staubsauger?! Gerät zum Aufsaugen von Staub?! Die Auftragsmappe?!
Lober schob sich genußvoll ein Stück vom Mohnstrudel in den Mund. Und er nahm sich seine Einkäufe vor, die ihm die Buchhändlerin vorhin an der Kasse in eine Plastiktüte gesteckt hatte. Er holte Buch und Zeitschrift heraus. Blätterte in dem dicken Stifter-Band. Blieb hängen an einer Stelle. *Wenn wir in einem jener Bücher lesen*, las er, *in denen die menschliche Seele beschrieben wird, so ist alles klar, die Kräfte sind gesondert, die Verrichtungen fertig, und die Sache liegt vor uns; seh'n wir dann aber in die Seele selber, so ist es wieder dunkel, magische Dinge geschehen, als stünde in jenem Buche noch nicht das Rechte, wir ahnen endlose Gebiete, dann blitzt es oft auf, als läge hinter denen erst noch recht ein seltsames Land* … Das Serviermädchen schaltete den Staubsauger ab. Die Sache war klar und lag deutlich vor Lober: Sie war fertig mit ihren Verrichtungen. Staubsaugen kann ja schon etwas Beunruhigendes an sich haben, direkt dunkel-magisch, dachte Lober jetzt. Diese Vorstellung, man wäre ein Sandkorn und würde plötzlich … aus heiterem Himmel, könnte man beinahe sagen, wenn der Aufenthaltsort von Staubkörnern in der Regel nicht eher muffige, düstere Auslegeware wäre … urplötzlich also würde man als Staubkorn von einem ungeheuren Orkan fortgerissen, die Reise durch das Staubsaugerrohr müßte einem doch vorkommen wie das Durchgezogen- und Durchgewirbeltwerden durch ein Schwarzes Loch irgendwo da draußen im unendlichen All.

Und dann erst die Ankunft im alles auffangenden Staubbeutel, in dem es ja drunter und drüber gehen müßte, wie man sich's kaum vorstellen kann, direkt wie in einem anderen, einem stockdunklen Paralleluniversum würde man sich da vorkommen, als Staubkorn! Lober war jetzt beinahe froh, daß das Fräulein mit seiner Tätigkeit an ein Ende gekommen war, er hätte es schlicht nicht mehr ertragen, diesem Staubsaugen noch länger zuhören zu müssen … und das als Gebietsvertreter der Firma Nachschaff! Lober wurde sich selbst, wenn auch nur für einen ganz kurzen Augenblick, unheimlich. Er ahnte, daß da auch bei ihm noch endlose Gebiete eines anderen Interesses vorhanden waren, ohne daß er jetzt hätte sagen können, was für ein Interesse genau das war. Jedenfalls fühlte er, daß er längst dabei war, zu einer Reise, wie er sie noch nie gemacht hatte, aufzubrechen.
Lobers Handy meldete sich. Mit einem einzelnen Hupton, der anzeigte, daß eine SMS eingegangen war. Es war Franzka. Mensch, die hatte er fast vergessen. Normalerweise schickte er ihr zumindest einen kurzen Morgengruß. Selbst das hatte er heute versäumt, seit er in der Früh den *Wilden Mann* verlassen hatte. Er war etwas spät dran, selbst das Frühstück mußte kürzer ausfallen als gewohnt … ja, und dann hatte ihn dieser Stifter dauernd auf Abwege gebracht. Eigentlich hätte ihn die Hör-CD von Franzka bei jedem Anhören an sie erinnern sollen. Jetzt aber mußte sie sich selbst in Lobers Gedächtnis zurückrufen. Mit folgender, wie er fand, leicht gereizter Nachricht:

Na, angenehme Nacht verbracht? W. hat mich eingeladen. Was dagegen, wenn ich zusag? F.

Natürlich wußte Lober, wer W. war. Werner! Und er wußte auch, wenn der ins Spiel kam, dann war im Grunde höchste

Alarmstufe angesagt. Werner wieder! Der verfolgte ihn, seit er Franzka kannte. Gleich von Anfang an, so als ob sie klare Verhältnisse zu schaffen wünschte, hatte sie Lober von Werner erzählt, den sie – natürlich übertrieb sie stark – schon seit Kindergartentagen kenne. Das sagte sie nur, um die angebliche Unverfänglichkeit dieser Beziehung herauszustreichen. »Wir kennen uns doch schon seit Kindergartentagen!« Gleichzeitig machte sie aber keinen Hehl daraus, daß Werner ihr seit geraumer Zeit … konnte man sagen: nachstieg? Konnte man eigentlich nicht sagen, denn *nachsteigen* hatte so einen Touch von Draufgängertum. Selbiges ging Werner nun aber völlig ab. Deshalb war er ja auch immer noch ohne Frau, obwohl er sonst alles aufzuweisen hatte, was eine sogenannte gute Partie ausmacht. Er war Besitzer einer Weinkorkenfabrikation in Weilheim südlich von München, wohnte in einer herrlichen Villa am Ammersee und hatte ein Ferienhaus in der Toskana. Nur eines hatte er eben nicht: den Mut zum Draufgängertum. Wenn Werner eine Fußballelf gewesen wäre, dann hätte man über ihn bestimmt gesagt: Das ist eine typische Mannschaft, die es nicht mag, wenn sie das Spiel selber machen muß. Die lauert immer nur auf Konter! Und seit einiger Zeit eben lauerte er bei Franzka auf … konnte man sagen: Konterstöße?
Lober hatte das durchaus mitbekommen. Er war ja nicht blind (auch wenn er sich manchmal so stellte). Er hatte darüber nachgedacht, welche Gegenstrategie zu fahren sei und war auf die, wie er jetzt im Nachhinein einsehen mußte, wenig geistreiche Idee verfallen, Franzka einzuladen, ihn doch einmal bei seiner Bayerwaldtour zu begleiten. »Da lernst du mal was Neues kennen«, hatte er zu ihr gesagt. Die Empörung war ihr ins Gesicht geschrieben. Zu lesen stand da: Du spinnst wohl. Diese Einladung war ungefähr so generös, wie wenn man seiner Gattin zu Weihnachten Topflappen schenkt.

»Bayerischer Wald, das ist doch nicht dein Ernst«, hatte sie auch gleich aufgeschrien, sich dann aber schnell wieder in der Gewalt gehabt und Tage später auf die vergiftetste Art und Weise geflötet, Werner habe sie schon wieder eingeladen zu einem Wochenende in seinem Ferienhaus in der Toskana. Irgendwann solle sie es sich vielleicht doch einmal anschauen, oder, was meine er, Lober?
Lober meinte vor allem eines, nämlich daß er cool bleiben müsse trotz dieses offensichtlichen Versuchs, ihn aus der Reserve zu locken. Witzchen machen, das hielt er für das richtige. »Du wirst dir doch keinen Weinstöpselfabrikanten anlachen«, sagte er zu ihr, »wo jeder Mensch weiß, daß die Zukunft dem Schraubverschluß gehört. Ich habe mich da erst neulich mit einem Kollegen unterhalten … ich glaub, es war eh in Passau … Weinvertreter für die Gastronomie … der sagt, in Kalifornien … oder wars Australien?, da sind sie schon vollkommen korkenfrei. In ein paar Jahren braucht kein Mensch mehr Weinkorken. Und was tust du dann mit deinem Werner, der bis dahin wahrscheinlich selber schon korkelt?«
Doch wenn er ehrlich war, mußte Lober zugeben, das Frotzeln war ihm mittlerweile vergangen, weil Franzka immer öfter und – was genaugenommen erschreckend war – mit einem immer traurigeren Unterton Werner ins Spiel brachte. Das klang so nach Sichfügen ins Schicksalhafte und das war im Grunde viel beunruhigender als alles andere. Lober mußte aufpassen! Und jetzt diese Nachricht. Lober las Franzkas SMS noch einmal durch. Drückte dann auf die *Antworten*-Taste und schrieb: *Natürlich nicht!* Sollte er es dabei schon bewenden lassen? Vielleicht noch gezeichnet mit einem *H.*? Lober überlegte. Er hatte das dumpfe Gefühl, er müsse etwas mehr Interesse zeigen. Das könnte nicht verkehrt sein … unter Umständen. Er schrieb weiter: *Eingeladen wozu? H.*

Er wußte es natürlich genau. Ihm fiel nur nichts anderes ein. Das aber mußte jetzt genügen. Er verschickte die Nachricht und schaltete das Handy ab.
Das Servier-Mädchen schaute zu ihm herüber. Lober nutzte die Gelegenheit und bestellte noch einen Kaffee. In der Zwischenzeit, bis sie ihn brachte, rückte er das dicke Buch und das rot umrandete Politmagazin schön akkurat vor sich hin. Er überlegte, wonach er greifen sollte. – Wie war noch gleich der Name von diesem rasenden Reporter gewesen, von dem die Buchhändlerin erzählt hatte? Lober schlug das Inhaltsverzeichnis des Magazins auf. Maximus Theuer! Genau, den suchte er. Er blätterte die angegebene Seitenzahl auf und las:

Stochern im Nebelwald
Die Wahrheit über Franzi, den Bombenbauer,
über Hundling und die Hundlinger.
Eine Reportage von Maximus Theuer

Hundling, das ist dort, wo sich Fuchs und Hase, Bombenbauervater und Bombenbauersohn gute Nacht sagen. Dann geht der Sohn hinauf in den ersten Stock, in sein Zimmer, von dem der Vater komischerweise immer noch glaubt, es sei das Kinderzimmer. In Wirklichkeit aber ist es schon seit Wochen, vielleicht schon seit Monaten, wer weiß das, zur Bombenbauerwerkstatt geworden. Jede Nacht brennt dort das Licht, eine einsame Achtzig-Watt-Birne, oft bis um vier Uhr früh. Der Franzi muß nicht aufstehen. Der kann schlafen bis Mittag. Das stört niemanden und das merkt auch gar niemand. Der Vater ist schon seit sieben aus dem Haus, oder er kommt gerade heim und legt sich gleich schlafen, weil er arbeitet als Schichtler im Galvanisierungswerk. Die Bombenbauermutti lebt nicht mehr, aber das ist eine andere Geschichte. Die kommt gleich auch noch dran. Der Franzi hat keine

Arbeit (außer der, nachts Briefbomben zu bauen, aber von der weiß niemand etwas). Um eine Arbeit tun zu können, müßte man etwas gelernt haben. Oder genauer: Man müßte anhand von Papieren nachweisen können, daß man auf Anstalten war, die versucht haben, einem etwas beizubringen. Der Franzi hat aber nicht einmal den Hauptschulabschluß geschafft. Statt dessen hat er sich beigebracht, wie man Briefbomben baut. Dazu ist er in keine Lehre gegangen und das hat ihm kein Meister gezeigt. Der Franzi ist überhaupt nirgends in die Lehre gegangen. Das hat ihm nämlich der Vater verboten. Das war das letzte Mal, daß er sich um etwas gekümmert hat, was seinen Sohn betrifft. Ja, so sieht das aus, wenn sich in Hundling ein Vater um seinen Sohn kümmert: Mit allen Mitteln wußte er es zu verhindern, daß aus ihm irgendwann noch irgend etwas werden würde. Führerschein hat er auch keinen gehabt. Das Haus liegt am Ortsrand, niemand findet hierher. So ist es gut. So ist es schon fast wie Totsein.

Man muß halt noch die Zeit überbrücken. Die bis zum richtigen Unter-der-Erde-Liegen. Der Sohn hat einen Fernseher in seinem Zimmer, mit dem kann man sich auch unterhalten. Der Vater vertreibt sich die Zeit lieber mit Fischen am Karpfenteich. Oberstes Gesetz beim Fischen ist, daß man nichts redet. Das ist dem Vater überhaupt das liebste: nichts reden müssen. Manchmal erschlägt er die Fische nicht gleich, sondern nimmt sie mit nach Hause, setzt sie in der Badewanne aus. Ich sehe es vor mir, wie er auf dem heruntergeklappten Klodeckel sitzt und den Karpfen zuschaut, wie sie in Todespanik im Kreis herumschwimmen und das Maul auf- und zuklappen. Ihr würdet gern schreien, gell, sagt der Vater, denn mit den Fischen redet er, manchmal, aber die Fische, die blöden, die verstehen nichts.

Im Dorfkrug in Hundling verstehen sie auch nichts. Ich bin dort gewesen. Hab mich zu den Karpfen an den Stammtisch

gesetzt, und sie haben erst einmal das Maul auf- und zugeklappt über eine solche Frechheit. Weil das kommt hier eher nicht vor, daß sich einer einfach mit an den Stammtisch dazusetzt. Ich hab sie dann gefragt, weil ich immer alle Deutschen gleich und sofort alles Unangenehme frage, wer ihn denn gekannt habe, den Franzi. Und wie sie sich das erklären, daß ein zwanzigjähriges Milchgesicht auf die Idee komme, neun unschuldigen Menschen völlig unverdächtig aussehende Briefsendungen zu schicken, die Adressenaufschriften wie von Kinderhand hingemalt, und wenn man sie dann öffnet, fliegen einem die Ohren um diese Briefe, zusammen mit abgerissenen Fingern, ganzen Händen, halben Nasen.
Ja, da haben sie erst einmal nur die Luft gekaut, stumm, meine Hundlinger Stammtischkarpfen, und dann haben sie gesagt, das verstehen sie auch nicht, wie »da Bua« so was »toa hod kinna«. Ich fragte: Wie bitte? Und sie sagten noch einmal, »der Bub« und »tun hat können«. Ah ja! Da habe ich sie verstanden, diese kleinen, gedrungenen Menschen dort, im Nebelwald, mit ihren Keltengesichtern, die deshalb immer so rot anlaufen, weil sie ständig jede Gemütsregung zurückhalten müssen, zurückpressen in ihre runden, vom vielen Zurückstopfen der Gefühle schon ganz aufgeblähten Körper. Ah ja, habe ich mir gedacht, als ich da so saß, im Dorfkrug von Hundling, hier wird alles Harte weich geredet.
Doch ich hab mir nichts anmerken lassen und habe sie weiter befragt. Und so hab ich auch die andere Geschichte erfahren, die von der Bombenlegermutti. Mit der fängt nämlich im Grunde alles an. Und wieder ist es eine Geschichte vom Tod. Hallo, Herr Leser, Frau Leserin, merken Sie etwas? In Hundling haben immer alle Geschichten etwas mit dem Tod zu tun. Sie finden das seltsam? Ich nicht. Ich bin nämlich Spezialist für die unerklärliche Todessehnsucht der Deutschen. Immer schickt man mich in solche Nebelwälder,

wo solche Mordsachen geschehen. Ich weiß gar nicht warum, womit ich das verdient habe. Vielleicht weil meine arme Mama aus Odessa stammt und ich in Budapest geboren wurde. Jedenfalls: Immer schicken sie mich hin, sie rufen an und sagen, machen Sie das, Theuer, fahren sie nach Hundling. Kriegen Sie raus, was es mit diesem Bombenbauerbubi auf sich hat. Und so fahr ich halt. Deutschland im Nebel. Ganz unten im Süden, weit hinten in Bayern.
Mit der Bombenlegermutti also war es so: Sie war noch keine vierzig, als sie starb. Es geschah bei einem Autounfall. Eigentlich handelte es sich nur um einen Bagatellschaden. Sie war mit dem Buben nach Passau zum Einkaufen gefahren. Mit vollen Einkaufstüten, also glücklich, wie eine deutsche Familie nur glücklich sein kann, waren sie zurückgekommen zum Parkplatz. Der Bub hatte gleich schon gesehen, wie eng es werden würde beim Ausparken. Sagte noch zur Mutti, daß er sie herauswinke. Doch sie, vielleicht ein klein wenig zu übermütig, wegen der gar so günstigen Schnäppchen, die sie eben noch beim Einkaufen gemacht hatten, ging die Sache forsch an und schrammte mit der Beifahrerseite an der Stoßstange des Nebenmannes entlang: Der Wagen vom Bombenbauervati bekam einen richtig schönen langen Kratzer ab. Aus war es mit dem Glück. Die Mutti, die wieder brav zurücksetzte in die Parklücke, dann erst ausstieg, habe gezittert, gab der Bub später zu Protokoll. Hat wohl gleich an den Vati gedacht, den der Anblick seines geschändeten Heiligtums augenblicklich in eine Bombenstimmung versetzen würde. Den zerreißt es und der explodiert, denn das hatte er ihr schon früher einmal gesagt, in aller für solche Ankündigungen gebotenen Ruhe, wenn einmal etwas am Auto sei und zwar »wegen ihrer«, dann haue er ihr das Kreuz ab. Das haben mir die mittlerweile ganz gesprächig gewordenen Stammtischkarpfen erzählt und sich gegenseitig mehr-

fach bestätigt, daß das seine Worte gewesen seien: er haue ihr das Kreuz ab. Das ist so die Wortwahl in Hundling.
Jedenfalls: die Mutti ist zusammengebrochen. Sie ist gestorben aus Angst. Aus Angst vor ihrem eigenen Mann. Herzinfarkt hieß es später im Krankenhaus. Und ihr Sohn ist dabeigestanden. Der hat sich das alles anschauen müssen. Und ab da war es aus. Da war er ein anderer Mensch. Was man ja verstehen kann, sagen die im Dorfkrug. Der eigenen Mutter beim Sterben zusehen müssen. Da haben sie direkt Mitgefühl gezeigt.
Seitdem jedenfalls hat er mit niemandem mehr gesprochen, der Sohn. Und der Vater auch nicht. Zu keiner Vereinssitzung ist er mehr gekommen und im Fischerheim hat er sich auch nicht mehr sehen lassen. Den Bub hat man höchstens noch im Wald antreffen können, da hat er nämlich immer sein Training absolviert. Ich frage: Welches Training? Und meine Dorfweisen wissen auch nur: Ausdauer oder so. Der sei immer mit einem Rucksack herumgelaufen, in den er schwere Steine hineingetan habe. Und damit sei er dann in Stiefeln und Parka durch den Wald gerannt. Joggingsachen hatte der ja nicht. Ich hab mir gedacht, schau her, da hat sich einer aufs Weglaufen vorbereitet.
Der Franzi war ja schon immer anders, rücken sie jetzt langsam mit der ganzen Geschichte heraus im Dorfkrug. Nachdem ich sie mir angehört habe, muß ich sagen: Nein, stimmt gar nicht, der Franzi war gar nicht anders, der war wie alle armen Schweine, von denen nur immer diejenigen behaupten, das seien Sonderlinge, die genau für diesen Ausschluß aus der Gemeinschaft sorgen. Mir haben sie erzählt, daß es erst neulich ein Klassentreffen gegeben habe. Und daß natürlich auch der Franzi eingeladen gewesen sei. Daß er aber, wie zu erwarten, nicht gekommen sei. Und da seien sie zu ihm hinausgefahren, an den Waldrand. Natürlich war er da-

heim. Sie hätten ihn auf der Stelle mitgenommen. Sie seien ja gekommen, um ihn abzuholen. Er aber habe sich geweigert.

Hätt ich mich an seiner Stelle auch. Weil ich kenne ja mittlerweile die ganze Geschichte. Die wurde mir erzählt, nachdem sich meine Stammtischbrüder eine weitere Runde Bier bestellt hatten. Unter Feixen erzählten sie mir, daß der Franzi immer so gestunken habe. Und daß sie ihn einmal im Umkleideraum der Turnhalle gepackt und samt den Klamotten unter die Dusche gezerrt hätten. Natürlich gleich geheult, das Weichei. »Der war doch beinand wie ein Packerl Kunsthonig.« – Ich stelle mir vor, wie sich der Franzi gefühlt haben muß, als neulich abends seine Klassen- …, nein nicht -kameraden, sondern -peiniger vor seiner Haustüre gestanden sind und gesagt haben, sie holen ihn jetzt ab.

Ich bin dann aufgestanden und gegangen. Draußen vor dem Dorfkrug war es längst dunkel geworden. Auf den Straßen war kaum mehr jemand unterwegs. Als ich auf jemanden zuging, weil ich nach dem Weg fragen wollte, den Weg zum Haus am Waldrand, lief die Person vor mir davon und flüchtete in einen Hauseingang. Nichts bewegte sich mehr in Hundling außer den Fenstergardinen. Ich hab dann selber herumgesucht und schließlich das Haus gefunden. Kein einziges der Fenster war erleuchtet. Es heißt, der Vater liege mit einem Nervenzusammenbruch im Krankenhaus. Auch die beiden Fenster im ersten Stock dunkel. Eines davon muß das Kinderzimmer sein. Die Polizei sagt, es sei tipp topp aufgeräumt gewesen, als sie es aufgebrochen hätten. Eine Matratze am Boden, Comic-Hefte im Regal, auch ein paar Bücher, vorwiegend Dokumentationen über die Nazizeit von einem sattsam bekannten Fernsehhistoriker. Und dann Kisten, mehrere Kisten. Darin sorgsam aufgehoben alles, was er zum Bauen der Bomben brauchte. Feuerwerkskörper zum

Beispiel, Dutzende Zehnerpackungen mit Chinakrachern, aus denen er das Schwarzpulver herauskratzte. Die Aufschriften in Tschechisch.
Wüßten Sie jetzt auf Anhieb, Frau Leserin, Herr Leser, wie man eine Briefbombe bastelt? Sehen Sie! Der Franzi aber schon. Fragt man sich woher? Ich hab mit Leuten in Hundling gesprochen. Wenn es etwas ältere Herrschaften waren, die ich fragte, sagten sie, das kommt vom Internet. Das ist das neue Zauberwort. Wenn man gar nichts mehr erklären kann, sagt man einfach *Internet.* Dabei weiß man heute, daß das Haus am Waldrand nicht einmal einen Telefonanschluß hat. Das wollte der Bombenbauervater nämlich nicht. Was soll einer, der sowieso nicht reden mag, mit einem Telefon anfangen? Ans Kanalnetz sind sie auch nicht angeschlossen. Nicht einmal aus dem Kanalnetz, geschweige denn aus dem Internetz kann der Franzi also all den Scheiß herhaben, der ihm im Kopf herumging.
Die Polizei sagt, es sind noch weitere Briefumschläge präpariert gewesen. Vielleicht hat er auch den einen oder anderen noch abgeschickt. Man könne also durchaus noch keine Entwarnung geben. Ich glaube ja, eigentlich wollte sich der Franzi selbst umbringen, am Anfang zumindest. Zum Beispiel, damit er nicht noch einmal unter die Dusche gezerrt werden kann. Und all die anderen Sachen, die sie mir bloß nicht erzählt haben, die Feixer im Dorfkrug. Aber dann hat er doch zuviel Schiß bekommen und ist umgeschwenkt, hat sich gesagt, wenn ich mich bei mir nicht traue, dann vielleicht bei anderen. Den Herrn über Leben und Tod spielen wollte er, unbedingt. Nur nicht dabei zuschauen. Das hatte er schon einmal müssen: beim Sterben zuschauen. Das wollte er nicht noch einmal. Eigentlich kann der Franzi nämlich gar kein Blut sehen. Davon bin ich überzeugt. Briefbomber können kein Blut sehen!

Wen es trifft, ist Nebensache. Er hat sich dann den »Oeckl« besorgt. Woher, weiß man nicht. Ja, man weiß nicht einmal, woher ein Hauptschüler ohne Quali weiß, was der »Oeckl« ist beziehungsweise daß es ihn überhaupt gibt. Ich glaube, der Franzi war gar nicht dumm. Wissen Sie, was der »Oeckl« ist? – Sehen Sie! Ich kann es Ihnen sagen: Den hat jeder Lokaljournalist auf seinem Schreibtisch stehen. Das ist ein Adressenhandbuch über Personen des öffentlichen Lebens. Weil öffentlich soll es schon sein, Aufsehen erregen muß es auf alle Fälle, sonst lohnt es sich ja gar nicht. Wenn nicht ganz Deutschland drüber redet, dann kann er ja gleich ein Niemand bleiben. Ich weiß nicht, ob der Franzi so gedacht hat. Ich war noch nie ein Briefbombenbauer. Sie, Herr Leser oder gar Sie, gnädige Frau Leserin? (Es gab, glaube ich, noch nie eine Briefbombenattentäter*in*, seltsam, nicht?) Man liest immer wieder, das seien überdurchschnittlich intelligente Menschen. Der Erfinder der Briefbombe war ein Schwede namens Martin Ekenberg. Der war auch ein schlaues Bürschchen, dieser Ekenberg, und machte lauter schlaue Erfindungen. Zum Beispiel wie man den Fettgehalt in der Milch messen kann. Oder wie man aus Heringsfett billiges Maschinenöl macht. Leider hatte Ekenberg nur ignorante Chefs, die all seine Ideen für Irrsinn hielten und keine davon unterstützten. Er ging dann nach England und machte dort eine Erfindung, vor der die Welt heute noch erzittert. Die ersten Prototypen dieser Erfindung schickte er 1904 an seine früheren Chefs. Das war eine richtig zündende Idee. Seitdem liefen seine, wie er fand, Verhinderer mit abgerissenen Händen und verbrannten Gesichtern herum.
Der Franzi hat sich seine Opfer weniger gezielt ausgesucht. Er hatte, wie gesagt, den »Oeckl«. Er wird halt mit dem Finger irgendwo hineingefahren sein in die Seiten. Er hat halt Schicksal gespielt. Ich denke, das hat ihm so gut gefallen,

daß er ganz vergessen hat, daß er sich eigentlich selbst umbringen wollte.

Am nächsten Tag bin ich dann zum Bürgermeister gegangen – die Nacht im Dorfkrug übrigens war schrecklich: Hundlinger Alpträume, ich wünsche sie nicht einmal meinen ärgsten Feinden, und das sind nicht wenige: weil ich bin zu schlau für diese Deutschen, ich schreib ihnen zu gute Bücher, ich stell zu unangenehme Fragen. Auch dem Bürgermeister wollte ich unangenehme Fragen stellen. Erst einmal geriet ich aber nur ins Treppenhaus, und da hängt an einer hohen Wand ein scheußliches Bronzerelief. Es zeigt einen Waldbauern mit seinem Arbeitsgaul, der einen Baumstamm hinter sich herzieht. Die aus ihrem Vorzimmer wie ein Springteufel herausfahrende Sekretärin klärte mich ungefragt sogleich auf, diese Arbeit nenne man *Holzrucken*. Komisch, warum fällt mir jetzt der Bombenbauervati ein? Wie er alle Tag in seinen Galvanisierungsbetrieb geht und seinen Schädel über irgendwelche Säurewannen hält? Und warum man davon nie ein Bronzerelief machen wird?

Als ich endlich im Zimmer des Bürgermeisters stand, habe ich ihn gleich als erstes gefragt, ob er auch im »Oeckl« stehe. Er hat mich lang angeschaut und dann gesagt: »Sie haben ja keine Ahnung, was hier Tag für Tag passiert.« Ich glaube, ich hatte das erste Mal in meinem Leben Mitleid mit einem Politiker.

Seit das alles passiert sei und vor allem seit die Zeitungen voll seien mit dem immer gleichen Foto vom Franzi, wie er, etwas schüchtern und verlegen lächelnd, unter seinem kurz geschnittenen Pony herausschaute, stehe das Telefon nicht mehr still im Rathaus. Zugegeben, es gebe ein paar besorgte, mitfühlende Anrufe, aber die meisten seien von anderer Art. Da riefen Leute an und beschwerten sich über irgendeine Bagatelle, und weil man ihnen nicht gleich Recht gebe, gar nicht Recht geben könne, fängen sie zu schreien an, und als letztes komme dann immer der Schlußsatz: »Ihr brauchts euch gar nicht wundern, wenn euch wieder einer eine Bombe schickt.« Gerade eben, bevor ich gekommen sei, erzählt Bürgermeister Roßhaupter, habe er mit einer Frau aus dem Ort telefoniert, sie sei ihm bestens bekannt, namentlich und überhaupt, und die habe ihn wüst beschimpft, wieso sie eigentlich eine Fremdenverkehrsabgabe zahlen müsse, wo sie doch überhaupt nichts am Fremdenverkehr verdiene. Er habe es ihr dreimal versucht zu erklären und nach dem dritten Mal habe sie gesagt, »is scho recht, aber eins sag ich Ihnen, Herr Bürgermeister ... so verkehrt hat es der Franzi gar nicht gemacht«.

Oder: Ein amtsbekannter, notorischer Säufer, dem man gerade zum dritten Mal den Führerschein abgenommen habe, rufe an, er wolle jetzt endlich wieder seinen »Lappen« zurückhaben, obwohl er genau wisse, daß er noch drei Monate eingezogen bleibe. Und dann habe er ins Telefon geschrien: »Wenn das jetzt nicht schneller geht, dann gibt's einen Satz heiße Ohren wie beim Landrat.« Beim Landrat war nämlich eine der Briefbomben vom Franzi explodiert. Natürlich erwischte es die Sekretärin, weil welcher Landrat öffnet eigenhändig seine Post. Die Arme zog sich Verbrennungen im Gesicht und an den Ohren zu. Als sie ins Zimmer des Landrats gestürzt kam, brannte ihre Bluse, der Chef erstickte mit seinem Jackett die Flammen.

Diese klammheimliche Freude, daß da jemand den Politikern »Feuer unterm Arsch macht«, so ein anderer Anrufer, die begegne dem Bürgermeister mittlerweile überall. Er kenne Kollegen, deren Amtszimmer seit diesen Vorfällen vom allgemein zugänglichen Flur aus nicht mehr betreten werden können, alle Türen seien abgeschlossen, es gebe nur noch den Weg durchs Vorzimmer, und wer müsse da den Kopf hinhalten, natürlich wieder die Sekretärinnen. Erst neulich in Schimmel sei ein Mann mit gezücktem Messer hereingestürmt gekommen. Er habe die Sekretärin einfach zur Seite geschoben und sei weiter ins Bürgermeisterzimmer vorgedrungen. Dort habe er geschrien: »Ich bring dich um, du Sau.« »Wissen Sie, um was es ging?« fragt mich Roßhaupter. Ich schüttele den Kopf. »Um eine Streiterei mit dem Nachbarn um die Grundstücksgrenze. – Jetzt fragen Sie, was geht das den Bürgermeister an? Da sag ich Ihnen: Gar nichts. Aber die Leute glauben ja mittlerweile, wir sind an allem schuld. – Übrigens, in Schimmel ist Blut geflossen. Herbeieilende Mitarbeiter konnten gerade noch das Schlimmste verhindern. Ich war neulich beim Kollegen. Man sieht noch immer den Fleck im Teppichboden. – Ich frag Sie, Herr Theuer, wer wird denn unsere Jobs bald noch machen wollen? – Ich hab keine Lust mehr.«

Ich hab dann dem Bürgermeister stumm die Hand gegeben, als ob ich ihm kondolieren würde. Vielleicht hab ich ihm ja auch kondoliert ... zu seinem Amt. Ich bin noch eine Nacht geblieben in Hundling. Die Leute haben nicht mehr geredet mit mir. Am Stammtisch bin ich auch noch mal vorbeigekommen, ich mußte ja auf mein Zimmer. Die Wirtin hat mir den Schlüssel gegeben und dabei stumm genickt, als ob sie alles verstünde. Die am Stammtisch waren wieder nüchtern und haben mich nicht mehr gekannt. Ich bin die ganze Nacht wach gelegen. Der Nebel hat zum Fenster hereingeschaut, was ich so mache. Ich hab gelesen, so wie man im dunklen Wald laut pfeift. Ein Buch über den Unabomber, der sich in den Rocky Mountains in einem Bretterverschlag verkrochen hat und von dort aus eine Serie von Briefbomben verschickte. Er drohte damit weiterzumachen, wenn man nicht sein »Unabomber-Manifest« veröffentliche. Ein kompletter Unsinn, dieses Papier. Aber es wurde tatsächlich in mehreren großen amerikanischen Tageszeitungen abgedruckt. Ein Bekannter des Unabombers las das und erkannte alles wieder: den Duktus, die irren Ideen, die sprachlichen Ticks. Der Unabomber wurde gefaßt. Er lebte wie ein Waldmensch. Und wollte uns alle wieder dahin zurückbomben. Weil Fortschritt und Technik an allem schuld sind. Sagte er.

Empfehlenswerte Lektüre. Die Rocky Mountains von Deutschland sind der Bayerische Wald. Jetzt warte ich nur noch auf das »Franzi-Manifest«. Doch das wird nicht mehr kommen. Der Franzi ist stumm von uns gegangen. Er hat uns nicht gesagt, was er eigentlich wollte. Ob er es selber gewußt hat?

Am nächsten Morgen war die Beerdigung. Ich war dort, obwohl der Termin am Schwarzen Brett der Pfarrkirche wohlweislich nicht bekanntgegeben worden war. Ortschaften wie Hundling brauchen kein Schwarzes Brett. Die Kirche halbvoll besetzt, die wenigen Sterbebilder gleich vergriffen. Wieder das Foto mit dem lächelnden Buben. »Es war so schön / Dich bei uns zu haben«. Am Ende hat er doch sich selbst umgebracht. Letzte Woche, Freitag. Seit dem Mittag sind die männlichen Einwohner von Hundling Schlange gestanden vor der Turnhalle und haben ihren Speichel abgegeben. Der größte Massengentest in der Geschichte Bayerns. Manche haben fürchterlich geflucht, geschimpft auf diesen Staat, gedroht den Politikern, die wieder einmal das Geld zum Fenster hinausschmissen. 40 Euro kostet ein Gentest. »Das machen sie ja nur, die Herren Politiker, weil es gegen sie selber geht. Mir schickt bestimmt keiner einen solchen Brief.« So haben einige geschäumt vor Wut, aber hingegangen sind sie trotzdem alle. So ist er, der Hundlinger, ich hab ihn jetzt kennengelernt: konsequent und standhaft wie ein Packerl Nebel.

Anders der Franzi. Für ihn muß klar gewesen sein, er geht nicht zu diesem Speicheltest. Er läßt sich nicht verhaften,

verhören, anklagen, verurteilen. Wenn das jetzt nicht klappt mit den anderen, dann bringt er halt doch sich selber um. Mit großer Ruhe ist er seinen letzten Tag angegangen. Er hat sogar noch einem Bekannten geholfen, bei der Holzarbeit im Wald. Kurz nach Mittag hat er gesagt, er muß noch etwas erledigen. Dann ist er hinausgelaufen auf eine freie Wiese, von wo aus er genau hinunterschauen hat können auf Hundling. Er hat die Camping-Gaskartusche ausgepackt, die er zuvor mit Schwarzpulver gefüllt hatte, hat sie sich vor den Unterleib gehalten und gezündet.
Der leitende Kriminaler sagt, man habe den Fahndungsdruck erhöhen und ihn so in die Enge treiben müssen, »seine Sprengsätze wurden immer gefährlicher«. Und der Bürgermeister: Froh könne man nicht sein, aber vorbei sei es jetzt Gott sei Dank. Ich versteh dieses Hundling nicht. Diese Menschen in diesem Nebelwald. Heute steht in der Zeitung, gestern habe sich ein 37jähriger Familienvater auf der Stelle noch in seinem Wagen sitzend erschossen, nachdem er einen leichten Auffahrunfall verursacht habe. Alle wollen alle immer gleich umbringen, einschließlich sich selbst. Einzige Lösung, die sie kennen, ist der Tod.
Ich fahr jetzt wieder heim in die große Stadt im Norden, bevor ich hier noch völlig verrückt werde. In der Jackentasche habe ich ein Sterbebild vom Franzi. Ich schaue es mir noch einmal an. Gebe acht, daß ich es beim Zurückstecken nicht zerknittere. Man sollte selbst demjenigen den Tod nicht wünschen, der ihn erst sich selbst, dann den anderen und zum Schluß doch wieder sich selbst beibringen wollte und beigebracht hat. Hätt ihm nicht einmal jemand sagen können, dem Franzi, he du, es gibt noch andere Flecken auf der Welt, da hat es nicht alle Tage diesen Nebel. Aber wahrscheinlich haben sie ihm in Hundling immer nur solche Lebensweisheiten mit auf den Weg gegeben, wie ich sie von der

Wirtin im Dorfkrug bei meiner Abreise erhielt. Sie sagte zu mir, und ich glaube, es war der einzige Satz, den sie an diesen zwei Tagen mit mir gesprochen hat: *Wer de Oidn ned mog, der soi se jung aufhänga!*

8

So also sahen Leute wie Maximus Theuer das Land, von dem Lober immer gedacht hatte, so gut wie er kenne es sonst kaum keiner. Schließlich war er schon lange genug in ihm unterwegs, Tag für Tag, von Ortschaft zu Ortschaft, in so viele Häuser wie er hatte wahrscheinlich noch keiner gesehen. Und dennoch hatte er seit heute das Gefühl, er müsse einmal anfangen, genauer hinzuschauen. Manches huschte viel zu schnell vorbei. Vielleicht war ja der Grund der, weil er immer nur mit dem Auto unterwegs war. Er sollte einmal zu Fuß gehen. Sich Zeit nehmen. Das Land genauer anschauen. Aufsaugen. Wenn er jetzt *Land* dachte, dann war das selbstverständlich alles: die Hügel, die Wälder, der Nebel, dieser feuchte, modrige Geruch, der einem selbst im Juli aus Talgründen entgegenkriecht, aber auch die Häuser, die Hofhunde, der Mäusebussard, der über einem einsamen Gehöft kreist, die stets gutgelaunt aus ihrem gelben Dienstauto herausspringende Postzustellerin, die Ministrantenbuben in dem Trauerzug, der unterwegs ist hinaus auf den Friedhof, und sie fummeln verstohlen in den Falten ihres Meßdienergewandes an Handys herum. Das alles gehört zum *Land.*

Lober war auf einmal so froh, daß er das alles sehen durfte. Und hören! Die ganzen Geschichten, die ihm erzählt wurden. Wie oft war er unleidig gewesen, weil er zum *Abschluß* hatte kommen wollen, zum Vertragsabschluß nämlich. Den

Zufallsbekanntschaften, mit denen er am Abend in den Pensionen und Gasthöfen ins Gespräch kam, machte er gerne Andeutungen vom harten Los eines Außendienstmitarbeiters. Im Grunde hatte er damit immer nur Mitgefühl schinden wollen, was natürlich unter den Kollegen gründlich mißlang. Mitleid gibt's keines, am allerwenigsten unter Außendienstmitarbeitern, die ja letzten Endes immer im selben Revier wildern. Höchstens, daß sie ihn anstachelten: Erzähl doch mal! Und dann war es an Lober, seinen reichen Erfahrungsschatz auszubreiten. Die anderen hörten zu. Hatten ja alle dasselbe Problem: die ewig gleiche Zeit in diesen ewig gleichen Gasthöfen totzuschlagen.

Na gut, dann erzählte er eben. Von seinen Erlebnissen, wenn ihm mal wieder irgendwo eine Haustüre aufgetan ward. Und man ihn sogar hereinbat. Ihm einen Platz anbot. (Mittlerweile wußte er natürlich längst: Platzanbieten bedeutete gesteigerte Alarmbereitschaft. Da war wieder jemand darauf aus, ihn stundenlang mit seiner Lebensgeschichte zu behelligen.) Natürlich waren es meist die Einsamen und Verzweifelten, die einen hereinbaten. Grüne Witwen zum Beispiel, die, wenn er ins Wohnzimmer eintrat, aus der bereits offenstehenden Hausbar einen Crema di Limoncino anboten und die sich dann meist eine Idee zu lasziv auf die Fernsehsessellehne hindrapierten, während sie ihm das randvolle Gläschen hinhielten. Spätestens nach dem dritten Mal Nachschenken offenbarten sie ihm ihr Lebensgeheimnis. (Trinkfestigkeit in Bezug auf Frauenliköre ist übrigens unbedingtes Einstellungskriterium für einen Außendienstmitarbeiter.) Allerlei kommt da zur Sprache. Wenn sein Zuhörerkreis am Abend in den Gaststuben einmal nicht aus Kollegen bestand, die den Außendienst selbst aus eigener Erfahrung nur allzu gut kannten, dann glaubten sie immer nicht, was Lober da an wenig erbaulichen Erlebnissen und Erfahrungen zu berichten hatte. Sobald man in einer solchen Runde erfuhr, daß Lober Staubsaugervertreter war, wurde ein Lachen und Feixen und die unvermeidliche Aufforderung hörbar, doch einmal zu erzählen, was sich da so abspiele. Dramen oft, regelrechte Dramen, war meist das erste, was Lober sagte. Was ihm da oft an menschlich Erschütterndem zu Ohren komme. Darauf hatten es die Zuhörer aber gar nicht abgesehen, sie hätten gerne anderes gehört, nähere Einblicke bekommen zu dem sicher doch sehr interessanten Thema *Grüne Witwen*. Ja eben, sagte dann Lober. Man mache sich falsche Vorstellungen, größtenteils. Diese lasziv auf Lehnen hindrapierten Damen würden nämlich regelmäßig nach dem fünften Gläschen allzu rasch hinuntergeschütteten Limonenlikörs nicht nur in die viel zu weichen Sitzmöbel rutschen, sondern eben auch in ihre ebenso ausgeleierte und ramponierte Lebensgeschichte. Mit leicht entgleisender Zunge klagen sie ihr Leid. Von Unterleibsausräumungen ist da ebenso die Rede wie von jahrelang erfolglos behandelter Cellulitis. Meist ... nein, ausnahmslos wechsle die Klage Grüner Witwen irgendwann zu dem Thema Ehemann. Von dem einen heiße es dann, er verjubele alles Geld für die Wartung seines Motorrades, von dem anderen, daß er jetzt schon seit drei Jahren am Waldrand hinterm Ort einen Schafspferch unterhalte und die dort weidenden Shropshireschafe mittlerweile mehr liebe als sie, die Ehefrau. Was sie denn da bitte tun solle? Eine Frage, auf die ein Außendienstmitarbeiter der Firma Nachschaff vorbereitet zu sein hat, wie auf jede andere Frage übrigens auch. Er sollte Ratschläge hierfür bereithalten, ja vielleicht sogar Handreichungen, im konkretesten Sinne des Wortes. In welcher Verzweiflung auch immer sich eine potentielle Kundin befindet, der Außendienstmitarbeiter sollte auf jeden Fall Trost und Zuspruch parat haben, Zuspruch und Zugriff. Meist sind es ja eh Standardprobleme und Standardantworten. Im Grunde geht es um ein einziges Problem, in geringfügiger Variationsbreite. Es lautet: *Er* interessiert sich mehr für seinen Karpfenweiher, seinen Fußballverein oder seine im Keller des Hauses untergebrachte Bastelecke als für sie, die Ehefrau! Und die Standardantwort?, kommt dann meist sofort die lüstern gestellte Nachfrage von der Runde um den Wirtshaustisch. Und da lächelt Lober dann und wechselt das Thema. Wechselt in Richtung der Abteilung *Skurrilitäten und andere Absonderlichkeiten.* Da gibt es zum Beispiel Menschen, anfänglich äußerlich völlig unauffällige Menschen, die wollen Lober unbedingt ihre Terrarien mit der Vogelspinnensammlung zeigen (ein weiteres Einstellungskriterium für Außendienstmitarbeiter ist, daß sie keinerlei Phobien aufweisen sollten gegen a) exotische Haustiere, b) komplett zugemüllte Wohnungen, c) Heerscharen von unter Schränken hervorkriechenden Staubmäusen, d) nach nassem Fell stinkende Doggen mit der Widerristhöhe eines ausgewachsenen Ponys, die ständig versuchen, einem das Gesicht abzulecken). Wieder andere gibt es, die müssen unbedingt ihre Wohnzimmerschrankwand voller Aktenordner vorführen, in denen sie den gesamten Beschwerdebriefwechsel mit diversen Ämtern dokumentiert haben. Man könne ja wahlweise einmal irgendeinen Fall herausgreifen, sagen diese passionierten Beschwerdeführer dann. Es ist ja ganz egal, bei welchem man anfängt. Sie ziehen einen Aktenordner heraus, er ist so prall gefüllt, daß der Klemmer über den Bügeln den Packen von zirka 800 Seiten kaum mehr zu bändigen vermag. Und dann wird die erste Seite glatt gestrichen und erklärt, was da steht. Die Erklärung dauert zweimal länger, als wenn man den Schriftsatz durchläse, aber der Herr, Lober also, müsse ja die Ungeheuerlichkeit des Vorganges begreifen, und dazu müsse man erst einmal erklären: Da weigere sich doch tatsächlich ein Gemeindeamt, und zwar seit Jahren, die Gebühr für Abwässer zu erlassen, wo der Beschwerdeführer doch zweifelsfrei nachweisen könne, daß er das Regenwasser seines Hausdaches nicht in die Kanalisation, sondern in die Regentonne für das Gießwasser seines Gemüsegartens umleite. Seite für Seite blättert sich dieser kohlhaas'sche Kleinkrieg mit deutschen Amtsstuben auf. Von gutachterlicher Bestätigung der Rückständefreiheit besagten Regentraufenwassers über geohydrologische Untersuchungen des Bodens, auf dem dieses Wasser auszubringen gedacht werde, bis hin zu ganzjährigen Meßreihen der tatsächlichen Niederschlagsmenge in Relation zu dem tatsächlich bereitstehenden Regentonnenfassungsvolumen entwickelt sich der Casus langsam voran und mündet schließlich in eine schon mehrfach in Revision gegangene Gerichtsverhandlung. Denn der Herr werde doch sicher verstehen, daß angesichts dieser Aktenlage einmal gröbere Worte an die Adresse dieser bürokratischen Sesselfurzer, dieser hirnamputierten Krüppelexistenzen, dieser eigentlich mit der Nachgeburt zusammen zu entsorgenden Verirrungen der menschlichen Natur vonnöten gewesen seien, was dann, Gipfel des Staatsterrors, dem man als unschuldiger Bürger ausgeliefert sei, zu einer Beleidigungsklage geführt habe. Was denn der Herr dazu eigentlich sage? – Auf dieses kurze Luftholen muß der Außendienstmitarbeiter warten können. Jetzt ist der Augenblick, wo er es noch einmal versuchen könnte. Er sei Mitarbeiter der Firma Nachschaff und habe eine interessante Neuerung auf dem Staubsaugersektor vorzustellen: das Modell *Augias*. Dann allerdings kann es passieren, daß der Herr vor seiner Aktenordnerschrankwand lediglich ein »Ach so« hervorbringt und ein »darum kümmert sich meine Frau, die ist aber gerade nicht da«. – Ob man jetzt langsam verstehe, wenn Lober sage, der Job eines Außendienstmitarbeiters sei kein ganz einfacher?

Man bekomme es da mit älteren Damen zu tun, die einen mit einer zuvor nicht für möglich gehaltenen Hartnäckigkeit in ihr Schlafzimmer abdrängen, damit man sich dort als Zeuge dafür zur Verfügung stelle, daß in diesem Schlafzimmer Außerirdische am Werk seien, die es auf unerklärliche Weise immer wieder fertig brächten, das Bett in eine leicht schaukelnde Schwebelage ungefähr einen halben Meter über dem Fußboden zu versetzen, und zwar just, nachdem man sich hineingelegt habe. Der Herr solle es einmal ausprobieren. Ob er es nicht auch spüre ... jetzt, jetzt! ... daß das Bett fliege. – Es sei besser, sagt Lober, wenn man sich dann einfach dreinschicke und sage: »Sie haben völlig recht, Madame«. Alles andere, Widerspruch gar, wäre der reine Wahnsinn!
Selbstverständlich auch stundenlang in Augenschein nehmen müsse man die sich über ein gesamtes Stockwerk hinziehende Modelleisenbahnanlage, die sich ein pensionierter Landgerichtspräsident aufgebaut habe, seit ihn seine Frau verlassen habe. Es lasse sich auf dieser Anlage, wie der Landgerichtspräsident sehr umständlich und gewunden ausführt, in Echtzeit-Übereinstimmung exakt der Fahrplan für den Bereich Salzburg–München nachfahren, mit allen Nebenstrekken, versteht sich. Das mache zwar vonnöten, daß er täglich um vier Uhr dreißig aufstehe und seine eigens angeschaffte Schaffneruniform anlege, aber dafür sei eben alles täuschend lebensecht. – Auch hier habe man grenzenlose Bewunderung zu heucheln, sagt Lober, anderenfalls brauche man gar nicht anfangen mit seinem bescheidenen Anliegen vonwegen »vielleicht darf ich Ihnen kurz einmal, hier unter der schwer zugänglichen Platte der Modelleisenbahn, die ungeheure Saugleistung des Augias ... nein, nicht ... unter der Platte auf keinen Fall ... na dann ... wie Sie meinen«.
Manchmal komme es ihm ja so vor, hatte Lober nach der Rückkehr von einer seiner Vertreterreisen einmal zu Franz-

ka gesagt, als ob der Bayerwald mittlerweile zum bevorzugten Rückzugsgebiet aller Spinner, Psychopathen und vor allem durchgeknallter Esoteriker geworden sei. Das müsse mit dem vielen Nebel zusammenhängen, daß hier schon manche ganz benebelt seien. Und er, Lober, müsse sich all dieses krause Zeug anhören. Er glaube nicht, daß es noch einen anderen Berufsstand gebe, der sich soviel anhören müsse. Denn anders als beim Friseur, beim Frauenarzt oder beim Pfarrer im Beichtstuhl, wo die jeweils fremde Umgebung dann doch bewirke, daß die Leute eine gewisse Restscheu behielten, sei er, Lober, gezwungen, den Menschen in ihre mehr oder minder Zyklopenhöhlen ähnelnden Wohnungen zu folgen, um dort dann mit den grauslichsten und abstrusesten Geschichten behelligt zu werden, die vielleicht zum offenen Lagerfeuer irgendwelcher Steinzeitmenschen passen, aber doch nicht zu kniehohen Glastischen und Ledersitzgarnituren. Das fange an bei Wackelsteinforscherinnen, die ihm etwas über Kraftplätze erzählen, gehe weiter über freakige junge Pärchen, die ihm anböten, mit ihm zusammen einen Fliegenpilzaufguß zu schlürfen, und höre auf bei einem schon jahrelang arbeitslosen Informatiker, der ihm etwas über die Wortgeschichte des Begriffes *Amoklauf* begreiflich zu machen versuche. Irren Blickes erzähle einem dieser mit Keltenkreuzen behängte Mensch, wenn es zum Endkampf zwischen dem roten und dem weißen Drachen komme, dann habe er in seinem Garten ein bronzenes Keltenschwert vergraben und das hole er dann hervor und werde damit fürchterlich dreinfahren – natürlich nur im Sinne des Siegs der guten Sache. Welche das denn sei? Das neue Zeitalter der Großen Wissenden … der Hagazussa … der Zaunreiter … und wenn man dann etwas zweifelnd dreinschaue, so Lober, sage einem dieser Irre: »Ich sehe schon, Sie verstehen überhaupt nichts, aber warten Sie nur, Sie werden schon sehen.«

Es sind immer Leute, die Zeit haben, unendlich viel Zeit, das hatte Lober längst festgestellt, sie sind es, die einem die Türen öffnen und einen hereinlocken, und wehe, man geht ihnen in die Falle. Erst neulich war er wieder an so einen geraten. Ehemaliger Topmanager aus dem Niedersächsischen, der Lober schon nach fünf Minuten des Gegenübersitzens und Kennenlernens seine sämtlichen Einkommensverhältnisse offengelegt hatte … seine früheren Einkommensverhältnisse, weil mittlerweile habe er das ja alles abgeschüttelt, wie er sagte. Das alles bedeute ihm nichts mehr, die Millionen und die Häuser und die Jachten und die Reisen. Frühzeitig sei er aus seiner Topmanagerposition ausgeschieden, mit dreieinhalb Millionen Euro Abfindung, das sagte er ganz offen und ungeniert, und von dieser Abfindung habe er sich – unter anderem – ein Bauernhaus im Bayerwald gekauft. Und da sitzt er jetzt drin, und draußen vor dem Bauernhaus, wo früher sicher einmal der Misthaufen gewesen war mit dem Holzbretterscheißhäusl, steht ein aus Granit gehauener Buddha, »Kostenpunkt: Wagen der gehobenen Mittelklasse«, wie der Topmanager in seinem stakkatohaften Norddeutsch prahlte. Mittlerweile hatte er seine thailändische Ehefrau hereingebeten, »zeig dich doch mal«, die habe er aus Thailand mitgenommen, selbiges sagte er auch über die goldene Shivastatue, die auf einem der Fensterbretter stand, im Grunde hätte er es genauso gut auch andersherum machen können, dachte Lober, die thailändische Ehefrau auf das Fensterbrett setzen und ihr befehlen stillzuhalten und die Shivastatue in den Arm nehmen und zu ihr sagen, »zeig dich doch mal«. Er sei ja von seiner Firma früher in der ganzen Welt herumgeschickt worden, führend im IT-Bereich, wenn Lober verstehe, weltweit operierender IT-Konzern. Überall sei er schon gewesen auf der Welt, alles habe er schon gesehen, sogar mit Menschenfressern aus dem Amazonasgebiet sei er schon gemeinsam auf dem Fußboden gesessen und er habe feststellen müssen, das seien genauso Menschen wie wir. Er hatte Lober, nachdem der an der Haustüre geklingelt hatte, gleich ins Haus gedrängt, in die Wohnküche, wo eine Art aus Lehm gemauerter Grundofen stand. »Einen schönen Ofen haben Sie da«, sagte Lober, geübt in der Kunst der lässigen Gesprächseröffnung. Aber das hätte er nicht tun sollen, denn es schloß sich jetzt ein Vortrag des ehemaligen Topmanagers über Energiewirtschaft, Treibhauseffekt und Klimakatastrophe an, die thailändische Ehefrau stand daneben und lächelte die ganze Zeit. Shiva auf dem Fensterbrett hielt mitten in einer Tanzbewegung inne. Lober hatte das Gefühl, er könne die banalste Konversationsfeststellung machen, die ihm gerade einfalle, als Replik würde er immer einen halbstundenlangen Vortrag bekommen von kosmischer Themenfülle. Als er etwa die Bemerkung machte, wie angenehm es hier rieche, was überhaupt nicht stimmte, Lober stach vielmehr ein beißender Geruch in der Nase, aber als Vertreter in fremden Wänden sollte man immer ein positives Gesprächsentree wählen, habe ihn der ehemalige Topmanager sofort aufgeklärt, um welche Sorte Räucherstäbchen es sich hier handle und daß es speziell dieser Duft sei, der den spirituellen Kanal öffne, wobei er eine Handbewegung von der Stirn über Nase und Brust bis zum Bauch machte. Dabei lächelte er in exakt derselben Weise wie seine thailändische Ehefrau. Lober dachte nur, ist schon recht, öffne du nur deinen Kanal, ich hab meinen bereits jetzt voll! Vor allem als dann der ehemalige Topmanager absatzlos weitergemacht habe mit seinen Ausführungen über das Thema Wiedergeburt und daß es doch eine absurde Vorstellung sei, daß wir allesamt nur dieses eine kleine Leben hätten, da sei Lober kurz davor gewesen, daß ihm das passiert wäre, was einem Außendienstmitarbeiter niemals passieren dürfe, nämlich daß ihm der Kragen geplatzt wäre.

Am liebsten hätte er sein Gegenüber angeschrien, dreißig Jahre lang ist dir nichts besseres eingefallen, als unsere Art des ruinösen Wirtschaftens mittels deines beschissenen, weltweit agierenden IT-Konzerns schön gleichmäßig über den Erdball zu verbreiten, bis unter die Menschenfresser hinein zu verbreiten, hast dabei eine Schweinekohle verdient, schätze einmal acht bis zwölf Millionen, und jetzt sitzt du hier in deinem Bayerwaldschrein und erzählst mir etwas vom einfachen Leben, vom Abstreifen aller materiellen Begierden, von einer Einkehr in das wahre Selbst, die du mittlerweile eingeübt hättest, und zwar im Frühjahr bei sogenannten Ayurveda-Kursen in deinem Haus in Thailand, im Sommer bei einem eigens für dich engagierten Yogi in London und zu Ostern bist du immer in Rom in deiner Penthouse-Wohnung, weil du festgestellt hast, daß auch der alte Glaube etwas für sich habe, wie es dir anscheinend überhaupt leicht fällt, aus allem dir das Deinige zu nehmen, aus dreißig Jahren Topmanager-Dasein die Schweinekohle und den Reichtum und den Luxus, und jetzt in der Zeit danach, in der Zeit nach dem Ausstieg die innere Einkehr, das einfache Leben.

Ich komme gerade von Leuten, die das einfache Leben kennen, hatte sich Lober gedacht, immer noch schäumend vor Wut, nachdem er diesem Topmanager noch einmal entronnen war, denn soweit hatte er sich in der Kontrolle, daß er seinen Haßausbruch zurückhielt. Mindestens so lange, bis er wieder in seinem Auto saß, da konnte er ruhig lauthals fluchen und etwas langsameren Verkehrsteilnehmern als er selber all jene Verwünschungen entgegenschleudern, die eigentlich ganz einem anderen zu gelten gehabt hätten. Ich war gerade bei armen Schluckern, die seit Jahr und Tag von einem Staatsalmosen leben, hätte er diesem Topmanager ins Gesicht brüllen wollen, einfacher geht's wirklich nicht mehr. Wobei man all diesen Leuten, die nicht mehr auf den Arbeitsmarkt drängen, eigentlich dankbar sein müßte. Jeder, der brav daheim sitzen bleibt, sich mit seinem Pariadasein abfindet und nicht mehr länger darauf pocht, was eigentlich sein gutes Recht wäre, nämlich irgendeine Arbeit zu bekommen, der ist doch eigentlich ein Segen für diese Gesellschaft. Der hilft nicht nur aktiv mit, die Statistiken zu beschönigen, sondern der reinigt auch den Arbeitsmarkt von dem, was wir am wenigsten gebrauchen können, von Arbeitssuchenden nämlich. Je mehr Menschen wir haben, die verzweifelt auf diesem Arbeitsmarkt herumsuchen, desto offenkundiger wird, daß das verzweifelt Gesuchte, Beschäftigung nämlich, gar nicht gefunden werden kann, weil es längst nicht mehr vorhanden ist, schon seit Jahrzehnten nicht mehr. Ergo ist jeder, der dem Arbeitsmarkt fernbleibt, der brav in seiner Wohnung hocken bleibt, der sich von der Früh bis abends mit den Programmen des Unterschichtenfernsehens selbst ruhigstellt, vielleicht kein Held der Arbeit mehr im alten landläufigen Sinne, aber bestimmt ein Held der Arbeitslosigkeit, dem Dank, Anerkennung und vor allem ein gedeihliches Auskommen zustehen. Statt dessen aber schikaniert man diese Leute neuerdings, dachte Lober, mit immer weiteren Kürzungen der Leistungen und Bezüge, was heißt überhaupt Leistungen, staatliche Transferleistungen!, auch so ein Wort, die größte Leistung ist doch wohl, wenn jemand bei dem heutigen Klima, bei dieser Pogromstimmung gegen Arbeitslose, wenn da jemand trotzdem standhaft bleibt und weiterhin nicht auf den Arbeitsmarkt drängt, sondern ruhig zu Hause sitzen bleibt. Auszeichnen müßte man eine solche Leistung. Statt dessen treibt man die Leute in die größten Arbeitsmarktperversitäten, von denen die allergrößten die sogenannten Ich-AGs sind. Laufend begegnete Lober jetzt solchen Ich-AGs. Er klin-

gelte an einer Haustüre, es öffnete ihm eine völlig verhärmte Gestalt mit eingefallenen Wangen im schmuddeligen Trainingsanzug und bat ihn herein, und er konnte sich gleich an fünf Fingern abzählen, daß er jetzt wieder in eine Ich-AG, natürlich eine völlig erfolglose, geraten war. Wenn er dann ins Wohnzimmer gebeten wurde und in das Chaos eines mit irgendwelchen Bastelarbeiten übersäten Wohnzimmertisches geriet, dann war klar, was er eh schon befürchtet hatte: Hier würde er mitnichten seine eigene Vertragsabschlußbilanz aufbessern können, denn er war wieder nur in ein heulendes Sozialunglück hineingeschlittert. Wieder eine dieser irrwitzigen, aus der reinen Verzweiflung heraus geborenen Existenzgründungen, die auch noch behördlicherseits gefördert wurden und in denen man eh schon verzweifelte und nur mehr an ihre eigene Nichtsnutzigkeit glaubende Leute dazu zwang, irgendso einen menschenunwürdigen Schwachsinn zu veranstalten wie zum Beispiel: in Makrameetechnik geknüpfte Bikinis übers Internet anzubieten. Oder: die Erfindung einer Nasenhaarentfernungsapparatur als die lang ersehnte Menschheitserrettung anzupreisen. Oder das weite Feld der sogenannten Dienstleistungen: Der eine bot an, hypnotische Sitzungen mit verhaltensgestörten Hunden durchzuführen, die andere als ganzkörper-schokoladenüberzogene Mohrin auf Industriellenempfängen einen Abend lang bewegungslos – bis auf ein frivoles Wimpernklappern – inmitten einer Kalten-Büfett-Festtafel zu posieren. Und zu all dem sagen die diesen Unsinn mit Beratung begleitenden Arbeitsagenturen: Na bitte, sehen Sie, es geht doch, mit etwas Eigeninitiative und Phantasie geht alles!
Was hatte Lober schon an abstrusen Ich-AG-Ideen erlebt! Die verrückteste, aber bei genauerem Überlegen eigentlich nächstliegende hatte ein junger Akademiker in Wurmanns-

quick gehabt, der nach hundert erfolglosen Bewerbungen in seinem angestammten Berufszweig auf die Idee gekommen war, als Ich-AG eine Beratungsfirma zu gründen, die an ähnlich verzweifelte Menschen, wie er selbst einer war, gegen geringes Entgelt (200 Euro pro Vorschlag) Ideen für zukünftige Existenzgründungen verkaufte. Eine Ich-AG-Ideen-Verkaufs-Ich-AG! Es war dies die einzige unter den vielen Ich-AGs, die Lober in letzter Zeit erlebt hatte, die tatsächlich florierte. Dieser junge Mann entwickelte eine unglaubliche Kreativität im Erfinden neuer Betätigungsfelder. Die Erprobung und Umsetzung überließ er – wie clever – anderen. Zum Beispiel einen ambulanten Teufelsaustreibungsdienst. Oder einen Kneipenabholservice. Der Clou war, man rief diesen Heimbringservice an, wenn man zu vorgerückter Stunde bemerkte, daß man einerseits sturzbesoffen war, andererseits aber sein eigenes Auto vor der Wirtschaft stehen hatte. Der Heimbringservice kam mit einem Klapprad, verstaute dieses im Kofferraum des betreffenden Autos und brachte Fahrzeug und Halter anschließend wohlbehalten nach Hause. Party-Smalltalk-Vorbereiter fertigten zum Beispiel sogenannte Summarys über die fünf erstplazierten Bücher der Bestsellerliste an, mitsamt Zitatensammlung der einschlägigen Kritikerstimmen. Kußtrainer coachten in Fragen der sachgerechten intimen Annäherung. Peinlichkeitsberater warnten vor den gängigsten Faux-pas auf dem immer glatter werdenden gesellschaftlichen Parkett. Pflanzenkonversateure unterhielten sich bei urlaubsbedingter längerer Abwesenheit mit den Grünpflanzen der Wohneigentümer. Und so weiter und so fort.

Was man alles kennenlernt, wenn man durch dieses Land fährt, hatte Lober schon manches Mal gedacht. Man mußte es nur gehörig betrachten.

9

Nachdem Lober das Café in dem alten Salzmarkt verlassen hatte, war er in sein Auto gestiegen und mehr oder minder ziellos losgefahren. Seinen Tourplan hatte er aufgegeben, ja er wußte gar nicht mehr, was ein Tourplan überhaupt sein soll. Er fuhr aufs Geratewohl immer tiefer in den Wald hinein. Richtung Grenze. Und weil es Mittag wurde, fiel ihm das *Weltende* ein.

Eigentlich hieß es mit vollem Namen *Gasthaus zum Ende der Welt.* Der Name, der über der Eingangstüre auf einem Schild prangte, in Frakturschrift, stammte noch aus jenen Zeiten, als man sich im Bayerischen Wald tatsächlich am Ende der Welt wähnte. Ganz besonders an jenem Platz, wo das *Weltende* stand, denn von da aus waren es nur mehr wenige Kilometer bis zur Grenze, und die war so undurchlässig und endgültig gewesen, daß einem gar nichts anderes dazu einfiel als eben dies, daß hier die Welt unwiderruflich zu Ende sei. Alle Vorstellungen von etwas anderem waren abgesagt. Der Eiserne Vorgang blieb zugezogen, und er schien so eingerostet und festgeklemmt zu sein, daß ihn nichts mehr in die Höhe ziehen konnte, jedenfalls nicht mehr, so lange das Gasthaus hier stünde.

Das aber hatte schon Schlagseite. Es neigte sich windschief dem Erdboden zu. Gebaut worden war es noch vor 1900, und zwar nur aus Balken und Holzbrettern, und die hatte es eben mit der Zeit verzogen, so wie es auch einem alten Menschen das Gestell verzieht. Der Dachfirst jedenfalls war schon ganz buckelig, und der sich neigenden Giebelseite hätte man gern eine Krücke untergeschoben. Die Wirtsleute sagten nur:

»So lang wir noch stehen, steht das *Weltende* auch. Und danach ist halt dann Schluß.« Im *Weltende* wurde alle Strebsamkeit lächerlich und alles Bemühen war umsonst. Vielleicht war genau das der Grund, warum Lober dort so gerne einkehrte.

Wann immer er es sich einrichten konnte, legte er seine Tour so, daß der Reisetag mit dem *Weltende* aufhörte. Hier einzukehren, wo immer ein Zimmer für ihn frei war, das war das höchste für Lober.

Das *Weltende* stand auf einer Lichtung mitten im Wald. Neben der Wirtschaft gab es ein eingezäuntes Wildgehege, aus rohen Baumstämmen gezimmerte Biergartenbänke sowie einen alten, moosbewachsenen Granitgrand, in den aus einem Zinkrohr Wasser plätscherte – und zwar ohne das auch im Wald längst üblich gewordene *Kein-Trinkwasser*-Warnschild. Lober sah das Gaubenfenster über dem Windfang zur Eingangstüre … das war für gewöhnlich seine Schlafkammer, und er roch schon das warme, von der Sonne beschienene alte Holz der Gaubenverkleidung, ein Geruch, der ihn an Sommerfrischen in seiner Kindheit erinnerte, Badekabinen an einem Kärntner See, das tiefe Brummen von Hornissen in der Luft. Am Abend würde er, auf das Fensterbrett aufgestützt, sich aus dem Fenster lehnen und hinausschauen auf die Wipfel der Bäume, die nah an die Lichtung herantraten, diesen kleinen sonnenbeschienenen Platz fürs *Weltende* inmitten von Tannendunkel.

Trat man durch den Windfang ins Wirtshaus ein, stand man erst einmal in der Hausfletz. An der Wand hing eine Wanderkarte, vergilbt, im Eck das Werbe-Emblem der Raiffeisenkasse Freyung. Lober hatte sie sich noch nie genauer angeschaut. Jetzt nahm er sich die Zeit und stellte fest, daß da noch die Grenze von vor '89 eingezeichnet war. Östlich davon waren weder Straßen noch Dörfer markiert, lediglich ein großes ČSSR zog sich halbkreisförmig über diese Terra incognita. Genauso gut hätte da auch stehen können: *Vorsicht Abgrund!* Lober wischte mit dem Finger darüber, so als ob darunter etwas zum Vorschein kommen müsse, eine verdeckte Landschaft, und er mußte denken: Da irgendwo wird Schwarzbach liegen.

Von der Fletz aus führte nach links die Tür zum Abort, rechts in die Gaststube. Weiter hinten lag die Küche, man hörte schon das Scheppern der Bratreinen. Auch der typische Geruch vom *Weltende* hing in der Luft, eine Mischung aus stundenlang vor sich hinköchelndem Wildgulasch, abgestandenem Bier und kaltem Zigarrenrauch, der vom Wirt selbst stammte.

Lober öffnete die Tür zur Gaststube. Er stand noch im Türstock, da schlug ihm schon ein »ja Grüß Ihnen Gott, Herr Doktor« entgegen. Das war die Frau Wirtin. Seit Lober ihr, wohl schon beim zweiten Besuch, erzählt hatte, daß er als Mitarbeiter der Firma Nachschaff im Außendienst unterwegs sei, nannte sie ihn nur noch »Herr Doktor«. Für sie war Lober tatsächlich fast so etwas wie ein Landarzt, auch wenn sich seine Heilkünste auf elektrische Maschinen beschränkten. Das machte ihn genaugenommen der Anrede »Herr Doktor« sogar noch würdiger. Denn was das Innenleben von Maschinen anging, so war dieses weitaus komplizierter als das des menschlichen Organismus. Wenn der einmal streikte, da wußte man sich schon zu helfen, da hatte man seine Tinkturen und Flaschln, und wenn es bloß der Melissengeist der Klosterschwestern war. Hatte indessen eine elektrische Maschine einen Defekt, so stand man ratlos davor. Zum Beispiel wenn das uralte, aber immer noch funktionstüchtige Nachschaffmodell *Excelsior* partout nicht mehr das Stromkabel einziehen wollte auf den entsprechenden Fußdruck hin, dann brauchte es schon den »Herrn Doktor«, der den De-

fekt schnell durch Auswechseln einer Feder beheben konnte. Aber eben nur er. Schaffte man das zum Beispiel dem Mann an, dem Wirt vom *Weltende*, dann hatte man nach drei Stunden einen komplett zerlegten, aber nicht mehr zusammensetzbaren Staubsauger vor sich, inklusive eines abscheulich fluchenden Ehemannes.
Was für ein kundiger, feinfingriger und feinfühlender Mensch dagegen war der »Herr Doktor«. »Heut' schon so früh?« fragte die Wirtin mit säuselnder Stimme. Lober nickte nur und schloß die Wirtsstubentür hinter sich. Er taxierte die Lage. Am Stammtisch gleich neben der Ausschank saßen Walter und Heinz. Das war normal, die saßen da immer. Am Fenster löffelte ein Ehepaar gerade seine Suppe, sie saßen sich gegenüber, es mußten wohl Urlauber sein, denn diese lächerlichen rotkarierten Wanderhemden und die normalerweise hier auch selten gesehenen Kniebundhosen aus Cordstoff wurden ja von Einheimischen nicht getragen. Und dann war da noch eine einschichtig sitzende ältere Frau, auf der Bank an der holzgetäfelten Wand, die saß in einem bodenlangen Übergangsmantel da, vor sich ein Mineralwasserglas und ein Brotkörbchen, die Backwaren, die darin liegen mochten, Salzspitzel und Brezen, waren mit einem Tüchlein abgedeckt, seltsamerweise war es genauso rotkariert wie die Touristenwanderhemden, ob da Stoff übriggeblieben war in der Textilfabrik? Die alte Frau bewegte stumm ihre Lippen und sah keinen Moment auf, als Lober die Stube betrat. Anders das Ehepaar. Als seien sie durch ein unsichtbares Gestänge zu immer synchronen, wenn auch spiegelverkehrten Bewegungen zusammengeschweißt, hoben beide ihren Suppenlöffel, ließen ihn auf dem Weg zum Mund in der Luft stillestehen, drehten den Kopf zur Türe, sahen Lober kurz an, erschraken kaum merklich über ihre eigene Neugier, kehrten folglich abrupt wieder zu ihrer Suppe zurück, führten die Löffel-

bewegung zu Ende und schlürften die Kraftbrühe – auch dies Geräusch vollkommen synchron – in den Mund. Ohne den Kopf noch einmal zu drehen, dafür aber die Augäpfel, linsten sie weiter zu Lober herüber.

Heinz und Walter sagten gar nichts. Auch das war normal. Auf einen neu eintreffenden Gast reagierten die beiden, wenn überhaupt, immer so, als ob der betreffende gerade eben vom Abort zurückkäme, den aufzusuchen er fünf Minuten zuvor die Wirtsstube verlassen hatte. Jeder hat halt so seinen Begriff von Zeit. Manche haben auch gar keinen mehr. Heinz und Walter zum Beispiel kümmerten sich nicht mehr um die Zeit – oder vielleicht war es auch umgekehrt und die Zeit kümmerte sich nicht mehr um Heinz und Walter, machte einen großen Bogen um die beiden herum. Jedenfalls: Sie gingen sich weitestgehend aus dem Weg, Heinz, Walter … und die Zeit.

Lober stand etwas unschlüssig mitten in der Wirtsstube. Da zielte Walter mit dem ausgestreckten Zeigefinger auf ihn, und Heinz sagte: »Und trotzdem … i glaab's ned.« Das machten sie immer so. Sie waren nämlich ein eingespieltes Team. Der eine zeigte, der andere sprach. Weitere typische Begrüßungssätze der beiden waren zum Beispiel *Weil jetz nacha dees aa wos hoißt!* Sehr wirkungsvoll. Ein halbes Jahr lang hat man sich nicht getroffen, dann Wiedersehen und ansatzlos: *Weil jetz nacha dees aa wos hoißt!* Auch sehr beliebt: *Heamablosauf!* Im Spracherwerb bei Kleinkindern spricht man von Einwortsätzen. Ein solcher war *Heamablosauf!* Er konnte eine enorme Bandbreite des damit eigentlich Gemeinten haben. Dutzenderlei Deutungen waren möglich, eigentlich das ideale offene Kunstwerk.

Gäste, die nicht tagtäglich im *Weltende* verkehrten, mochten über solche Sätze erschrecken, ja sich von ihnen sogar angegriffen fühlen. Willi, der Wirt, der stand, wo er immer stand, nämlich hinter seinem Ausschank, wußte, wie ihnen zu begegnen war. Man mußte dem angesprochenen Fremden beistehen und einfach nur denkbar unaufgeregt zurückfragen: »Was denn, Heinz, was glaabst du ned?« Zwar bekam man dann ein »wei des gorned sei ko. Scho vo Haus aus ned!« als Antwort, aber im Grunde war damit die Situation entschärft. Was folgte, war ein schon weitaus gutmütigeres Grummeln, das nur für Uneingeweihte schroff klingen mochte. Genaugenommen war es eine Einladung zu durchaus geselligem Disput.

»Gsogt hoda, er fahrad vo Woidkircha nach Philippsreit über Freyung am Schlichtenberger Hoiz vorbei inara Viertlstund. Und des glaab i ned. Scho vo Haus aus ned. Weil des gor nia möglich is.«

Jetzt stutzte Lober. Was soll er gesagt haben? Vor einem halben Jahr, als er zuletzt hier war? Fahrrad? In einer Viertelstunde. Kann sein. Ja, doch. Vielleicht hatte er tatsächlich so etwas in der Art gesagt. Allerdings, von einem Fahrrad war sicherlich nie die Rede gewesen.

Willi, der Wirt, machte dem Ganzen jetzt ein Ende. Er kam hinter seinem Ausschank hervor, legte Lober die Hand auf die Schulter und schob ihn einfach am Stammtisch vorbei an den leeren Tisch daneben. »WennS da Platz nehmen wollen, Herr Doktor.« Bei ihm klang es schon deutlich spöttischer als bei seiner Frau, dieses »Herr Doktor«. Er hatte ja auch einmal zu ihr gesagt, nachdem Lober einen halben Tag lang nach der Ursache eines Kurzschlusses im ganzen Haus gesucht und schließlich im schadhaften Stromkabel des Bügeleisens gefunden hatte, »und trotzdem, d Weisheit hod der aa ned mim Suppenlöffl gfressn«. Ihr, der Wirtin, hatte das ja direkt gefallen zu sehen, wie ihr Willi auf seine alten Tage noch das Eifern anfing.

»Üwa Grainet vielleicht … und nocha in zwanzg Minutn … des lossat i mir eigeh, aber ned über Freyung inara Viertlstund …«

»Heinz, es is guad«, sagte der Wirt streng auf seinem Rückweg zum Ausschank.
»Warum? I moin ja bloß, weil mir gredt hon, selbigsmoi, kennanS Eahna do nimma erinnern?« rief Heinz jetzt zu Lobers Tisch hinüber, »welches daß der kürzeste Weg is von … beispielsweise … nur beispielsweise«, er stieß mit der Fingerspitze auf die Tischplatte, »Firmiansreit nach …«, und er beugte sich ganz hinüber zum gegenüberliegenden Tischeck, tippte dort aber nur ganz leicht mit der Fingerkuppe auf, so als ob er ein Brotbrösel auflese, »Annathal … wissenS des nimma? Und Sie ham gsogt, ma miassat halt an Tunnel durch den Grundelberg grobn. Zwengs dem hon mia gredt.«
»Genau. Und gsogt hoda«, meldete sich jetzt auch Walter zu Wort, und zwar in einem gänzlich unbeteiligten Tonfall und ohne daß er irgend jemand dabei anblickte, so als ob er nur noch einmal eine eh allbekannte Binsenweisheit untermauern müsse in Form eines kaum verständlichen Gebrummes, »vo Woidkircha nach Philippsreit inara viertltn Stund … wos ned gähd … des woaß a jeda … völlig unmöglich.«
Willi war am Ausschank angekommen und hatte mit einer nach rückwärts deutenden Kopfdrehung seiner Frau Zeichen gegeben, daß sie jetzt dran sei. Sie nahm sich vom Stapel der Speiskarten die oberste, ging am Stammtisch vorbei und fauchte ein dermaßen zischendes »Schschtt« in Richtung der beiden, daß denen der Mund zuklappte und sie sich verdutzt anschauten. Bei Lober angekommen, säuselte sie: »Der Herr Doktor wünscht zu speisen?«
»Aber ja, Anna.«
»Ein saures Voressen hätt ma heut … «
»Was Sie nicht sagen, Anna.«
Er klappte die Speiskarte, die er ihr aus der Hand genommen hatte, gar nicht erst auf, sondern gab sie gleich wieder retour.

»Wenn das so ist … dann erst einmal das Voressen … und eine Halbe.«
Im Rücken von Lober ließ sich jetzt das Ehepaar vernehmen. Der Tonfall verriet, daß es Auswärtige waren.
»Hast du das gehört, Vati? Der Herr bestellt sich ein Essen, das schon sauer ist. So alt und abgestanden anscheinend, daß es sauer geworden ist. Und das essen die noch!«
»Ja, direkt angepriesen hat sie's: saures Essen! Wo wir doch noch gar nicht fertig sind.«
»Vati, schau einfach nicht hin, wenn sie es ihm bringt! Und dann zahlen wir auch gleich.«
»Spät sindS dran, diesen Sommer«, versuchte der Wirt ein Gespräch anzufangen.
»Es dauert hoid doch a wengerl länger«, drang es noch einmal in partout rechtbehalten wollender Bockbeinigkeit vom Stammtisch herüber. »Wos mia sogn: Ma fahrt aa ned von Hauzenberg nach Breitenberg inara hoibn Stund. Do san Verspätungen vor-… vor-… vorpraktiziert!«
»Mei«, sagte Lober. Mehr wußte er im Augenblick zu seiner Verteidigung auch nicht vorzubringen.
»Haben Sie überhaupt schon von unserer neuen Nachbarschaft ghört, Herr Doktor?« Anna war mit der Halben Bier, die ihr Mann abgezapft hatte, an Lobers Tisch zurückgekommen.
»Oh mei, die Narrische!«
Lober erschrak, so fuhr die schrille Stimme dazwischen. Er drehte sich um. Die allein sitzende Frau, die hatte er fast vergessen. Sie brach sich ein Stück von einer Semmel ab, die sie unter dem Tüchlein aus dem Brotkorb hervorgezogen hatte, würzte sie mit ein paar Spritzern aus der auf dem Tisch stehenden Maggi-Flasche und schob sie sich in den Mund. Ein weiterer Kommentar, so schien dies besagen zu wollen, war hier durchaus überflüssig. Mit diesem gekrähten *Oh mei, die Narrische!* war alles gesagt.

Lober drehte sich wieder der Wirtin zu. Das wollte er jetzt schon noch genauer wissen.

»Neue Nachbarschaft?«

»Ja, stellenS Ihnen nur vor, drüben im alten Steinbruch …«

Bei dem Wort *Steinbruch* allerdings waren Heinz und Walter nicht mehr zu zügeln. Mit dem Wort *Steinbruch* würde man sie einmal am Jüngsten Tag aus dem tiefsten Todschlaf wekken können. *Steinbruch*, das war ihr halbes Leben … ach was, ihr ganzes gewesen. Sie konnten sich an nichts anderes erinnern als an Tage im Steinbruch. Und die Arbeit dort. Von jedem einzelnen Hammerschlag hätten sie Bericht erstatten, alle Maschinen und Werkzeuge erzählerisch in ihre Einzelteile zerlegen und die verschiedenen Formate der Pflastersteine bis auf den Millimeter genau aufzeichnen können. Wie lang das her war? Wieviele Jahre sie dort geschuftet hatten? Seit die Zeit nur mehr ganz selten bei ihnen vorbeischaute, fiel ihnen die Antwort auf solche Fragen schwer, das heißt, sie war ihnen eigentlich egal. Nicht egal war ihnen jedoch, was da neuerdings in ihrem Steinbruch vor sich ging. Jahrelang hatte es so ausgeschaut, als würde er einfach zuwachsen. Wenn es denn schon so sein mußte, daß man sie, den ganzen Stolz des Bayerwaldes, die Steinhauer, nicht mehr brauchen konnte, dann sollte bittschön aber auch alles verschwinden, was überhaupt jemals an sie erinnert hatte. Aus der Steilwand wuchsen schon die angeflogenen Birken. Auf der Sohle des Steinbruchs hatte sich ein kleiner See gebildet. Aber dann war sie gekommen. Die Narrische. Hatte dem Multerer den gesamten Steinbruch abgekauft. Der brauchte ihn ja nicht mehr. Bezog jetzt seinen Granit aus China (und seine Arbeiter aus Tschechien). Und was hat sie gemacht? Sie hat die alten, völlig verrosteten Maschinen wieder in Gang gesetzt, weiß der Teufel, wie ihr das gelungen ist. Sie hat Sprenglöcher in die Wand gebohrt. Sie hat irgendwo Dynamit aufgetrieben. Sie hat jenes Geräusch wieder durchs Tal hallen lassen, von dem Heinz und Walter jahrelang mitten in der Nacht aufgeschreckt worden waren, erst der Warnton des Signalhorns, dann der dumpfe Knall der Sprengung. Und das alles hat die seit einem halben Jahr allein im Steinbruch lebende Frau – und zwar ganz ohne männliche Hilfe – gemacht.

»A Weibertz in am Stoabruch! Des moußt da amoi vorstelln!!« Das Weißbierglas auf dem Tisch wie eine Haltestange mit beiden Händen fest umklammernd, um nicht von einem Sturm des Ungeheuerlichen weggefegt zu werden, gab Heinz dies in aller Eindringlichkeit der hölzernen Tischplatte vor ihm zu bedenken und schüttelte dabei, nichts, aber auch gar nichts von der Welt mehr verstehend, den Kopf.

10

Eine Frau im Steinbruch, das hatte es noch nie gegeben. Das heißt, einmal war es vorgekommen, und schon damals hätten Heinz und Walter stutzig werden können, ja müssen. Ein Fernsehteam tauchte im Steinbruch auf, angeführt von einer Redakteurin. Der Chef hatte sie den Arbeitern am Montagmorgen vorgestellt. Das sei die Frau Pechhammer vom Fernsehen und die wolle einmal das Leben im Steinbruch kennenlernen. Die Heiterkeit angesichts einer solchen Ankündigung war bei den ungefähr dreißig im Halbkreis herumstehenden Steinhauern beträchtlich. Frau, Städterin und Steinbruch-kennenlernen-Wollen: Das konnte nur ein schlechter Scherz sein. Sobald aber die Fernsehleute anfingen, ihr windiges Technikgelump – Kabeln, Reflektoren, Stative, Kamera, Mikrofon – aufzubauen, dämmerte es den Steinhauern, daß die es tatsächlich ernst meinten. Richtig ungemütlich wurde es, als die erstaunlich resolute Redakteurin loslegte und herumkommandierte, ob man diesen Handgriff nicht noch einmal wiederholen könne, daß jetzt der Schaufelbagger zu früh aus dem Bild gefahren, jetzt aber das Vorbeischieben mit dem Schubkarren zu schnell gewesen sei, dann bei der vierten Wiederholung zu langsam, »gehen Sie doch einfach ganz normal, wie Sie immer gehen«, sagte sie den Arbeitern, mit denen so überhaupt noch nie gesprochen worden war, in ihrem Steinbruch nicht, und vor allem nicht von einer Frau. Aber die sollte ihn noch kennenlernen, den niederbayerischen Charakter! Denn jetzt fingen die Steinhauer an, so dermaßen grimmig und mit übertriebener Wucht auf den Granitblock einzuschlagen, daß die klingenscharf abspringenden Splitter nur so durch die Luft flogen, und mit dem Gabelstapler fuhren sie extra einen Schlenker, damit der Vorderreifen ja noch die Pfütze erwischte und es ordentlich spritzte in Richtung Rückenansicht der natürlich wieder einmal dumm im Weg herumstehenden Frau Fernsehredakteurin. Und der Mann am Kompressor für den Preßlufthammer wartete selbstverständlich genau den Augenblick ab, um seine Maschine in Gang zu werfen, bis das Fräulein Pechhammer gerade zum Interview mit einem anderen Arbeiter bereitstand und der Techniker mit dem vor den Bauch geschnallten Tonband und dem lächerlichen Stecken mit dem Mikrofon sein »Ton läuft« gerufen hatte. »Kompressor auch!« war sein Rachegedanke in derselben Sekunde.

Überhaupt diese Mikrofone, mit denen einem ständig vor dem Gesicht herumgefuchtelt wurde. Was der Niederbayer überhaupt nicht vertragen kann, ist, wenn man ihn fortwährend auffordert, doch etwas zu sagen. Und in geradezu totschlägerische Rage kann ihn versetzen, wenn man ihm dabei gleichzeitig noch ein Mikrofon unter die Nase hält, damit er das, was er eh nicht sagen will, da hinein sage. An Stangen waren sie anmontiert, diese Mikrofone, und diese Stangen nenne man Galgen, erklärten die Fernsehleute mitleidig lächelnd den Steinhauern in ihren Steinhauerschürzen mit den Hämmern in der Hand (ein Wunder, daß da nicht mal einer aus der Hand gerutscht ist). Und die Arbeiter dachten sich: Is' schon recht, ihr Galgenvögel!

Jetzt im Nachhinein war auch Heinz und Walter klar: Damals, das Auftauchen dieses Fernsehteams in seinem blauweißen Kleinbus, das war, als ob sich die Galgenvögel oben auf dem Balken an der Hinrichtungsstätte niederließen, denn diese Vögel wissen immer, wenn bald etwas passieren wird. Und so war es auch in diesem Fall: Die Fernsehleute werden längst gewußt haben, daß das ganze Steinhauergewerbe bereits zum Tod verurteilt war, als sie da mit ihren Galgen anrückten, um ihnen, den Arbeitern, Mikrofone unter die Nase zu halten und zu fragen, wie man sich so fühle bei seiner Arbeit im Steinbruch. Eine saublödere Frage war ihnen in ihrem ganzen Leben noch nicht gestellt worden und das gescheiteste wäre gewesen, man hätte ihnen ihre Galgenmikrofone um die Ohren gehauen, aber bei all seinem Furor ist dem Niederbayer gleichzeitig eine gewisse Zurückhaltung zu eigen, und deshalb sagten sie dann doch meistens nur »ja mei …«, und die Fernsehredakteurin sagte, »das war jetzt schon sehr schön, aber wenn Sie es bitte noch einmal wiederholen könnten, und zwar hier in die Kamera und da in das Mikrofon hinein«.

Im Grunde ist es doch so: Im Bayerischen Wald weißt du genau, wann dir das letzte Stünderl schlägt. Wenn nämlich die Galgenvögel aus München in ihrem blauweißen Bus sich ankündigen, dann sollte es dich eigentlich schon am Hals jucken und der Hemdkragen sollte dir zu eng werden. Im Grunde könnten die Steinhauer die Arbeiter im Graphitwerk warnen, die Lokaleisenbahner die letzten privaten Donaulastkahnkapitäne und, wer weiß, wie lange es noch dauert, die Pendler vom Dingolfinger BMW-Werk die Akkordschlachter vom Deggendorfer Fleischgroßhandel. Da könnte einer dem anderen sagen: Gebts bloß obacht, wenn sich erst einmal das Fernsehen für euch zu interessieren anfängt, dann hods gfeit! Die wenn erst einmal ein Fräulein Pechhammer schicken, dann ist allerhöchste Alarmstufe. Wenn sich gar schon junge Kulturredakteurinnen für das Leben im Steinbruch anfangen zu interessieren, dann kannst im Grund zusammenpacken und heimgehen. Sagen Heinz und Walter heute. Damals haben sie gesagt: Warum Kultur? Als sie im Laufe der Dreharbeiten mitbekommen haben, daß das Fräulein Pechhammer *Kulturredakteurin* sei, da haben sie erst einmal gefragt: Warum Kultur, wir sind hier im Steinbruch? Aber das war im Grunde schon das sehr ernstzunehmende Alarmzeichen. Da hätten schon alle Warnglocken schrillen müssen. Vor allem, wenn dann noch das Wort *alt* dazukommt, wenn Kulturredakteurinnen davon reden, sie seien da, um eine Dokumentation über die *alte Arbeitswelt* aufzunehmen, dann kannst du gleich aufs Arbeitsamt gehen. Noch schlimmer ist ja: *dokumentieren*. Diese Dreierkombination – *alt, Kultur, dokumentieren* –, die ist wie ein Todesurteil. Und alle drei Worte kamen auch aus dem Mund des Fräulein Pechhammer.

Andererseits: Gar so zwider war sie auch wieder nicht, wie sich mit der Zeit herausstellte. Und was den Steinhauern vor allem Respekt einflößte: Wenn sie am Morgen um sieben Uhr zur Arbeit gingen, wer stand schon da und hatte die Kamera vor der zerklüfteten Steilwand des Steinbruchs aufgebaut? Das Fräulein Pechhammer mit ihrem Team. Eine ganze Woche lang. Und immer dageblieben ist sie, bis die Werkssirene Feierabend meldete. Sie ging ihnen nicht mehr

von der Seite. Alles wollte sie ganz genau wissen. In einer Tour Fragen gestellt. Acht Stunden am Tag. Mir gangst! Was machen Sie jetzt da? Wie heißt dieses Werkzeug? Wieviel Pflastersteine am Tag spaltet diese Presse? Und vor allem immer wieder die eine, man muß schon sagen saublöde Frage: Wie geht es Ihnen eigentlich dabei, wenn …
Ein halbes Jahr später ist der Chef wieder vor die Arbeiter hingetreten. Wieder dreißig Steinhauer im Halbkreis. Ende November. Graupelschauer. Das Fernsehen war natürlich da, als noch alles blühte, Anfang Juni. Diesmal kein Fräulein Pechhammer neben dem Chef. Dafür die Nachricht, daß man auf Kurzarbeit umstellen müsse. Den Witz kennen wir schon, haben sich die Steinhauer jeder für sich gedacht: Kurzarbeit heißt Kurzarbeit, weil es kurz darauf keine Arbeit mehr gibt. Und der Heinz hat zum Walter hinübergeflüstert, während vor ihnen der Chef stand und etwas von *vorübergehenden Absatzschwierigkeiten* redete: »Wird halt wahrscheinlich wieder ein Schiff angelegt haben im Deggendorfer Hafen, so ein rumänisches, den Laderaum voll mit granitenen Bordsteinkanten aus China«. So gut kennt mittlerweile sogar ein Steinhauer aus dem Bayerischen Wald die Geographie des Erdballs, daß er weiß, wenn in China hinten ein Schiff losfährt, durchs ost- und südchinesische Meer in den Indischen Ozean, dann durch das Rote Meer und den Suezkanal ins Mittelmeer und durch den Bosporus ins Schwarze Meer, wenn dann umgeladen wird im Donaudelta auf die rumänische Binnenschifffahrt, dann dauert's nicht mehr lang und hinten im Bayerischen Wald stellt sich der Chef vor seine Arbeiter hin und spricht, wenn auch ungern, das Wort *Kurzarbeit* aus. Ein Steinhauer aus dem Bayerischen Wald weiß heutzutage sogar, was das Wort *Trimmung* bedeutet. Das Ausrichten eines Schiffskörpers in eine stabile Fahrtrichtung. Dafür müssen Kiel und Schiffsboden beschwert werden. Und was ist schwer? Sau-

ber schwer? Granit. Darum fährt der Granit aus China quasi umsonst über das Chinesische Meer, den Indischen Ozean, das Rote, Mittel- und Schwarze Meer und zum Schluß dann noch die Donau herauf und flackt sich – wie zum Ausruhen nach so langer Reise – brettlbreit auf die Marktplätze des Bayerischen Waldes und steht nicht mehr auf.

11

Pling! – – Plingplingplingpling!!!
Willi, der Wirt, schlug mit der flachen Hand erst einmal, dann, weil seine Frau nicht reagierte, ungehalten gleich mehrere Mal auf die Glocke, die auf dem Brett der Durchreiche stand. Von der Küchenseite her hatte er einen dampfenden Teller hergeschoben, und als ihn die Wirtin endlich abholte, um ihn an Lobers Tisch zu servieren, ließ er mit einem lauten Rumms die Milchglasscheibe herunterfallen.
Natürlich blieb es nicht bei dem sauren Voressen, dem Lüngerl mit Semmelknödel. Lober bestellte sich noch eine Nachspeise. Und anschließend einen Schnaps. Als er endlich fertig war, stand er auf und verkündete, vielleicht eine Spur zu lauttönend, er werde jetzt einen kleinen Spaziergang machen. »Alles muß man lernen, selbst das Gehen«, trompetete er regelrecht hinaus. Prompt wendeten sich ihm alle Gesichter zu. Die Wirtsleute, Heinz und Walter, das karierte Touristenpaar und das einschichtige Mütterchen starrten ihn an.
Die erste, die sich wieder faßte, war die Wirtin. Sie schrie »spazierngehn … mit dene Schuh«, merkte aber gleich, daß das daneben war, übertrieben mütterlich daneben, und verschwand stante pede mit dem dreckigen Geschirr in der Küche. Jedenfalls, die anderen waren damit aus ihrer Schreck-

starre erwacht, und so wie Walter vom Stammtisch herüberflötete, war es schon wieder rein die bekannte hinaufschießerische Art. Walter sagte nämlich: »Sie, Herr Doktor … zum Stoabruch, nur falls Sie's interessiert … rechts durchn Woid hintre und nacha den Forstweg grodaus bis zu dera Wiesn … und do sengSes nacha scho …«, und Heinz ergänzte, »… hörn vuimehr wernSes, die Narrische, bevor daß Ses seng, wernSes scho hörn, garantiert!«
Lober bedankte sich artig und ging.

Draußen vor dem Haus schnaufte er erst einmal tief durch, so als ob er seine Lungen vollsaugen müsse mit dieser göttlichen Stille, die es nur hier gab, hier am *Weltende*, das hatte sich Lober noch jedes Mal gedacht, wenn er die Lichtung erreicht hatte. Göttlich? Eben hörte Lober ein leises, surrendes Motorengeräusch, weit weg, weit oben. Er schaute auf zum Himmel über sich. Da kreiste ein Motorsegler. Lober sah ihm lange nach, wie er Kurven drehte, sich in größere Höhen hinaufschraubte und in einem weit gezogenen Bogen, das pfeilspitzenförmige Dreieck seiner Segelbespannung mit der Spitze gen Erde richtend, wieder herunterkam.
Wie wohl das Land von da oben aussehen mochte?
Wie kam er jetzt auf die Frage? Allein die Vorstellung, sich welches Land auch immer von oben, aus der Vogelperspektive ansehen zu müssen, hatte Lober bisher den kalten Angstschweiß auf die Stirn getrieben. Er litt nämlich unter fürchterlicher Flugangst. Was andere je nachdem majestätisch oder auch nur putzig modelleisenbahnhaft finden mochten, diesen Blick von ganz oben auf aneinandergestückelte, je andersfarbige Feld- und Wiesenstreifen, diese wie Moospolster über die Landschaft verteilten Fichten- und Tannenschonungen, die Kirchtürme und ICE-Trassen, die AKW-Kühltürme und Autobahnkreuze, das alles hatte Lober nur schwin-

delig gemacht (das eine Mal, wo er sich von Franzka zu einem Flug hatte überreden lassen, zu diesem Urlaub in der Türkei). So furchtbar schwindelig, daß er glaubte, augenblicks aus dem Leben stürzen zu müssen. Bloß nie mehr eine solche Totalschau erleben, bodenlos aus wieviel tausend Meter Höhe auch immer auf alles herabsehen müssen, das wenn sich Lober bloß kurz vorstellte, überkam ihn ein Zittern und Schütteln, ja nicht einmal im Kino ertrug er Kamerafahrten von einem Flugzeug aus, er mußte augenblicklich die Augen zumachen oder, noch schlimmer, gleich aus dem Kinosaal hinausstürzen.

Wie anders war das gewesen heute vormittag, im Auto, beim Hören der CD. *Von der Schneide des Waldes sieht man in das Tal der Moldau hinab, welche in vielen Windungen und im moorigen Boden, der sich aus dem Walde herausgelöst hat, in die ferneren Gelände hinaus geht.* War das nicht so beschrieben, als ob man es von einem solchen Motorsegler aus sähe, wie er jetzt über ihm kreiste? Den Böhmerwald, seine Talrinnen und tellerartigen Ausbuchtungen mit den Wiesen, Feldern und Ortschaften? Seltsam, einem Piloten wie diesem Adalbert Stifter hätte sich Lober jederzeit ausgeliefert, ging ihm jetzt durch den Kopf. Woher aber konnte der das überhaupt alles wissen, dieser Stifter, woher hatte der seine Luftbildansichten, er war doch ein Mensch des 19. Jahrhunderts gewesen, das hatte ihm heute vormittag die Buchhändlerin erzählt, oder nicht?, und da gab es doch noch gar keine Flugzeuge, oder doch? Jedenfalls, dachte Lober, während er den Weg Richtung Wald einschlug, diesem Stifter hätte er sich anvertraut. Genaugenommen war er bereits mit ihm mitgeflogen, ja, allein durch das Anhören von Passagen wie dieser war er geflogen: *Ueber dem ganzen Mühlkreise, der mit den vielen vereinzelten Streifen seiner Wäldchen und den vielen dazwischen liegenden Feldern, die bereits gepflügt waren, und deren Scholle durch das lange schöne Wetter fahl geworden, bis in die tiefere Färbung der böhmischen Höhen zurück geht, stand schon eine dunkelgraue Wolkendecke, deren einzelne Theile auf ihrer Ueberwölbung die Farbe des Bleies hatten, auf der Unterwölbung aber ein zarteres Blau zeigten, und auf die mannigfaltigen zerstreuten Wäldchen bereits ihr Düster herab warfen, daß sie in dem ausgedorrten Grau der Felder wie dunkelblaue Streifen lagen, bis ganz zurück der noch dunklere und noch blauere Rand des Böhmerwaldes sich mit dem Grau der Wolken mischte, daß seine Schneidelinie ununterscheidbar in sie verging.*

Ging Lober oder schwebte er schon? Es kam ihm vor, als ob er aufstiege, ja, seltsam, irgend etwas hob ihn langsam vom Erdboden hoch, so als ob er im Korb eines Heißluftballons stünde, der eben seine Leinen losmachte. Gleichzeitig aber sah er seinen Körper, wie der da unten am Rande der Lichtung zurückblieb, den Weg weiterging, der gleich in den Wald hineinführen würde, gar nicht einmal erstaunt darüber, daß ihm soeben sein Bewußtsein abhanden kam, nein, der blickte weder nach oben noch winkte er jenem abhebenden Teil seiner Person hinterher, der jetzt – fast etwas belustigt – dabei zusah, wie jener Lober dort unten ausgerechnet den Weg wählte, der in den Wald führte, denn es hätte durchaus auch andere Möglichkeiten gegeben, die Lichtung, auf der das *Weltende* stand, war wie ein Knotenpunkt, das ließ sich jetzt im Aufsteigen genau erkennen, ein Knotenpunkt strahlenförmig abzweigender Pfade, Wege und Straßen, die in alle Himmelsrichtungen führten, auch in Richtung Südosten, wo die Grenze lag, leicht auszumachen aufgrund der aus einer kleinen Birkenschonung hervorschauenden weißblauen Grenzpfosten – das Laub der Birken leuchtete gelb von der tief stehenden Sonne, das der Buchen wie frisch poliertes Kupfer an diesem ganz und gar lichtdurchfluteten Septembertag.

Der am Boden zurückbleibende Spaziergänger verschwand jetzt im Wald, würde aber, das konnte der fliegende Lober, der mehr und mehr an Höhe und damit Rundsicht gewann, unschwer erkennen, nach kurzer Zeit auf der anderen Seite des Wäldchens wieder ins Freie und Lichte hinaustreten. Alles war so schön zu verfolgen von hier oben, alles bewegte sich wie auf vorbestimmten Bahnen … Gleisen … der pflügende Bulldog dort zum Beispiel, Ackerzeile für Ackerzeile verwandelte er das fahle Gelbgrau der Stoppeln eines abgeernteten Getreidefeldes in das satte, schmatzende Tiefbraun umgeworfener Erdschollen. Alles schien seine Ordnung zu haben, seinen Plan, und sei es der einer Flurkarte, alles mußte den ihm eingezeichneten vorbestimmten Schwüngen und Linien folgen, so auch der zum Feldweg sich weitende Pfad, der aus dem Wald herausführte und der geschwungenen Grenzlinie des Ackerrains folgte. Noch einmal hügelauf und hügelab – in der Senke überquerte er auf einem aus Bohlen gezimmerten Steg einen Bach – und der Feldweg landete genau bei jenem Steinbruch, von dem eben noch im *Weltende* die Rede gewesen war. Doch so weit war der Spaziergänger noch nicht. Er ging in dem tannengründunklen Tunnel des an dieser Stelle dicht stehenden Nadelwaldes und war für den fliegenden Lober einen Moment lang nicht mehr zu sehen. Gelegenheit, sich umzuschauen, was es noch alles gab. Auf dem Weg zum Steinbruch, da bewegte sich etwas … rasant und eine Staubwolke hinter sich herziehend. Es war ein auf den Steinbruch zurasender Mountainbiker. Seltsamerweise hatte er nicht das bei solchen Stramplern übliche papageienbunte Dreß an, sondern einen Anzug. Auf dem Rücken einen Fahrradkurier-Rucksack. Zeichnete sich irgendwo eine Erhebung oder eine sprungschanzenhafte Unebenheit entlang des Feldweges ab, steuerte er mit noch einmal gesteigerter Geschwindigkeit darauf zu und katapultierte sich wie irgend so ein 15jähriger Halbverrückter und kraftstrotzender Ganzstarker in die Luft, ohne dabei zu vergessen, das Vorderrad nach oben zu reißen, als sei der Drahtesel in Wahrheit ein wild aufsteigender Hengst. Das Wiederaufsetzen auf dem Hinterrad quittierte er mit einem bis zu Lober herauf hörbaren Juchzer. Was für ein Verrückter, dachte Lober und wandte sich in eine andere Richtung, weil dort nämlich sich auch etwas bewegte, allerdings sehr viel langsamer. Ein Spaziergänger. Ein gedrungener Herr im bodenlangen Mantel. Mit einem übertrieben hohen Zylinder auf dem Kopf. Und hinter dem Rücken verschränkten Armen. Ganz traumselig schlenderte der am Waldsaum entlang. Um und zwischen seinen Beinen ein seine ganze tollende Verspieltheit herausbellender quecksilbriger Spitz. Der Herr bückte sich hier nach einem Grashalm, schaute dort ins Geäst eines Baumes hinauf, wo er einen Vogel gehört zu haben glaubte, pflückte hier eine Klatschmohnblüte vom Feldrain, half dort einem Käfer über eine seinen Weg kreuzende Wurzel hinweg. Plötzlich aber hielt er inne in seinem Sich-Hinabbücken zu den kleinen Dingen am Wegesrand. Horchte. Richtete sich langsam auf. Horchte wieder. Schaute. Kam ihm da nicht jemand entgegen? Auf dem Feldweg? Auch der mit einem Fahrrad. Allerdings ganz anders als der Mountainbiker. Geschoben nämlich kam der. Mit einer Winterhaube auf dem Kopf, die Ohrenklappen wackelten wie die Schlapplauscher bei einem Hund. Auf dem Gepäckträger des Fahrrads türmten sich Kisten, darüber geschlagen eine Plastikplane, vertäut mit Stricken: ein abenteuerlich schwankender Turm. Ob deshalb der alte Mann das Fahrrad lieber schob, als auf ihm zu fahren? Nein, es hatte gar keine Kette mehr! Vom Zahnkranz der Pedale zu dem des Hinterrads fehlte die Fahrradkette. Jetzt war er schon fast auf der Höhe des Herrn mit dem Zylinder. Er hob den Kopf. Erschrak heftig über den, der da vor ihm stand, den Feldweg direkt versperrend mit seiner beträchtlichen Leibesfülle. Der Winterhaubenmann blieb stehen. Der Zylinderherr hob die Hand zum Gruß. Geradezu panisch – wie ein Yeti im Himalaja, der zum ersten Mal einem Menschen gegenübersteht – reagierte der Fahrradschieber. Er riß sein Gefährt herum und rannte in die Richtung zurück, aus der er gekommen war. Ein paar Schritte folgte der Zylinderherr ihm noch, mit den Armen rudernd und winkend, »aber so warten Sie doch, mich interessiert jede Geschichte, auch die Ihre«, war es das, was Lober zu hören glaubte? Er stieg jetzt wieder höher. Konnte den Weg des Fahrradmenschen genau verfolgen. Der führte am Fuße eines Berges in den Wald hinein. Der Mann rannte noch immer. Der Kistenturm auf dem Gepäckträger seines Fahrrades wankte, stürzte aber nicht. Der Mann verließ jetzt den Wanderweg. Hastete den steil hinaufführenden Berghang hoch, an Granitbrocken vorbei, zwischen den Baumstämmen der Fichten hindurch. Manchmal stolperte er, rappelte sich aber gleich wieder hoch. Erst als er auf einer kleinen Freifläche ankam, hielt er inne. Dort war eine Art Erdloch … ein Bretterverschlag, darüber – zwischen Baumstämmen aufgespannt – eine Plastikplane als Dach.

Lober hätte jetzt noch beobachten können, wie der Mann sein Fahrrad zu Boden warf, um sogleich in seinem Bretterverschlag zu verschwinden, aber ihn interessierte mehr, was er drei Hügel weiter wahrnahm. Denn da verließ gerade ein junger Kerl, nervös um sich blickend, ein Wohnhaus, das einschichtig am Rande eines Dorfes stand, eine Plastiktüte in der Hand. Er fing zu laufen an, rannte die Dorfstraße hinaus aufs freie Feld, dann einen langgezogenen Hügel hinauf, der überwachsen war von einer Wiese, kurzgeschoren von der letzten Mahd Anfang September. Oben auf dem Hügel blieb er stehen, mit dem Gesicht zum Dorf … *seinem* Dorf ganz offensichtlich, jedenfalls sah er jetzt lange hinunter auf die Häuser, die Straßen, den Marktplatz, wo vier Polizeiwagen, darunter ein Kleinbus, parkten, sein Blick streifte das Elternhaus, die Höfe, wo das Vieh in den Ställen einzelne kurze Schreie ausstieß, die wie Frage und Antwort klangen, und zuletzt den Kirchturm, in dessen Glockenstuhl soeben das Mittagsläuten anschlug. Er nahm seine Plastiktüte, kramte darin und zog die Gasflasche eines Campingkochers heraus.

Im Steinbruch drüben, vier, fünf Kilometer weiter südlich, ertönte jetzt das heisere Signal einer altersschwachen Tröte, das man schon lang nicht mehr gehört hatte im Tal und bei dem alle wußten, gleich wird es eine Explosion geben.

Der Herr mit dem Zylinder stand noch immer ratlos auf dem Feldweg und sah in die Richtung, in der der Alte mit der Winterhaube verschwunden war. Sein Spitz war ihm vier, fünf Meter vorangelaufen und bellte, wie außer sich, dieser entschwundenen Erscheinung hinterher.

Der Mountainbiker griff abrupt in die Bremsen und stieg beinahe Kopf voraus über den Lenker ab, kam aber dennoch auf den Füßen zu stehen und lauschte.

Im Wald, tief im Wald, in seinem Erdloch lugte der Alte hinter einem Bretterspalt hervor und preßte die Klappen seiner Winterhaube fest an die Ohren.

Auf der Wiese aber schoß plötzlich ein Feuerstrahl in die Höhe, Erdbrocken und Grasnarben flogen durch die Luft, ein Rauchpilz blähte sich auf gen Himmel – und im Steinbruch fiel ein Stück Granitwand einfach in sich zusammen.

12

Weder wußte Lober, wie lange er unterwegs gewesen war, noch auf welchen Wegen er wieder zum *Weltende* zurückgefunden hatte. Ja, er fragte sich ernsthaft: Bist du überhaupt irgendwo

gewesen? Im Steinbruch etwa? Ist dir wirklich ein Herr mit Zylinder begegnet? Hat tatsächlich ein Alter mit Winterhaube deinen Weg gekreuzt, irre im Blick und gehetzt wie irgendein Wild? Hast du die Bildhauerin gesehen? (Wenn auch nur von ganz weit oben ...) Hat sie dir erzählt, ein vogelwilder Mountainbiker sei bei ihr im Steinbruch vorbeigekommen, genaugenommen vorbeigewischt wie ein Huscher, habe sich kurz vorgestellt als Maximus Theuer aus Hamburg und urplötzlich einen Notizblock in der Hand gehalten, so daß sie gar nicht habe feststellen können, wo er den hervorgezogen habe. Er habe eine Frage nach der anderen auf sie, die Bildhauerin, abgeschossen, und sie habe sich nur mehr die Arme schützend über den Kopf halten und wegducken können, so sei dieses Sturmfeuer auf sie eingeprasselt. Bevor sie irgendetwas habe sagen oder sich wehren können, habe er seinen Schreibblock schon wieder zugeklappt gehabt, habe sich auf sein Rad geschwungen und habe gerufen: »Genügtschon, genügtschon ... aber warum hier nur alle so verstockt sind ... stockt sind ... das is' ja furchtbar, furchtbar«, und war abgerauscht.
War es so gewesen? Hatte er das alles an diesem Nachmittag erlebt? War es ihm so begegnet oder hatte er nur draufgeschaut, aus großer Höhe ... von traumweit her vielleicht? Jedenfalls: Die Sonne stand mittlerweile so tief, daß die wenigen Schleierwolken auf ihrer Unterseite bereits rosarot laviert waren. Es ging dem Untergang entgegen, wenn auch nur dem der Sonne.
Lober stand vor dem Eingang zum *Weltende* und dachte: Die da drinnen wenigstens werden doch Bescheid wissen und mir etwas erzählen können von dem, was hier vorgeht in der Gegend. Es war ihm auf einmal alles so fremd. Er ging in die Hausfletz und öffnete die Tür zur Gaststube.
Das Touristenehepaar, das am Fenster gesessen war, war gegangen. An deren Tisch saß jetzt ein älterer Herr, der so-

gleich freundlich herübergrüßte, eine Idee zu beflissen, wie Lober fand. Das war ein Einsamer, Mitteilungsbedürftiger, das sah man auf den ersten Blick. Der Herr rückte jetzt mit seinem Stuhl etwas weiter Richtung Gaststubenmitte, um nur ja auf dem Sprung zu sein, ein Gespräch zu beginnen, wenn Lober erst einmal seinen Platz gefunden haben würde. Der setzte sich an den Nachbartisch, wofür er ein bestätigendes Nicken des Herrn erntete.

Niemand war da, bei dem man etwas bestellen hätte können. Es war, ungewöhnlich genug für eine Gaststube, beinahe totenstill. Das Perpendikel der Wanduhr schwang monoton hin und her. Langsam drehten sich die Gesichter von Heinz und Walter Lober zu.

»Des ko ma jetz eigentlich ned sogn«, meinte Heinz, »oder, Walter, findst du, daß ma des sogn ko … behaupten in dem Sinn! … na, ned, oder? – Und da Herr Schuilehrer, wos moant der?«

Heinz sah zu dem Herrn am Fenster. Der schien fast etwas verlegen. Mit Blick auf Lober zuckte er die Achseln. Konnte heißen: Weiß auch nicht, was der Mann von mir will! Walter sagte wieder einmal gar nichts. Und so ruckelte auch Heinz wieder in seine alte Sitzhaltung zurück, starrer Blick aufs Weißbierglas. Für einen Augenblick war es, als hätte die Zeit kurz einmal aufstoßen müssen. Jetzt war ihr wieder besser.

Daß die Wirtsleute nicht im Raum waren, besagte nicht viel. Das kam öfter vor. Speziell zu dieser Tageszeit, der Blauen Stunde, wenn sich kaum etwas rührte im *Weltende*. Gut, da saßen die, die immer da saßen, aber die waren ja auch eingeweiht, was zu tun war in diesem Fall. Selber bedienen! Die Wirtin und der Wirt hatten es ja oft genug erklärt: »Bedient's eich fei selber!« Heinz und Walter taten es auch ungeniert. Sie gingen zum Kühlschrank, der unter dem Ausschank eingebaut war, und nahmen sich ihre Weißbierflaschln heraus.

Das Geräusch, wenn die Kühlschranktür wieder zufiel, gab einen schönen, dumpfsatten Ton … so fallen auch die Türen einer dicken, fetten Amerikanerlimousine zu, dachte Lober. Er hätte es ohne weiteres genauso machen dürfen, hinter den Ausschank gehen und sich einschenken, was immer er auch wollte. Aufschreiben mußte man es halt, das verlangte schon die Ehre. Die Wirtsleute hatten eigens einen kleinen Schreibblock an die Wand gehängt, mit Bleistift, der an einem ausgefransten Stück Paketschnur hing. Wozu der Block da war, wußten nur ganz wenige – Lober gehörte zu den Eingeweihten. Er hätte sogar die Kaffeemaschine benützen dürfen, selbstverständlich, er war doch der Doktor, ihm waren doch alle elektrischen Geräte zu Willen, die warfen sich ihm doch geradezu in die Arme, einmal vom Mitarbeiter der Firma Nachschaff in Gang gesetzt werden, davon träumten die doch, wohingegen Heinz und Walter, denen hätte die Wirtin so etwas nie erlaubt, weil deren Weißwurstfinger ruinierten alles. Sah man doch am Zigarettenautomat, draußen auf dem Flur. Die wenn sich einmal selber ihre Schachtel HB gezogen hatten, klemmte anschließend garantiert das Schubfach, so ungestüm und ungeschickt hatten sie daran gerissen. »Steinhauerhände halt«, hatte Lober versucht zu vermitteln, damals als die Wirtin gar nicht mehr aufhören wollte, die zwei auszuschimpfen und fast schon der Punkt erreicht war, daß die beiden wortlos aufgestanden und gegangen wären. Und dann zwei Wochen mindestens nicht mehr gekommen. Einen solchen eklatanten Fall von Zerwürfnis hatte es nämlich schon einmal gegeben, als nämlich einer von den beiden die Halterung mit der kippbaren Seifenflasche im Abort abgebrochen und die Wirtin ein Theater veranstaltet hatte, als ob sie das ganze *Weltende* eingerissen hätten. »Jetz übatreibtz aba«, fanden Heinz und Walter in Bezug auf das Verhalten der Wirtin und waren stockbeleidigt, zwei Wochen lang ließen sie sich im *Weltende* nicht mehr sehen.

Nein, an die Kaffeemaschine konnte man die nicht lassen. Deshalb hatte die Wirtin, nur für Lobers Ohren bestimmt, im Flüsterton gesagt, »und da könnenS Ihnen auch mal einen Kaffee machen«, und dabei sehr argwöhnisch auf Heinz und Walter geschaut, wobei sie doch hätte wissen müssen, daß es überhaupt noch nie vorgekommen war und jemals vorkommen würde, daß Walter oder auch Heinz nach einem Kaffee verlangten. Das wäre ja gerade so, als ob Dracula nach Knoblauch fragte. Weil aber auch Lober auf das Angebot der Wirtin nicht recht reagierte, zeigte sie ihm als letztes das Fach im Kühlschrank mit den dicken Zwei-Liter-Flaschen Grüner Veltliner, wortlos, fast mit einem leichten Anflug von Resignation (sie machte sich halt Sorgen um ihn), und Lober sagte daraufhin nur, »danke, Anna«, und das war das erste Mal gewesen, daß er sie beim Vornamen genannt hatte.

Lober hätte also durchaus gewußt, wo er sich zu bedienen gehabt hätte. Aber er wollte jetzt gar nichts. Er wollte einfach nur dasitzen und schauen. Den Rücken gegen die Holztäfelung an der Wand drücken, bis es knackte … im Holz und im Kreuz. Direkt ihm gegenüber hing, das fiel ihm jetzt überhaupt zum ersten Mal auf, ein kolorierter Stahlstich an der Wand, ganz offensichtlich stellte er ein Brauereigelände dar, gesehen aus der Vogelperspektive, aber die war Lober mittlerweile ja recht vertraut. Da stand es ja auch, in bogenförmig gekrümmter Schrift über dem Ganzen, *Silser-Brauerei*, war ihm tatsächlich noch nie aufgefallen. Im schwarzen Rahmen, hinter Glas. Sicher eine Auflage der Brauerei, daß diese Firmenwerbung über den Köpfen der Gäste prangen mußte. Freiwillig verschandelte kein Wirt seine Gaststube mit diesem Anblick. Weil er wußte natürlich auch, was jeder einigermaßen kundige Bierkenner weiß: daß die in Passau ansässige Silser-Brauerei das scheußlichste Bier im ganzen Bayerischen Wald braute. (Deshalb trank Lober ja auch viel lieber den Grünen Veltliner der Wirtin, von dem sie ihm einmal erzählt hatte, daß sie ihn direkt aus dem Weinviertel beziehe, aus einem Ort nah der Grenze.) Das Silser-Helle war eine Schande für die ganze altehrwürdige Brauer-Zunft, dachte Lober, der sich auf seinen Vertretertouren des Abends, wenn er in irgendwelchen Dorfgasthöfen zu übernachten hatte, die nötige Bettschwere auch einmal, statt mit drei, vier Viertel Wein, mit vier, fünf Halbe Bier antrank, wenn es nicht gerade das Passauer Silser-Bier war, von dem vertrug man nämlich unmöglich mehr als eine Halbe. Welcher Wirt auch immer das traurige Los gezogen hat, Pächter dieser Brauerei sein zu müssen, er würde niemals damit renommieren, daß er ein Silser-Bier ausschenke. Es gibt sogar Gerüchte, daß manche Wirte heimlich anderes Bier ausschenken, um nur ja nicht ihre Gäste zu verlieren, denn eigentlich konnte man mit dem Silser-Bier nur eines: Gäste vertreiben, sonst gar nichts. Warum gibt es nicht mehr das gute alte Amt des Bierkiesers wie früher? Der testete das frisch gebraute Bier, und wenn es der Verkostung nicht standhielt, mußten ganze Fässer voll weggeschüttet werden. Die Mafia der Großbrauereien wird das Amt des Bierkiesers abgeschafft haben, damit sie ihr Aludosen-Unwesen ungestört treiben und ausweiten kann und arme Wirte mit ihrem bedauernswerten Silserpächterschicksal dazu zwingt, heimlich die von der Brauerei gelieferten Flaschln zu öffnen, den Silser-Plempel wegzuschütten und mit irgendeinem anderen, halbwegs trinkbaren Bier zu füllen. Es gibt solche Gerüchte, das wußte Lober, daß mancher Pächter der Silser-Brauerei heimlich eine Flaschenabfüllanlage in seinem Keller stehen habe, nur damit er ein ausgetauschtes Bier aus den trügerischen Silserflaschln ausschenken könne. Möglich, daß das alles nicht der Wahrheit

entspreche und nur der Boshaftigkeit mancher Leute entspringe, aber verstehen könne man es, fand Lober. Wer sein Leben lang mit diesem Silser-Bier gequält wird, weil er halt nun einmal Stammgast beispielsweise des *Weltendes* ist, der muß sich natürlich auf diese Art und mit solchen Gerüchten hin und wieder wehren und Erleichterung verschaffen. Das wahre Bierelysium wird uns ja mehr und mehr genommen. Ein paar solche Plätze gibt es noch. Den Lindnerbräu in Kötzting. Oder den Andorfer oberhalb Passau. Und selbstverständlich den Kneitinger in Regensburg. Andere hat man einfach ausradiert, wie den Weißbräu in Deggendorf, eine der schlimmsten Kulturschandtaten der letzten Jahre, fand Lober. Der Weißbräu in Deggendorf, das war der Vorhimmel auf Erden gewesen. Aber von Himmel und Hölle wollen sie ja alle miteinander nichts mehr wissen.
Eben ging die Schwingtüre zur Küche auf. Die Tochter der Wirtsleute kam herein. Ob alle drei da draußen standen, Tochter, Vater, Mutter, und die ganze Zeit über schon beratschlagten, wer jetzt hinausgehen müsse zu den Gästen? Jedenfalls hatte es Luzia getroffen, so nämlich hieß die Wirtstochter. Sie hob keinen Moment ihren Blick, stierte nur immer auf das Handy und fingerte hektisch auf der Tastatur herum. Sie blieb stehen. Die Schwingtür hinter ihr maulte noch etwas nach. Lober betrachtete sie. Hatte sich ganz schön ausgewachsen, das Madl! Er war bereits so lange Gast im *Weltende*, daß er sie noch als kleines Mädchen in Erinnerung hatte. Sie hatten sich eigentlich immer gut verstanden, Luzia und er. Er war so etwas wie der gute Onkel Lober für sie gewesen. Zum Beispiel damals, als er ihr aus Passau eines dieser japanischen Spielzeuge mitgebracht hatte, wie hatten sie doch gleich geheißen, alle Welt sprach damals davon, heute weiß man den Namen schon nicht mehr, ging es Lober durch den Kopf. Eine Strichfigur war da auf dem Minidisplay herum-

gehüpft und hatte Tag und Nacht verlangt, ja eingefordert durch einen nervtötenden Piepston, daß man sich um sie kümmerte, ein Küken sollten diese wenigen Displaystriche wohl darstellen. Man mußte es füttern, streicheln, mit ihm spielen, und wehe man vergaß es, dann zeigten die plötzlich verröchelnden Piepstöne an, daß das Ding am Eingehen war, daß es verreckte. Wenn sich Lober recht erinnerte, dann wurde das finale Stadium dieses Todeskampfes dadurch angezeigt, daß das Küken einen letzten Sprung und Pieps machte und dann auf dem Rücken landete. Durch eine *Reset*-Taste wurde alles auf Null und das Küken wieder auf die Beine gestellt und es gab ein neues Leben. So einfach stellen die Japaner sich das vor, hatte Lober schon damals gedacht. Wie hatten die Dinger nur geheißen? Er war doch in aller Munde gewesen, dieser natürlich japanisch klingende Name. Luzia hatte gebettelt, auch so ein Spielzeug zu bekommen, aber die Eltern hatten sich taub gestellt auf dem Ohr. Lober hatte dann ein Einsehen und brachte Luzia so ein nur wenige Mark kostendes Ding mit … und bereute es noch am selben Tag, nachdem er sich den ganzen Nachmittag und Abend lang dieses Gepiepse hatte mitanhören müssen in der Gaststube. Erst jetzt verstand er die Wirtsleute, die sich vehement dagegen gewehrt hatten, sich auf diese Art elektronisch zum Narren halten zu lassen, wie sie sagten. Lober hatte geschmunzelt über ihr Hinterwäldlertum, dann aber, nach vier Stunden Dauergepiepse, das besonders enervierend war, weil es sich so penetrant unter den üblichen Gaststubenlärm mischte, erkannt, daß sie hier im *Weltende* vielleicht doch die Vernünftigeren waren.

Luzia sah jetzt kurz auf und lächelte zu Lober herüber. Der hob die Hand. Anstalten, an Lobers Tisch zu kommen und nach einer Bestellung zu fragen, machte Luzia dennoch nicht. Vielmehr fütterte sie weiter ihr Handy mit irgendwelchen Nachrichten, damit es ihr nicht auch verrekke, wie seinerzeit dieses elektronische Küken. Ganz schön gerissen von den Japanern, dachte Lober, vielleicht hatten sie diese Spielzeugdinger nur deshalb auf den Markt geworfen, um die nachwachsenden Kids zu jenen Elektrojunkies zu machen, als die sie sich auch jetzt noch, zehn Jahre später und wahrscheinlich für den ganzen Rest ihres Lebens, erwiesen, unfähig, auch nur einen Augenblick ohne irgendeines dieser ständig alle Aufmerksamkeit einfordernden Elektronikdinger in den Fingern zu sein. – Luzia setzte sich, den Blick keine Sekunde von ihrem Handy wendend, auf den Stuhl neben dem Ausschank, auf dem auch die Wirtin immer saß, wenn sie nichts zu tun hatte und nur darauf wartete, wann die nächste Bestellung eines Gastes kommen würde.

Lober gab seine Bemühungen, Luzias Aufmerksamkeit zu erregen, auf. Er beugte sich hinüber zum Stammtisch. Wartete, bis Heinz und Walter ihn ansahen.

»Ihr kennt euch doch hier aus?«

»Freilich!«

»Dann kennt ihr doch sicher diesen Alten mit seinem Fahrrad … das keine Kette mehr hat … der immer nur schiebt … so eine sibirische Bärenmütze hat er auf. Was ist mit dem eigentlich los?«

»O mei, der Narrische!«

Das kam wieder von der Alten am Nebentisch, die anscheinend jedes Wörtchen mithörte, das in der Gaststube gesprochen wurde, aber die ganze Zeit über so tat, als sei sie völlig abwesend und an nichts interessiert. Sie hatte die Hände über ihrer schwarzen Handtasche gefaltet, die ihr auf dem Schoß lag. Vor ihr lag noch immer ein Viertel einer angeknabberten Semmel. Und etliche Brösel. Sie sah keinen der anderen Gä-

ste an. Sagte nur noch einmal, das aber laut und vernehmlich: »A Narrischer … gemeingefährlich direkt. Daß ma den no frei rumlaufen laßt!«
Lebten hier im »Woid«, wie die Einheimischen das Dreiländereck nannten, eigentlich auch noch andere, Nicht-Narrische, fragte sich Lober langsam. Denn: Egal, nach wem er auch fragte, immer scholl ihm ein »die Narrische! … der Narrische!« entgegen.
»Entschuldigen Sie, wenn ich mich da einmische«, sagte der allein sitzende Herr, »aber so kann man das natürlich nicht sagen.«
Heinz gab Walter einen Renner gegen den Ellbogen, mit dem er sich auf der Tischplatte abstützte.
»Hostn ghört, an Herrn Schuilehrer? ›So kann man das nicht sagen‹, sogt er.«
Walter grunzte Zustimmung. Wozu genau, wußte er wahrscheinlich selber nicht. Heinz beugte sich jetzt näher zu Lober.
»Unsa Herr Lehnert war nämle friaha amoi Schuilehrer, stimmts?«
Der Herr beschwichtigte Heinz mit einem herablassenden Lächeln, das nichts anderes bedeutete als, ›jaja, ist schon recht, guter Mann, aber das gehört doch gar nicht hierher‹. Indes Heinz ließ sich nicht abbringen und sagte: »Besserwissen is beim Herrn Lehnert a Frage der Berufsehre, stimmts oder hon i recht, Schuilehrer?«
»Man hat gegen Leute, die eine etwas unkonventionellere Art des Lebens führen, schnell Vorbehalte in dieser Gegend.«
»Wos moanst jetzt do damit? Konnst uns des ned amoi ausdeitschen?«
»Ich rede von unserem Eremiten.«
»Und wos duad der? Wia lebt der?«
Lehnert dämpfte seine Stimme etwas, rückte noch näher zu Lober hin.

»Ich kenn ihn ja so gut wie kein zweiter hier im Ort, den Eremiten.«
»He, du, Schuilehrer, redst du jetza do davo, daß der seit … fümf Johr … es sand doch fümf Johr, oder, Walter?, daß der seit fümf Johr do drobm im Woid haust, in einem Erdloch … in am bessern Erdloch, mehra is's ja ned? Moanst du des?«
»Ja!« rief der Herr etwas zu forsch in Richtung Heinz, vielleicht nur deshalb, damit er endlich Ruhe gebe.
»Fümf? … i glaab ollaweil, es sand eher sechs Johr«, fing jetzt Walter an, sich doch noch in den Disput mit einzumischen. »So lang lebt der scho do drobm.«
»Wos redst denn! Fümf Johr, sog i! Mehra ned. Auf gar koan Fall mehra.«
»Selba frogn brauchst du den ned!« Walter stach jetzt mit dem Zeigefinger direkt auf Lober hin. »Der gibt da nämle koa Antwort ned!«
»Der sogt überhaupt nix mehr«, pflichtete Heinz ihm bei. »Friaha schon, jetzt aber nimmer.«
»Das wissen wir doch alles«, sagte Schullehrer Lehnert, mehr oder minder ungehalten darüber, daß er mit seinem Vortrag, auf den er sich schon durch mehrmaliges Befeuchten der Lippen mit der Zunge vorbereitete, nicht beginnen konnte, weil er hier dauernd unterbrochen wurde. »Das will ich ja gerade erklären, wenn mir die Herren einmal gestatten würden auszureden!«
Oh mei!, *erklären*! Das kannten Walter und Heinz schon, wenn der Herr Schullehrer anfing, etwas zu erklären. Und wenn er darum bat, man solle ihm *gestatten*. Der feine Pinkel. Mit einem Handwischerer winkten sie ab. Und Heinz pfiff scharf durch die Zähne, um Luzia auf sich aufmerksam zu machen. Dazu hielt er wortlos sein leeres Weißbierglas in die Höhe. Diese Art der Bestellung funktionierte. Luzia schreckte auf und sah herüber.

»Und dem Herrn Doktor bringst a Viertel Wein, der wart doch scho de ganze Zeit. Außerdem werdas braucha, wenn jetza da Herr Schuilehrer ofangt, ›etwas zu erklären‹ …«

»Ach!« wischte Lehnert diesen Einwand ärgerlich zur Seite. Er rutschte noch näher heran, so daß er seinen Ellbogen mitten auf dem Tisch abstützen und Lober mit dem Zeigefinger vor dem Gesicht herumsticheln konnte. Warum spießen dich hier eigentlich immer alle geradezu auf, bloß weil sie dir etwas erzählen wollen? Lehnert hatte den Mund schon offen, hielt aber inne. Luzia kam und stellte das Viertel Veltliner auf den Tisch.

»Danke, Luzia.«

Sie lächelte Lober an.

»Man muß anders anfangen«, sagte Lehnert.

»Wie?« Lober hatte einen Moment zu lange hinter Luzia hergeschaut, die schon wieder ihr Handy aus der Tasche zog.

»Auch bei meinen Schulkindern habe ich immer andersherum angefangen!«

»Hint' herum«, stichelte Heinz vom Nebentisch.

»Stimmt's Luzia, du warst doch auch in meiner Klasse, damals?«

Luzia blieb stehen und drehte sich zu Lehnert um, nahm ihren Blick aber nicht vom Handy.

»Mit euch hab ich doch auch … na, unseren Schulausflug … den Wandertag … auf den Karrenberg hinauf gemacht. Erinnerst du dich noch?«

»Ja, Herr Lehrer«, flötete Luzia.

»Zum Eremiten. Mit jeder Klasse bin ich zum Eremiten hinauf. Anschauungsunterricht.«

»Ja, Herr Lehrer.«

Tat sie das extra, das kleine Luder, daß sie jetzt auch noch mit den Augendeckeln klapperte? Allerdings klapperte sie das Handy an. Ob sie schon einen Freund hatte, überlegte

Lober, eine Handybeziehung? – Sicher!
»Ich war ja immer ein Pädagoge aus Leidenschaft.« Das sagte Lehnert jetzt so raumfüllend, daß es auch Heinz und Walter nicht überhören konnten. »Oh mei«, stöhnte es von ihrem Nebentisch herüber. Denn sie wußten, bei der Art von Ouvertüre würde es eine lange Oper werden.

13

»Kinder!, vielleicht ist er einfach ein Mensch, der den Duft von Tannen- und Fichtennadeln braucht, tagein, tagaus, jemand, der es nicht erträgt, wenn eine Zimmerdecke über seinem Kopf hängt, ein Mensch, der sich überall eingesperrt vorkommt, außer in der Natur ... *freien* Natur, der kann halt gar nirgendwo anders mehr leben, als draußen im Wald unter den Ameisen, und an der Stelle lachten sie dann immer, meine Kinderlein, und ich sagte ihnen: Lacht nicht, der heilige Franz von Assisi hat auch mit den Vögeln geredet und ist über jede Ameise und jeden Käfer sorgsam drüber hinweggestiegen, weil er nur ja kein Lebewesen zerquetschen wollte, und so einer ist unser Waldmensch eben auch, droben am Karrenberg, der legt sich zu den Würmern und den Ameisen in eine Erdkuhle und läßt sie in sein Haar krabbeln und zwischen seinen Zehen wohnen, wollen wir uns das nicht einmal anschauen, droben am Karrenberg, was meint ihr, Kinderchen?, und dann sollten Sie mal den Jubel und das Geschrei hören, ja, wir wollen hinaus in die freie Natur zum Waldmenschen, und so etwas aus Kindermund, man muß es halt richtig anstellen. Genau so bereitete ich ihn immer vor, unseren Wandertag zum Eremiten, und da sollten Sie die Augen der Kinder sehen, wie die leuchten, und nicht mehr zu halten sind sie, wollen nur noch eines, endlich hinaus und hinauf auf den Karrenberg, den Eremiten suchen, dabei gibt es doch normal nichts Grauenhafteres für Kinder, für diese vom Computer und Fernseher schon völlig verzogenen und verkrüppelten Kinder, als einen Waldspaziergang! Kinder können Sie heute doch nicht mehr mit dem Schwarzen Mann erschrecken, ich bitt Sie, bei dem, was die in ihren Computern drin alles sehen, aber eins gibt es noch, was ihnen absolutes Grauen einjagt, das Wort *Waldspaziergang*. Dabei: Man muß es ihnen halt schmackhaft machen, das ist Pädagogik, sage ich immer, ich jedenfalls habe ihnen, während meiner aktiven Zeit, immer versprochen: Wir gehen den Eremiten suchen, seit drei Jahren lebt der schon Tag und Nacht, winters wie sommers, draußen im Wald, und vor allem die Buben sollten Sie dann hören, wie im Wald?, na, draußen im Wald halt in einem Erdloch, erkläre ich ihnen dann, und da sind sie natürlich sofort Feuer und Flamme, weil welcher Bub möchte nicht so leben, im Dreck, an einem offenen Feuer, das recht raucht und stinkt vonwegen dem feuchten Krüppelholz, mit dem man es angezündet hat, und mit einem Gewand am Leib, das schon steht und gehärtet ist wie eine Rüstung, eine Ritterrüstung, so starrt es vor Dreck, und keine Mutter und kein Vater ist da, die einem Vorwürfe machen, auch in diesem Sinne freie Natur, eine von Vater und Mutter freie Natur, so wollen Buben doch leben, dreckstarrend in einer Rüstung, und nicht vor dem Fernseher und Computer verkümmern, wer hat ihnen das nur so erfolgreich eingeredet, daß man so leben soll. Nein, den Waldmenschen sollen sie sich einmal anschauen, die Kinderlein, damit sie einmal sehen, was man alles nicht braucht, ein Leben in völliger Bedürfnislosigkeit, kein Dach über dem Kopf, nur eine Plastikplane über ein paar kreuz und quer zusammengenagelte Bretter gespannt, keine Heizung, keine Dämmfenster, kein fließend Wasser, das alles braucht man nicht, Wasser fließt sowieso überall im Wald, nur halt nicht aus der Leitung, sag ich immer meinen Kindern, es ist eh alles da, was man braucht, und alles andere … unnütz! Keine Postadresse, keine Krankenversicherung, keine Kaffeemaschine, keinen DVD-Player, kein Bargeld und keine Hausratsversicherung, überhaupt rein gar nichts braucht der Mensch, letzten Endes. Das hab ich ihnen mit dem Waldmenschen zeigen wollen, meinen Kindern, er war gewissermaßen mein Verbündeter, eine Zeitlang, der Waldmensch, bis er dann aufgehört hat, mit uns zu reden, kein Mensch weiß bis heute warum eigentlich. Keiner hat ihm was getan, im Gegenteil. Ist ihm doch immer wieder etwas zugesteckt worden, von dem einen oder anderen. Auch das nimmt er heute nicht mehr. Er lebt nur noch von dem, was er im Wald findet. Und das, was er da am Ranken anbaut, neben der Gemeindestraße, dieses kleine Streifchen Erde, zwei, drei Reihen Kartoffeln, auf der Gemeinde schaut man einfach weg, weil letzten Endes ist das ja öffentlicher Grund, auf dem er seine armseligen Häupel Kraut anbaut, aber wahrscheinlich denken die sich, das kann man ihm schon lassen, wo man ihm doch sonst alles andere genommen hat. Und gesalzen sind die auch schon, die Erdäpfel, vonwegen dem Winterstreudienst, haha, entschuldigen Sie, kleines Späßchen. Einen Namen hat er ja auch schon lange nicht mehr. Waldmensch oder Eremit, so sagt man halt, wenn man ihn meint. Seinen Taufnamen hat er verloren mit der Zeit. Franz oder Ferdinand, sagen die einen. Vielleicht auch Rudolf oder Rainer, die anderen, und sowohl die einen wie die anderen haben keine Ahnung. Die Älteren im Ort, die würden ihn vielleicht noch finden, den alten Namen, wenn sie etwas suchen würden im Gedächtnis, könnte sein, daß sie ihn noch fänden, aber letzten Endes will das ja keiner, es genügt, wenn man Waldmensch oder Eremit sagt, sein wahrer Name kann verloren bleiben. Der Bürgermeister hatte die Idee, nehmen wir ihm doch auch noch den Paß weg, vorsichtshalber, damit er endgültig ein Niemand ist, gleichgestellt den Ameisen und Würmern, mit denen er so gerne zusammenlebt, letzten Endes also staatenlos, so wie die Waldbodenbevölkerung, die lebt zwar auch, genau wie unser Waldmensch, auf und im Boden des Staatsforstes, ist aber doch letzten Endes staatenlos, Weltbürgertum, das will er doch wahrscheinlich sein, unser Waldmensch, Weltbürger, bitte, soll er, sagt der Bürgermeister, aber Gemeindemitglied ist er damit auch nicht mehr, wir lassen seinen Personalausweis einfach einziehen, und da hat es dem ersten gedämmert, bei der Stadtratssitzung, auf was der Bürgermeister hinauswill, weil gewitzt ist der ja schon und ein gewisses Vorausdenken kann man ihm durchaus nicht absprechen. Irgendwann wird der einmal zum Sozialfall, meine Herren, soll er in der Stadtratssitzung gesagt haben, wahrscheinlich sogar zum Pflegefall, das hält doch kein Mensch aus, minus zwanzig Grad hat es im Winter leicht da droben am Karrenberg, der wenn uns einmal krank wird … auf wessen Kosten? … weil bei ihm selber … langen Sie einmal einem, der nichts hat, in die Hosentaschen! So soll er gesprochen haben, der Bürgermeister auf der Stadtratssitzung, und die anderen haben kurz überlegen müssen und dann haben sie genickt. Aber ich hab zu meinen Kindern gesagt, unser Waldmensch, der ist ein Beispiel! Ein Beispiel, was der Wille vermag, Hunger, Kälte, Nässe, alles auszuhalten, selbst im Winter bei zwanzig Grad, minus!, wäscht er sich mit dem Wasser aus dem Karrenbach, ja sogar seine Hemden wäscht er damit, er hat sich ja selber eine Waschmaschine gebaut, handbetrieben, irgendwo eine Waschtrommel aufgegabelt, vom Sperrmüll oder woher, und in eine Holzkiste eingebaut, mit einer Handkurbel, er schöpft das Wasser aus dem Bach in die Kiste, seift die Hemden mit einem uralten Stück Kernseife ein, und dann … Handbetrieb! Geht alles, wenn man will. Auch ein Leben ohne Strom. Ohne Fertigpizza aus dem Gefrierfach, sag ich zu meinen Kindern. Man kann, wenn man will, von Eicheln, Beeren und Pilzen leben, das will ich ihnen zeigen, den Kindern, das nenne ich Heimatkundeunterricht! Er war ja direkt unser Anschauungsmaterial, der Waldmensch, und seinerzeit war er ja auch noch durchaus kooperativ, hat immer schon auf uns gewartet, vor seinem Erdloch da, angekündigt waren wir ja nie, die Welt der Termine hatte der doch längst hinter sich gelassen, direkt bewunderungswürdig, und so ist er dann da gestanden, oder auch gelegen, am Eingang zu seinem Erdunterstand, er hat sich ja eine Art Loch in den Waldboden gegraben und darüber einen Bretterverschlag, im Grunde ist er da gelegen wie Diogenes vor seinem Faß, und gefreut hat er sich über unseren Besuch, direkt genossen, wenn die Schulklassen um sein Erdloch herum gestanden sind. Wahrscheinlich ist er sich vorgekommen wie Diogenes in seinem Faß, als Alexander der Große mit seinen Soldaten um ihn herumgestanden ist, das ist jetzt unser Diogenes, hätte ich eigentlich zu den Kindern sagen können, unser Diogenes vom Karrenberg, aber die wissen ja weder, wer Diogenes war, noch was ein Faß ist, lachen Sie nicht, Kinder wissen heute nichts mehr, gar nichts mehr, rein überhaupt gar nichts mehr, lesen Sie ihnen, nur als Beispiel, das Rilkegedicht vom großen Sommer vor, Sie wissen schon, Schatten auf den Sonnenuhren, befiehl den Früchten voll zu sein, und dann kommt diese Stelle, herrliche Stelle, Wer jetzt allein ist, wird es lange bleiben, wird wachen, lesen, lange Briefe schreiben, ist das ja schon ein Witz, Briefe schreiben, sagen Sie den Kindern heute einmal, sie sollen einen Brief schreiben, aber dann kommt es ja erst noch: Wird in den Alleen hin und her unruhig wandern, wenn die Blätter treiben, und die schauen Sie an mit solchen Augen, Alleen?, was bitte sind Alleen?, alles schon passiert, alles schon gefragt worden: Herr Lehrer, was sind Alleen?

Es ist ja dann allerhand hineingeheimnist worden in den Waldmenschen. Vor allem seit er mit der Ortsbevölkerung und überhaupt mit niemandem mehr redet, keinerlei Kommentar abgibt zu seiner Person, den Umständen seines Hausens im Wald und vor allen Dingen zu den Gründen, die dazu geführt haben, daß er jetzt ein solches Leben führt. Nicht, daß er sich gar nicht mehr blicken ließe. Man sieht ihn immer wieder im Ort. Vorzugsweise im Supermarkt. Da gibt er dann Büchsen und Flaschen als Leergut ab, die er draußen in den Straßengräben zusammensammelt. Von den paar Cents kauft er sich Konservennahrung. Auch sieht man ihn bei der Fronleichnamsprozession am Straßenrand stehen. Oder auch beim höchsten kirchlichen Feiertag für die Karrenberger, beim Bertlsuchen. Das kennen Sie gar nicht? Ach was! Sie kennen nicht das Adalbert-Suchen? Wenn der ganze Ort auf den Beinen ist? Erzähl ich Ihnen später. Jetzt passen Sie nämlich auf, was die Leute über den Waldmenschen reden. Natürlich tun sie sich wichtig machen, und jeder erzählt, er wüßte die wahre Geschichte über sein Leben … über das frühere Leben des Waldmenschen. Je weniger einer weiß, desto wichtiger tut er, glauben Sie mir. Es werden ja die aberwitzigsten Versionen aufgetischt. Einmal heißt es, er sei – früher! – ein bedeutender Wissenschaftler und eigentlich ein regelrechtes Genie gewesen. Bahnbrechende Erfindungen würden von ihm stammen, nur leider seien sie immer ein paar Jahre zu spät gekommen. Er habe sich völlig abgeriegelt von der Außenwelt jahre-, ja jahrzehntelang irgendeinem Problem gewidmet, verschlossen in seine Einfamilienhausgarage habe er sich jahrzehntelang der Entwicklung einer individuell trag- und benutzbaren Telefonzelle gewidmet, weil er sich gesagt haben soll, sagen die Leute, es sei doch furchtbar unpraktisch, daß der Mensch immer nach einer Telefonzelle suchen müsse, wenn er ein Gespräch führen wolle, und schließlich sei er auf die Idee einer Art Kommunikationshelm gekommen, sein zugegebenermaßen noch nicht ganz ausgereifter Prototyp habe das Aussehen eines Mopedhelmes gehabt, und in diesen Helm sei ein schnurloses Telefon eingebaut gewesen, er, der Waldmensch, habe immer nur von der um den Kopf herum ansitzenden Telefonzelle gesprochen, so daß man, wo man gehe und stehe, ein Telefongespräch führen könne, ob das nicht eine geniale Idee sei, und dann soll er mit dieser Erfindung, mit sämtlichen Berechnungen und Zeichnungen aus seiner Erfindergarage, in der er sich jahrelang mehr oder minder verbarrikadiert hatte, herausgekommen sein und sich auf den Weg zum Patentamt gemacht haben, Europäisches Patentamt in München, und auf der Fahrt dorthin in der Trambahn habe er sich über die vielen Menschen gewundert, die sich so Apparate an die Ohren hielten, groß wie Papiertaschentücherpackungen, bis er schließlich bemerkt habe, die Leute führen ja gar keine, wie er zuerst angenommen habe, Selbstgespräche und putzen sich gleichzeitig dabei mit Papiertaschentüchern die Ohren, sondern sie führen fernmündliche Telefongespräche, und da sei er mehr oder minder verrückt geworden, noch auf der Fahrt zum Patentamt, er sei schließlich aus der Trambahn ausgestiegen, herausgesprungen vielmehr, zum Hauptbahnhof gelaufen, habe sich in einen der Regionalzüge gesetzt, sei bis Deggendorf gefahren, und dann in den Wald hinaufgestiegen, wochenlang dort herumgeirrt, bis er schließlich seine Höhle auf dem Karrenberg gefunden habe, stellen Sie sich vor, einen solchen Unsinn erzählen die Leute. Oder auch: Er sei Börsenmakler gewesen, Frankfurt, New York, Hongkong, habe jahrelang, ohne mit der Wimper zu zucken, die Sparstrümpfe sogenannter Kleinanleger verhökert, Millionenbeträge, einfach verbrannt, es gibt ja keine größere Kapitalverbrennungsanlage, und zwar absolut rückstandsfrei, als die Börse, und dann sei er über Nacht ausgestiegen, kein Mensch wisse warum, sei noch mit seinem Aktenkoffer und seinem Frankfurter Börsenmakleranzug aufgebrochen Richtung Bayerischer Wald, es gibt sogar Leute, die behaupten, sie hätten ihn so, im Anzug, mit Aktenkoffer und in Lackschuhen den Karrenberg hinaufsteigen sehen. Nach und nach sei dieser Börsenmakleranzug in Fetzen an ihm heruntergehangen, hält ja nichts aus, so ein Börsenstoff, ist ja mehr gemacht für den Parketthandel und nicht fürs Waldleben, jedenfalls habe er bald ausgeschaut wie eine Vogelscheuche in seinem zerrissenen Börsenmakleranzug, bis er sich dann schließlich aus den Altkeidercontainern auf dem Wertstoffhof andere Klamotten zusammengesucht habe, den Aktenkoffer aber, den habe man noch Jahre später unter all dem Sperrmüll in seinem Erdloch hervorlugen sehen, sagen die Leute, manchmal lasse er die Schlösser an seinem Aktenkoffer aufschnappen und dann kämen uralte Börsenkursberichte zum Vorschein, die er wie ein Irrsinniger über seinen Kopf hoch werfe, damit sie auf ihn herabregnen und dabei werde das irrsinnige Lachen eines Wahnsinnigen hörbar, um den ganzen Karrenberg herum. Einen solchen Unsinn erzählen die Leute. Manchmal, um mich zu amüsieren, hab ich meine Kinder gefragt, und was glaubt ihr, warum der Eremit nicht mehr unter anderen Menschen lebt, sondern dort droben am Karrenberg unter den Ameisen und Würmern? Kinder sind ja drollig in der Hinsicht. Ein Bub hat einmal gesagt, der Eremit werde wahrscheinlich irgendwann einmal seinen Wohnungsschlüssel verschmissen haben und jetzt könne er ihn nicht mehr finden. Er suche und suche, und habe mittlerweile schon vergessen, wonach überhaupt ... ich hab ihn dann

etwas ungläubig amüsiert angeschaut, meinen Thomas, kenn ihn ja schon, und ihn gefragt, ob er das wirklich glaube, und er hat gesagt, doch, so etwas gebe es, seine Oma suche auch andauernd nach irgendetwas und wisse schon gar nicht mehr, nach was, aber sie suche wie narrisch, und am meisten mache sie fuchsig, daß sie nicht wisse, wonach sie überhaupt suche, da fliege der Inhalt ganzer Wandschränke durch die Luft, so räume die Oma aus und um, und mitten im Gestöber herunterschneiender Gewänder und Tücher höre man dann die hysterisch kreischende Oma: Nach was suche ich überhaupt? Herrlich, wie er das erzählt, der Thomas, unser Klassenkasperl, man muß ihn immer streng an die Zügel nehmen, aber der wird mal ein Komödiant, ganz ohne Zweifel. Ein Mädl meinte, vielleicht habe der Waldmensch eine böse Frau daheim. Da sehen Sie es, Mädchen denken halt oft ganz anders wie Buben, mehr so sozialpädagogisch, da sehen Sie direkt schon die Sozialarbeiterin vor sich, wie die so dastehen, die Mädchen oft, Familienkriseninterventionsmanagerin, sie meinte dann noch, wahrscheinlich habe er solche Angst vor seiner bösen Frau, daß er sich gar nicht mehr heim traue. Ja, gell, die Kinder oft!
Aber jetzt erzähle ich Ihnen, wie es wirklich war, mit dem Waldmenschen. Weil mir hat er ja einmal alles ... ja, ich kann fast sagen: gebeichtet. Schon vor Jahren. Als er noch gesprochen hat. Mit uns. Passen Sie auf. Er hatte eine junge Frau. Und ein Kind kam auch bald. Tochter. Er war Architekt. Eigenes Büro ... gutgehendes Büro. Zusammen mit einem Kompagnon. Auch der Architekt natürlich. Sein bester Freund, wie der Waldmensch mir gegenüber mehrmals betont hat. Allerdings etwas proletenhaft, was ihm anfänglich gar nicht aufgefallen sei. Er habe das immer für eine im Grunde bewunderungswürdige Anpassungsfähigkeit gehalten, die ja gerade bei Architekten wünschenswert erscheine, wie er

sagte. Weil die bewegen sich ja ständig in den unterschiedlichsten Schichten. Bauarbeiter auf der einen Seite, schnöselhafte Neureiche auf der anderen. Egal, in welchen Kreisen er verkehrt sei, der Freund, er habe immer den richtigen Ton getroffen. Bitte, ich gebe jetzt nur wieder, was mir der Eremit erzählt hat. Schon im Studium, denn dort hätten sie sich kennengelernt, habe er immer das passende Wort zu führen gewußt, gegenüber den Professoren ein leicht unterwürfiges, gegenüber den Studentinnen der Geisteswissenschaften, bei denen er seltsamerweise immer habe landen können, ein überlegen intellektuelles, gegenüber den Bedienungen in der Kantine ein frechfrivoles, jaja, bei den Bedienungen habe er sich nämlich immer von den Geisteswissenschaftlerinnen erholt, so hat es der Waldmensch mir gegenüber ausgedrückt, und draußen dann, bei ersten Praktika auf den Baustellen, da habe er gegenüber den Bauarbeitern, einer wirklich schwierigen Klientel, ein dermaßen zotiges kumpelhaftes Gebaren an den Tag gelegt, daß es nur so gestaubt habe, so der Waldmensch, als er mir die ganze Geschichte erzählte. Er sei ja mehr der ruhige Typ gewesen, schon damals, Freund der klassischen Musik, da habe er auch seine spätere Frau kennengelernt, bei einem Klassikkonzert. Sie hätten sich immer über die Wandlungsfähigkeit seines Freundes gemeinsam amüsiert, er und seine Frau. Dann aber sei ihm aufgefallen, wie seine Frau immer aufgelacht habe, wenn der Freund, beispielsweise zu einem gemeinsamen Abendessen eingeladen, den ganzen Abend in unverschämt auftrumpfender Art das Gespräch dominiert habe mit seinen zotigen Baustellengeschichten. Sie kennen das doch sicher, diese Baustellenwelt? Diese Bauarbeiterreden? Sie haben doch sicher schon einmal zugeschaut, wie die mit freiem, zementstaubverklebtem Oberkörper arbeitenden Maurer eine Ziegelwand hochziehen: So wie da der Mörtel zwischen den einzelnen Steinen beim Aufeinandersetzen hervorquillt, so quillt denen ihr Bauarbeitergerede dauernd zwischen den grindigen Lippen hervor. Speis sagt man ja auch, zum Mörtel, und der sabbert denen in einer Tour aus dem Mund, der zotigste Speis, und der Freund habe dabei auch noch mitgemacht, ja, er habe es sogar verstanden, die Bauarbeiter noch zu übertrumpfen. Und das alles habe er, wenn er zu einem Abendessen eingeladen war, zum besten gegeben. Und das erstaunlichste war: Die Frau des späteren Waldmenschen, mit der er sonst immer am Abend Klassik-CDs am offenen Kaminfeuer angehört habe, die habe das richtig amüsiert, und das habe ihn dann doch, leider aber zu spät, stutzig gemacht. Zu lange sei er dabei gesessen, so der Waldmensch mir gegenüber, wenn sie zu dritt im Wohnzimmer um den Designertisch herum gesessen seien, bei einem thailändischen Abendessen, das selbstverständlich seine Frau auf den Tisch … den Designertisch gezaubert habe und er, sein Freund, sein bester Freund, wie er zu diesem Zeitpunkt noch dachte und auch sagte, habe diese ungeheuer primitiven Baustellengeschichten am laufenden Band sozusagen aufgetischt. Am Designertisch! Und sich dabei immer wieder mit der Stoffserviette den Mund abgetupft, aus dem dieser widerliche Scheiß … Entschuldigung Speis … dieser Mörtelspeis herausgetropft sei. So der Waldmensch mir gegenüber. Sie, der hatte nämlich eine außergewöhnliche, geradezu bildhafte Ausdrucksweise … Formulierungsgabe, früher, als er noch sprach, Sie, der war direkt ein Künstler, wenn man so will. Ich mein, sein Beispiel jetzt, was er uns da vorlebt, oben auf dem Karrenberg, das ist ja auch eine Art von Kunstwerk, ein stummes halt. Jedenfalls: Seine Frau habe sich bei all dem königlich amüsiert, wie man so sagt, aus vollem Hals frei heraus gelacht. Naja, und dann, was soll ich sagen, ich kann's auch kurz

machen: Der Freund hat ihm schließlich die eigenen Frau verführt.
Soll ja vorkommen, heutzutage. Hört man immer wieder. Und moderne Paare, wie man ebenfalls hört, gehen damit mittlerweile ja auch ganz unkompliziert um. Ist ja nichts außergewöhnliches mehr. Hab ich mir sagen lassen. Nur für unseren Waldmenschen schon. Der hat sich das zu Herzen genommen. Sehr sogar. Ich hab ja oft zu meinen Schulkindern gesagt, der Eremit, der ist aus einer anderen Welt und aus einer anderen Zeit. Auch was Moral- und Ehrbegriffe anlangt, wie aus einer anderen Zeit. Das wurde mir deutlich, als er mir das alles erzählte. Für uns Heutige direkt lächerlich. Hat man den Eindruck. Ich nehme mich da ja aus. Bin selber unzeitgemäß. Aber die Mehrheit würde doch sagen: Wie kann man sich nur so aufführen? Wegen einer solchen Angelegenheit. Gleich im Wald verschwinden, für immer, wegen dem. Der könnte vor 800 Jahren auch gelebt haben, als es noch echte Eremiten gab. Wie den heiligen Adalbert. Na, Sie wissen schon, an den heute noch alljährlich erinnert wird, mit dem Bertl-Suchen. Ja, ich weiß, das wollt ich Ihnen später erzählen. Bleiben wir beim Waldmenschen. Gute Bekannte haben ihm geraten, er solle das nicht so tragisch nehmen. Vor allem nicht persönlich. Nicht tragisch und nicht persönlich nehmen. Das sei so eine Phase. Das sagt man ja heute wohl. Wenn er oder sie neben hinaus geht, sagt man, das ist so eine Phase. Und sie habe jetzt halt auch eine Proletenphase. Ihr gefalle halt jetzt, wahrscheinlich eh nur ein paar Wochen lang, dieses Proletenhafte des Freundes. Nutzt sich auch ab. Schneller als man glaubt. Er solle einfach etwas abwarten, so die gutmeinenden Bekannten zum Waldmenschen. Er werde sehen, irgendwann kehre sie zu ihm zurück. Weil sie war ja mittlerweile bereits ausgezogen. Natürlich zum neuen Freund. Wahrscheinlich damit er ihr alle Abende die neuesten Bau-

stellengeschichten handfest beibringe. Ja, bitte, ich weiß: manchmal bin ich etwas sarkastisch. Lassen wir das. Die Bekannten jedenfalls haben zum Waldmenschen, der damals ja noch ein Gesellschaftsmensch war, immer inmitten von feiner Gesellschaft, wie er mir erzählte, immer feinsinnige Freunde um den Designertisch herum zu Gast, bis auf diesen Proleten ... also die Bekannten jedenfalls haben gesagt: Die kehrt zurück, abwarten, irgendwann kommt die gekrochen und bettelt wieder um die Abende vor dem Kamin, mit dem gemeinsamen Anhören von Klassik-CDs, abwarten und Geduld haben. Der Waldmensch indes ... dem hat es die Sprache verschlagen, dem sind die Wörter abhanden gekommen. Damals schon zum ersten Mal. Hat er damals schon das Reden eingestellt, für einige Zeit. Wie hat er sich mir gegenüber ausgedrückt? *Dann ist eine Weile vergangen, und ich wurde sehr still ... außerordentlich still.* Außerdem sagte er noch: *Wahrscheinlich war alles eine Nothwendigkeit.* Er meinte wohl, daß alles so kommen mußte. Er erschien mir schon immer als Fatalist, wie er da so haust in seinem Wald. Das macht man doch nur, wenn man Fatalist ist. Von Schuld wolle er gar nicht sprechen, sagte er zu mir. Nicht bei ihr und nicht bei ihm. Das mußte wohl so kommen. Vorwerfen kann man dem Waldmenschen wahrscheinlich nur, daß er so still geworden ist, das war ein Fehler. Wenn er allein gewesen wäre, vollkommen alleine, dann meinetwegen ja, aber das war er ja nicht. Denn da war ja noch das Kind. Sehen Sie, das haben wir jetzt die ganze Zeit über, während ich Ihnen dieser Geschichte erzähle, auch vergessen: Daß da ja noch ein Kind war, eine Tochter, immerhin schon dreizehn Jahre alt. Bei diesen Geschichten, die ja heute nichts besonderes mehr sind, und die man, wie die modernen Paare mit ihren jeweiligen Rechtsanwälten an der Seite sagen würden, regeln kann, wird immer eins vergessen: die Kinder.

Das gibt der Waldmensch zu. Mir gegenüber jedenfalls hat er es zugegeben, damals in dieser schwachen Stunde, wo er mir alles erzählt hat. Oben auf dem Karrenberg. Wir sind auf einem Baumstumpf gesessen und er hat alles offengelegt vor mir. Kurz darauf, wenn ich mich jetzt recht entsinne, ist er ja dann auch ganz stumm geworden. Redet seitdem mit keinem mehr ein Wort. Die Leute sagen: Was haben wir ihm denn angetan, daß er nichts mehr redet mit uns. Tja, das war halt eine letzte Anstrengung, diese Beichte und dann … Silentium. Ich könnt mir gut vorstellen, daß es das war. Daß der den Mund nicht mehr aufmacht bis zuletzt. Muß man akzeptieren. Er hat gesagt, das war ein schwerer Fehler, daß er die Tochter bei seinem Stillwerden regelrecht vergessen habe. Da war noch ein Mensch neben ihm, das sehe er heute, aber er habe immer nur auf diejenige gestiert, die nicht mehr da war. Abende lang ins Kaminfeuer gestiert oder zum Fenster hinausgestiert oder an die nackte kahle Wand hingestiert und immer sie gesehen, die Frau, die nicht mehr da war. Die Tochter, gerade einmal dreizehn, sei dann immer öfter weggegangen, Abende lang weggegangen, Nächte lang ausgeblieben, damals habe er das gar nicht bemerkt, sie sei nur noch kurz in sein Zimmer gekommen, in dem er im Grunde schon völlig alleine gelebt habe, sei in seinem Rükken stehengeblieben und habe gesagt: Ich geh jetzt. Und er immer nur jaja. Kein einziges Mal, wohin gehst du, wann kommst du wieder und wo bleibst du über Nacht? Nichts habe ihn mehr interessiert außer sein eigenes Leid. So der Waldmensch über sich selbst zu mir. Kein einziges Mal habe er sich umgedreht und die Tochter, die in seinem Rücken stand, angeschaut. Dann hätte er vielleicht gesehen, was da für ein Elend stand. Nur noch ein Strich im Zimmer. Sie hat sich heruntergehungert, bis sie nur noch der schwarze Strich war, den sie zuletzt unter ihr Leben gemacht hat. Summa summarum ... wenn Sie verstehen. Und was herauskam, war natürlich ein Minus. Vor allem das Gesicht ... die Wangen ... früher, so der Waldmensch zu mir, als alles noch anders gewesen war, und sie die dreiköpfige heilige Familie, da haben alle gesagt, alle Bekannten und Verwandten, was für ein pausbäckiger Engel sie doch sei. Sie hatte ja direkt ein rundes Gesicht gehabt. Kindchenschema. Wenn man's genau nimmt, eigentlich zu groß. In der Relation zum übrigen Körper viel zu groß ... aber zum Schluß dann ... regelrecht ... der Tod selber. Eingefallene Wangen, die mit schwarzer Schminke in noch tiefere Höhlen versenkten Augen. Ihm sei das ja erst aufgefallen, als er, nachdem die Beerdigung mit den vielen jungen Menschen vorüber gewesen sei, eines der Sterbebilder genommen und sich genauer angeschaut habe. Selbstverständlich hatte er sie drucken lassen. Das Foto dazu hatten ihm Klassenkameraden gegeben. Und jetzt erst, als alles vorbei war, sah er sich das Foto genauer an. Er mußte sich das Sterbebild anschauen, um zu erkennen, mit wem er die letzten zwei Jahre unter einem Dach gelebt hatte. Und nachdem er das Sterbebild, so der Waldmensch, lange genug betrachtet habe, sei er schließlich auch noch in ihr Zimmer gegangen, das er, aber das fiel ihm auch erst jetzt auf, mindestens zwei Jahre nicht mehr betreten habe – mit Ausnahme von vor vier Tagen. Er habe gewaltsam gegen die Türe drükken müssen, um den ganzen Müll zur Seite zu schieben, der über den Fußboden verstreut gewesen sei und das Aufmachen der Türe verhindert habe. Ja, das alles hat er mir erzählt, der Waldmensch, all diese unnötigen Kleinigkeiten, als ob das angesichts dessen, was er da gerade Ungeheuerliches erzählte, wichtig sei, wie es im Zimmer seiner Tochter ausgesehen habe! Aber nein, er hat mir alles haarklein geschildert. Daß es sich um eine Souterrainwohnung gehandelt habe, in der das Zimmer der Tochter lag, und daß es darin nur ein schmales Fenster gegeben habe, eine Oberlichte, die von außen, vom Garten her, nur knapp über dem Erdboden zu sehen war. Vor diesem Fenster war ein Schacht, und er weiß auch nicht warum, aber er habe plötzlich, erzählte der Waldmensch, sich einen Stuhl herziehen, hinaufsteigen und durch die Oberlichte, die kaum einen Sonnenstrahl in das Zimmer der Tochter hereingelassen habe, auf den Garten hinausschauen müssen, den so penibel kurzgeschnittenen Golfrasen, die lächerlichen Blumenrabatten mit diesen aberwitzigen Keramiken zerbrochener Amphoren, und in dem Moment sei sein Blick auch auf die tote Amsel gefallen, die am Boden des Schachtes gelegen sei, der gelbe Schnabel sei offen gestanden und die Augen habe sie aufgerissen gehabt. Er habe sie lange betrachtet, diese Amsel, und sich dann, immer noch auf dem Stuhl stehend, herumgedreht und in das Zimmer der Tochter hineingeschaut, in dieses müllübersäte Chaos, wie ihm jetzt vorgekommen sei, und da habe er bemerkt, daß der Computer eingeschaltet gewesen sei, da auf einmal habe er auch das Surren des Ventilators wahrgenommen, so der Waldmensch oben am Karrenberg zu mir, drei, vier Tage lang müsse der ununterbrochen gelaufen sein, denn so weit lag dieser furchtbare Schreckenstag schon zurück. Er sei da gerade nach Hause gekommen, vor vier Tagen, habe schon an der Gartentüre die ohrenbetäubend laute Musik bemerkt, nach dem Aufschließen der Haustüre sei ihm auch sofort klar gewesen, das könne nur aus dem Zimmer seiner Tochter kommen, schnell sei er in die Souterrainwohnung hinuntergehastet, habe sich durch die nicht weiter zu öffnende Tür gezwängt und den Lautstärkeregler der Stereoanlage, der bis zum Anschlag aufgedreht gewesen sei, zurückgestellt, sich dann kurz umgesehen und sich gedacht, wie sieht es denn hier aus, dann aber habe es schon oben an der Haustüre geläutet, und da seien zwei Polizeibeamte gestanden und hätten ihn gefragt, ob er der Herr Sowieso sei. Nachdem er dies bejaht habe, sei eine kurze Pause entstanden, während der sich die beiden Beamten angeschaut hätten, dann hätten sie sich wieder ihm zugewendet, und beide hätten angehoben zu reden, bis einer dem anderen Vortritt ließ und der dann sagte: Heute vormittag ist Ihre Tochter auf der Bahnstrecke Regensburg–Passau von einem Zug tödlich überrollt worden. Man gehe von Selbsttötung aus. Das sei ihm alles noch einmal durch den Kopf gegangen, so der Waldmensch zu mir, als er vor dem leise surrenden Computer im Zimmer seiner Tochter gestanden sei. Der Bildschirm habe sich automatisch in die Schlafstellung geschaltet gehabt und sei völlig schwarz gewesen. Er habe dann nur leicht die Maus bewegt. Und schon sei der Bildschirm mit einem leisen Knacksen im Inneren aufgewacht. Das Schwarz habe sich zu einem Grau aufgehellt. Dann sei die helle, weiße Seite eines Schreibprogrammes erschienen. Mitten auf dem Bildschirm sei in großen Buchstaben geschrieben gestanden:

Beschreibe den Augenblick, wenn du todt auf der Bahre liegen wirst.

Das alles erzählte mir der Waldmensch oben am Karrenberg, während ich auf einem Baumstumpf saß und ihm diese Lebensbeichte abnahm. Für einen Moment wurde er außerordentlich still. Dann machte er weiter und sagte, er habe diesen Satz auf dem Bildschirm gelesen und im selben Augenblick beschlossen, das Haus … sein Haus abzureißen, anschließend den leeren Bauplatz zu verkaufen, sicher stünde dort jetzt schon ein neues, zum übrigen Wohnviertel bestens dazupassendes Einfamilienhaus. Die Bewohner darin werden sicher nicht das geringste wissen von dem, was einmal auf diesem Platz passiert ist. Und er selbst, auch das

habe er damals beschlossen, gehe in die Wälder und lebe in einer Höhle.
Ja, und so hat er es ja dann auch gemacht. Das ist der Unterschied: Er hat es gemacht!«

14

Kaum war der Lehrer mit seiner Geschichte an ihr Ende gekommen, als die Schwingtür zur Küche aufgestoßen wurde und die Wirtin in die Gaststube hereinkam. Als ob sie die ganze Zeit über nur darauf gelauert hätte, ihren Auftritt nicht zu verpassen. Schnurstracks steuerte sie auf Lober zu und vermeldete, das »Bratl« sei jetzt dann gleich fertig, die Knödel lägen schon im Wasser. Ein hirschenes sei es, wenn's recht ist, und Preiselbeeren gebe es dazu, selbstredend, ebenso wie ein Blaukraut, über das Ganze eine Rotweinsoße, gerade so wie es der Doktor liebe. Ob ihm der Schullehrer wieder eine dieser unappetitlichen Geschichten erzählt habe, wollte sie wissen, sie sehe es ihm direkt an, wie ihm der Appetit verdorben worden sei, vorhin noch, als er aus der frischen Luft zurückgekommen sei, habe er ganz anders ausgesehen, und Lober fragte sich, woher sie das wußte, sie waren sich doch, meinte er sich zu erinnern, seitdem noch überhaupt nicht über den Weg gelaufen. Das mache er immer so, schimpfte die Wirtin weiter, daß er den ihr liebsten Gästen den Appetit verderbe mit seinen Schauermärchen, von denen man am besten kein einziges Wort glaube. Dies alles sagte sie, ohne den Lehrer auch nur eines Blickes zu würdigen. Vielmehr zog sie das Geschirrtuch, das sie, eingeklemmt unter der Binde ihrer Küchenschürze, stets mit sich trug, heraus und klopfte damit demonstrativ das Tischtuch des Lehrertisches von überhaupt nicht vorhandenen Bröseln sauber, man könnte auch sagen, sie gab Lehnert einen unmißverständlich wild wedelnden Wink mit dem Tuch, er solle sich nur ja unterstehen, noch einmal ihre Gäste zu belästigen. Überhaupt sei jetzt langsam Zeit für seinen Aufbruch, auch saß er jetzt schon über eine Stunde vor dem leeren Service seiner Portion Kaffee, die er sich hier jeden Nachmittag bestellte. Sichtlich eingeschüchtert bestellte der Lehrer auch gleich ein Mineralwasser, ein kleines, wie er der wortlos enteilenden Wirtin hinterherrief, denn er habe soeben beschlossen, noch ein klein wenig länger zu bleiben, der nette Herr am Nebentisch sei ja gar so ein geduldiger Zuhörer. Das erlebe man übrigens selten, daß einer zuhören kann. Das sei eine ganz seltene Gabe geworden.

Was blieb Lober auch anderes übrig als zuzuhören? Nach und nach wurde ihm jetzt sein dreigängiges Menü aufgetragen, folglich war es gar nicht möglich, vor diesem Schwätzer zu fliehen. Vor dem Hirschbratl gab es eine Leberspätzlesuppe. Ungefragt brachte die Wirtin einen zweiten Teller Nachschlag. Dann fuhr sie das Hauptgericht auf, in einem kleinen Schälchen brachte sie, als Lober schon sichtlich am Kämpfen war, einen zweiten Semmelknödel, wenn Heinz eine Faust gemacht hätte mit seiner Steinhauerpratzen, sie hätte nicht wesentlich größer sein können als dieses Prachtexemplar von einem Knödel, und zum Schluß dann gab es noch Vanilleeis mit heißen Himbeeren. Was das Mahl so besonders opulent machte, war, daß ihm die ganze Zeit über alle anderen beim Essen zusahen, Heinz, Walter, der Wirt, der jetzt hinter seinem Ausschank den gewohnten Platz eingenommen hatte, die alte Frau, die Wirtin und der Herr Schullehrer. Als begleitende Tafelmusik stimmte Lehnert ein neues Thema an. Das Bertl-Suchen. Das wolle er dem Gast doch noch erklären. Diese jahrhundertealte Tradition. Nimmt man jedenfalls an. Der Ort sei ja genaugenommen ausschließlich seines alljährlichen Bertl-Suchens wegen bekannt. Eigentlich müßte es das Sankt-Adalbert-Suchen heißen. Das Volk mag's gern mundfaul. Kürzt einfach ab. »Schmeckt's auch?« fragte der Lehrer immer wieder in seine Ausführungen eingestreut nach, denn Lober, so konnte man fast den Eindruck haben, schaufelte sein Essen etwas gequält in sich hinein. Gar keinen gequälten, sondern vielmehr einen äußerst aufgekratzten Eindruck indes machte der Lehrer. Genüßlich lehnte er sich zurück:

»Also, lassen Sie sich erzählen. Alle Jahre wieder das Bertl-Suchen. Der ganze Ort ist auf den Beinen. Zweiter Sonntag nach Pfingsten. Ein einziges riesiges Volksfest. Dabei hat es den heiligen Adalbert ja wirklich gegeben. 13. Jahrhundert, sagen die Quellen. Oben auf dem Karrenberg hatte er seine Einsiedelei. Deshalb wohl auch der Name *Eremit* für unseren Waldmenschen. Aber das nur nebenbei. Dieser heilige Adalbert ist Opfer eines Verbrechens geworden. Eines Tages hat ihn jemand aus dem Dorf im Wald gefunden, den Schädel eingeschlagen, wahrscheinlich mit einer Axt. Wir befinden uns ja in der Epoche intensivster Rodungstätigkeit, hier im gesamten Raum um den Karrenberg herum. Warum der betreffende ruchlose Mörder dem heiligen Mann den Schädel einschlug, anstatt daß er den Wald rodete … man weiß es nicht. Egal auch jetzt. Es geht ja ums Bertl-Suchen. In Erinnerung an das damalige Geschehen nämlich führt man jetzt alljährlich diese doch irgendwie zu Herzen gehende und die tiefe Heimatverbundenheit des Volkes beweisende *Comädie* auf. Damit jetzt aber kein falscher Eindruck entsteht: Das *Comädie*-Spieln des bairischen Volkes meint durchaus nicht irgendeine zweifelhafte Volksbelustigung – Bauernschwank oder dergleichen –, sondern die uralte, bis auf die Jesuiten zurückgehende Tradition des andächtigen und doch gleichzeitig auch sinnlichen geistlichen Spieles. Der Bayer muß sich immer alles ganz sinnlich vergegenwärtigen, Buchstaben allein bleiben für ihn tote Materie, verstehen Sie. Immer muß das Leibliche mit dem Geistigen verbunden sein. Weihrauch und Weißwurscht, Bibel und Bockbier. Das können Sie schon bei Hazzi nachlesen und bei Riehl und Reinhardstöttner. Egal jetzt. – Schmeckt es Ihnen nicht? Na, weil man irgendwie den Eindruck hat. Jedenfalls: Was ich eigentlich erzählen wollte. Am Freitag nachmittag wird bereits der Bertl aus dem Feuerwehrhaus geholt … na, die Holzfigur, die mannshohe, der Heilige mit der Axt im Kopf. Ja, freilich, er hat eine Axt im Kopf stecken. Ich sagte Ihnen doch gerade: Der Bayer muß sich alles sinnlich-gegenständlich vor Augen führen. Was hilft ihm so eine tote, trockene Mitteilung wie: Der heilige Adalbert fiel am Karrenberg einem schändlichen Mord zum Opfer. Nein, er muß sehen, wie die Axt den Schädel spaltet, am besten wäre, der Holzschnitzer der Bertlfigur hätte auch noch dargestellt, wie die Hirnmasse aus der geborstenen Schädeldecke hervorquillt. Sie haben das ja oft in Kirchen, da müssen Sie mal aufpassen, bei so Marterfiguren, das reinste Horrorkabinett. Früher hab ich oft zu meinen Kollegen gesagt, gehen Sie mit den Kindern im Heimatkundeunterricht in die Kirchen und zeigen Sie ihnen beispielsweise unsere heilige Martina, wie die Schinder mit Haken Stücke aus ihr herausreißen, ich meine, da braucht doch kein Mensch mehr diese … was die da haben, die Kinder … diese Horrorvideos. Dafür sorgt der Katholizismus doch schon seit Jahrhunderten, für dieses anscheinend menschliche Bedürfnis … Jedenfalls, was ich sagen wollte: Für den Bayern kann es gar nicht anschaulich genug sein. Und dann also das Bertl-Holen. Ja, Freitag nachmittag, dieses Hervorholen und Abstauben der Holzfigur aus dem Feuerwehrhaus. Das ist ja schon ein eigener Akt in unserem *Co-*

mädie-Schauspiel. Akteur ist dabei die Freiwillige Feuerwehr von Karrendorf. Das Bertl-Entstauben, wie man auch sagt, beginnt Freitag nachmittag mit einem vor allem von der männlichen Dorfjugend organisierten Bierfest vor dem Feuerwehrhaus. Der Staub muß ordentlich weggeschwemmt werden, da rollen immer mehrere Fässer Bier und es werden Bundeswehrzelte aufgestellt, weil das Ganze dauert ja bis Samstag früh, und inmitten des ganzen Treibens ist der hölzerne Bertl … ja, man könnte fast sagen: aufgebahrt. Nicht wahr. Er liegt da auf seinem Brett, das Bertl-Brettl, und wird so gegen sechs Uhr nachmittags von einem Jungfernkränzchen aus Karrendorf abgestaubt. Ja, das ist goldig. Lauter so junge resche Mädl mit Myrtenkränzchen auf dem Kopf. Und in einem Reigentanz immer um den Bertl herum mit Staublappen in der Hand. Die jungen Männer saufen derweil. »Schwoam man owe, den Bertl-Staub«, ist der vielfach gehörte Trinkspruch die ganze Nacht hindurch.
Der Samstag dann ist voller Aktivitäten und gespannter Vorfreude. Der ganze Ort summt wie ein Bienenstock. Es wird ein Ochsengespann hergerichtet. Jaja, freilich. Echte Ochsen noch. Der Bauer vom Heimerlhof hält sich das ganze Jahr über zwei Ochsen, nur wegen dem Bertl-Tag, wie er sagt. Jetzt wird es ihm eh zu viel. So Ochsen sind nicht leicht zu handhaben, mein Herr. Noch jedes Jahr sind sie ihm durchgegangen. Die Viecher spüren halt auch das Besondere an so einem Tag. Sie ziehen den festlich geschmückten Leiterwagen. Das ist Sache der älteren Weiber, den Wagen zu schmücken. Mit Tannenreisig, Girlanden, und dann kommt an jedes Eck so ein Stab hin, so ein gedrechselter, akanthusumschlungener Stab, und auf dem Stab steht ein Engerl. Es sind gewissermaßen die Engerl, die den erschlagenen Heiligen heimbegleiten. Das Herrichten des Leiterwagens nennen sie im Ort das Bertlwagen-Putzen. Ja, da wird auch so

manches Faßl aufgemacht. Die jungen Kerle halt. Denen schmeckt's immer. Ihnen weniger, hab ich recht? Ja, und dann wird's Samstagabend. Jetzt kommen die jungen Burschen ins Spiel. Sie bemächtigen sich des abgestaubten Bertls und verschwinden damit oben im Wald am Karrenberg. Es muß schon dunkel sein. Man hört sie noch eine ganze Weile schreien und grölen. Ein, zwei Faßl und etliche Tragl Bier nehmen sie schon mit auf den Berg. Natürlich verbringen sie die ganze Nacht dort droben. Bundeswehrzelte sind aufgestellt. Ein offenes Feuer. Das können Sie glauben, daß es da hoch hergeht. Und wenn sie dann was getrunken haben, die Burschen, springen die verwegensten von ihnen durch die haushoch aufschlagenden Flammen. Sie nennen's das Bertl-Springen, weil in der Nacht doch der heilige Adalbert gewissermaßen ... über die Klinge der Axt ... naja, sie hat halt einen eigenen Humor, die Jugend heute. Sicher, das Ganze ist eine gewisse Vermengung der Traditionen, durchs Feuer springen die jungen Burschen eigentlich an Sonnwend, da haben Sie schon recht, aber man muß ja froh sein, wenn die Jugend überhaupt noch einen Sinn hat für Traditionen. Sie nehmen da ihre Apparate mit ... diese Musikapparate, die sie auf den Schultern tragen ... und dann geht's mit der Musik auf der Schulter den Berg hinauf. Laut ist sie schon, die Musik. Was halt der Jugend heute so gefällt ... eher.
In dieser Nacht dann wird der Bertl versteckt. Bis in der Früh flackern die Feuer oben am Karrenberg, und auch der Lichtschein von Fackeln, direkt anrührend, das Bild. Ja, schon auch ein Geschrei manchmal, als ob die wilde Jagd unterwegs wäre. Das ist ja interessant, wie sich so Motivkreise manchmal durchmischen. Die Ermordung des historischen Adalbert ging sicher meuchlings und leise vor sich. Das Bertl-Verstecken dagegen in der Nacht von Sams-

tag auf Sonntag, ehrlich gesagt, immer ein einziger Radau. Das hat auch Elemente vom Wolfausläuten, ein Brauchtum, das hier natürlich selbstredend gar nicht hergehört. Aber mein Gott, der Bertl muß versteckt werden, sonst kann man ihn ja am nächsten Tag nicht suchen gehen, nicht wahr. Vier Faßl Bier stiftet die Ortsbrauerei jedes Jahr den Jugendlichen. Gewissermaßen eine Form der Schirmherrschaft. Ist doch auch nett, wenn sich die Brauerei so früh schon um die Jugend kümmert. Da gibt es übrigens schon am Donnerstagabend das Schirmherr-Bitten ... was da an Bärwurz ... aber das führt jetzt zu weit.
Am Sonntag früh um halb acht versammelt sich dann der ganze Ort vor der Kirche. Die Glocken läuten. Zwei junge Knaben kommen von Richtung Wald her auf die Kirche zugelaufen, so hirtenbubenmäßig, barfuß, und mit einem Filzhütl auf dem Kopf, Hirtenstab auch, und aus der Kirche tritt der Herr Pfarrer in vollem Ornat und durch das Spalier der Gemeinde heraus. Es folgt das Bertl-Ansagen. Sie treten vor den Pfarrer hin und sagen ganz aufgeregt ... gespielt aufgeregt natürlich: Mia hom eich z' vamelden, hochwürdigster Herr Rat ... früher hat man ja geistlicher Herr Rat gesagt, also hochwürdigster Herr Rat, geschehen is' oben am Karrenberg a fürchterliche Tat. Und so weiter, und so weiter ... der heiliche Mo, mim Hackl im Schädl, wer hot denn des do. Dann empörte Aufschreie im Volk ... Alle stürmen los, den erschlagenen Bertl zu suchen. Je nachdem, wie gut die Jugendlichen in der Nacht zuvor ihr Werk getan haben, kann das schon den ganzen Vormittag dauern, bis er gefunden wird, in irgendeiner Mulde, hinter einem dieser Granitblökke, die es da oben am Karrenberg ja haufenweise gibt. Damit die Suche niemandem zu lang wird, sind mehrere Bundeswehrzelte am Abhang des Karrenberges aufgestellt, es gibt da so kleine Erfrischungen.

Ja, und dann wird er also gefunden, der Bertl. Die ihn als erstes sehen, müssen auf die Knie fallen und zu beten anfangen. Dann kommen alle anderen hinterher, der Pfarrer, das Ochsengespann, das in der Zwischenzeit schon einmal durchgegangen ist und wieder eingefangen werden mußte, Fremde, Touristen, es kommen ja alle Jahre Tausende Touristen, die glauben mittlerweile bereits, das gehöre dazu, das Bertlochsen-Ausreißen, die halten das für einen Bestandteil der ganzen Aufführung, dabei ist es einfach so, daß der alte Heimerl-Bauer diese zwei Prackel von Ochsen nicht mehr halten kann. Aber zurück zum Karrenberg. Alle also hintereinander den Berg hinauf, der Pfarrer, das Ochsengespann, die Ministranten, das Jungfernkränzchen mit den Staublappen und selbstverständlich die Karrenberger Blasmusik. Und dann wird Aufstellung genommen um den gefundenen Bertl herum. Der liegt da erschlagen mit dem Hackl im Kopf. Was die historische Figur des tatsächlichen Adalbert anlangt, so soll ihm das Hirn aus dem Schädel herausgequollen sein. Sagen die Quellen. Und die Buben, die ihn gefunden haben, sollen ihm das Hirn wieder in den Schädel zurückgestopft haben. Das ist das sogenannte Hirn-Schoppen. Schoppen? Kennen Sie nicht. Schieben, stopfen, bauschen. Den Hemadschnirpfel in die Hose schoppen. Der Sprachwissenschaftler spricht von einer Intensivwortbildung des Verbes schieben. Er schob, er hat geschoppt. Also, die Buben schoppen das Hirn zurück in den gespaltenen Schädel. Mei, naiv, die Kinder, wie sie halt sind. Das heißt andererseits wieder auch: so verroht schon. Von all diesem Schund und Dreck im Computer drin. Diese Bilder, die sie gar nicht mehr unterscheiden lernen von der Realität. – Was soll ich gesagt haben, vorhin? Sinnlich vergegenwärtigen? Ja, schon, aber doch nicht so. In Form dieser gräßlichen Bilder. Wir wissen doch, was dabei herauskommt. Erinnern Sie sich nicht mehr des Falles, auch hier im Bayerischen Wald passiert, wo ein Zwölfjähriger oder Dreizehnjähriger seinem eigenen kleinen Schwesterlein ein Hackl in den Kopf geschlagen hat? Und zuvor immer diese Spiele und Filme gesehen. – Irgendwie machen Sie den Eindruck, als ob mit dem Essen etwas nicht stimme. Nein? Nicht? Also jedenfalls, ich bin jetzt etwas abgekommen: Das mit dem Hirn in den Schädel zurückzuschoppen, das wurde fallengelassen ... ein Metzgermeister aus Karrendorf, der vorgeschlagen hatte, er würde für jedes Kind ein Radl Hirnwurscht sponsern, das sie nach dem Hirnschoppen aufessen dürften ... man könne der ganzen *Comädie* doch noch einen weiteren Akt hinzufügen, nämlich das Bertlwurscht-Essen ... das wurde alles abgelehnt. Unmöglicher Vorschlag, soll Herr Pfarrer gemeint haben, wir lassen es nicht zu, daß aus unserem Bertl-Suchen eine einzige haltlose Volksbelustigung wird ... der Bertl wird also auf das Ochsengespann gelegt und in feierlicher Prozession in den Ort hinuntergebracht. Dort ist dann natürlich großes Festtreiben. Können Sie sich ja vorstellen. Die ganze Hauptstraße entlang sind Bundeswehrzelte aufgestellt. Das geht natürlich bis in die frühen Morgenstunden des Montags so weiter. Ja, früher war sogar der Montag nach dem Bertl-Suchen in Karrendorf noch inoffizieller Feiertag. Da gibt es ja dann noch die Institution des Bertl-Einmottens. Jaja, beim Feuerwehrhaus. Früher hatte ja am Bertl-Montag kein Geschäft auf, in Karrendorf. Schulfrei auch. Die meisten Betriebe ebenfalls ... geschlossen. Geht ja in der heutigen Zeit nicht mehr. Aber ein schöner Brauch an sich. Oder, was meinen Sie? – Jetzt hat es Ihnen doch nicht geschmeckt, man sieht es genau.«

Wenn Lober nicht genau gewußt hätte, daß da draußen ein zum *Weltende* gehörendes Wildgehege war, von dem das Fleisch zu dem Bratl stammen mußte, das er gerade verzehrt hatte … er hätte Bedenken bekommen. Denn in der Tat hatte das Gericht einen sehr strengen Hautgout gehabt. Auch des Lehrers Erzählung vom Bertl-Suchen, eine an sich ja volkskundlich ganz interessante Geschichte, hatte Lober nicht völlig ablenken können von Gedanken, die sich sofort einstellten, als er beim ersten Bissen diesen übertriebenen Wildgeschmack auf der Zunge verspürt hatte. Früher hätte er sich gedacht: Ja, so muß ein Hirschbratl schmecken. Jeder Kenner weiß, daß ein Wildgericht einen leichten Hautgout haben muß. Aber seit der Geschichte mit dem Wildfleisch-Großhändler Süßmüller aus Salzweg war die Sache etwas komplizierter geworden. Man konnte im wahrsten Sinne des Wortes dem Braten nicht mehr trauen. Seit aufgeflogen war, daß dieser Süßmüller völlig verdorbenes Wildfleisch, bei dem schon monatelang das Verfallsdatum abgelaufen war, unter fortlaufenden Deklarierungslügen immer wieder in den Handel gebracht hatte, schmeckte man jedem Hautgout zweiflerisch und skeptisch hinterher. Lober hätte jetzt gern die Gedanken an diesen Süßmüller verdrängt, noch dazu, weil man mit vollem Magen nicht denken soll, vor allem nicht an diese an Scheußlichkeit kaum mehr zu überbietende Süßmüllergeschichte, aber es gelang ihm nicht. Das ist immer so: Wenn man sich besonders krampfhaft verbietet, an etwas Konkretes zu denken, kommen einem diese Gedanken erst recht in den Sinn und man wird sie nicht mehr los. Lober bestellte sich einen doppelten Obstler. Schüttete ihn hinunter. Bestellte gleich noch einen. Zu dem Schullehrer sagte er, »jaja, interessant«, und zur Wirtin, »ist mein Zimmer eigentlich schon fertig«. »Aber selbstverständlich, Herr Doktor«, antwortete sie. Lober hatte jetzt bloß noch einen Gedanken (neben diesem anderen, unaussprechlichen, der ihn weiter verfolgte), nämlich daß er diese Wirtsstube verlassen müsse, umgehend, nur so konnte er diesen Bildern entkommen, die ihm jetzt dauernd vor Augen standen. Bilder von Fleischstücken, aus denen Maden hervorkrochen. Mit Bildern ist es genau wie mit Gedanken. Man verbietet sie sich, und sie martern einen erst recht. Lober konnte sich nur noch dadurch beruhigen, indem er sich jetzt vorstellte, daß man Menschen wie diesen Süßmüller, einen Verbrecher der allerschändlichsten, weil skrupellosesten Sorte, eigentlich dadurch bestrafen müßte, daß man ihn nicht bei Wasser und Brot einsperrt, ein halbes Leben lang, sondern täglich bei einem anderen Stück Bratl, und jedes Mal müßte es ein schon völlig vergammeltes, zum Himmel stinkendes und von Maden durchzogenes Stück Fleisch sein, und jedes Mal müßte er gezwungen werden, es bis zum letzten Bissen aufzuessen.

Erst diese Rachevorstellung verschaffte Lober einigermaßen Linderung. Er konnte jetzt, ohne daß sich ihm alles vor den Augen drehte, aufstehen und auf sein Zimmer gehen.

Er lag noch eine ganze Weile wach. Sein Handy fiel ihm mit einem Mal ein. Er stand noch einmal auf und holte es. Seit er heute vormittag das Kaffeehaus in der alten Salzhandelsstadt verlassen hatte, hatte er nicht mehr daran gedacht, es einzuschalten. Normalerweise war das undenkbar bei ihm. Der Zustand, nicht erreichbar zu sein, war für ihn so unerträglich wie die Vorstellung, einmal in einem Sarg unter der Erde liegen zu müssen. Jedenfalls beeilte er sich jetzt, das Handy wieder einzuschalten. Und erhielt die Anzeige, daß es drei neue Nachrichten für ihn gebe. Sie waren alle von seiner Franzka. Er las die zuletzt eingegangene als erstes. Sie bestand nur aus drei Fragezeichen. Die zweite lautete: *Wo steckst du, warum antwortest du nicht?* Und worauf er hätte antworten sollen, das verriet ihm die dritte SMS.

Zum Wochenende in die Toskana. Ich fahre nur, wenn du keine Zeit hast. Hast du?

Ach ja, er hatte sie ja gefragt, zu was sie von Werner eingeladen worden war. Soso, in die Toskana also! Machte sie es jetzt also doch wahr und ging dem Herrn Weinstöpselfabrikanten in seine toskanische Falle, denn natürlich wußte sie genau, daß diese Einladung in seine Villa nichts anderes war als eine Falle. Oft genug hatte sie Lober erzählt, jetzt versuche er schon wieder, sie in seine Villa zu locken. Ja, sie gebrauchte das Wort *locken*. Warum wohl? Wenn sie einen alten Freund aus der Kindergartenzeit einmal besuchen wolle, dann sei das doch kein Locken, hatte er zu ihr bemerkt. Glaubte aber selbst nicht, was er da sagte. Franzka jedenfalls blieb dabei, in geschickt gewählten Abständen immer wieder einzustreuen, jetzt habe sie Werner schon wieder eingeladen, »aber ich geb' dem nicht nach«. So ihre Worte. Warum erzählte sie das Lober, und vor allem warum so brühwarm? Und was bitte sollte *dem* heißen? Sie gebe *dem* nicht nach?

Einmal hatte Lober daraufhin zu seiner Franzka gesagt: »Willst du mir drohen?« Es sollte spaßhaft klingen, was ihm aber gründlich mißlang. Franzka erschrak regelrecht. Es war dann auch einige Wochen lang Ruhe mit Werner. Dafür spürte er wieder verstärkt diese unterschwelligen Andeutungen betreffs der immer noch ungeklärten Zusammenziehfrage. Das waren zum Beispiel ihre sattsam bekannten Zusteckkungen. Oder auch Vorlagen. Tischvorlagen. Immer legte sie ihm, wenn er einmal bei ihr bis zum Frühstück blieb, besonders auffällig die Werbeprospekte diverser Möbelhäuser, die der Tageszeitung beilagen, neben den Teller. Und wenn er sie dann – natürlich kommentarlos – gleich mit dem Lokalsportteil zudeckte, zupfte sie die Möbelhauswerbebeilagen natürlich wieder darunter hervor und fragte, möglichst unverfänglich, wie er denn die ausziehbare Schlafcouch finde. Und wenn er dann, vielleicht eine Idee zu barsch, antwortete, er habe alles in seiner Wohnung, er brauche keine Schlafcouch, dann konnte er direkt an ihrem Gesicht ablesen, wie ihr süßes Köpflein schon wieder zum Geisterschloß wurde, in dem ein gewisses Gespenst namens Werner herumspukte.

Ob er Zeit haben würde, fragte sie. Am Wochenende? Lober fühlte die Verpflichtung, ihr eine Antwort zu simsen. Aber welche? Was für ein Tag war heute überhaupt? Wochenanfang? Oder Mitte? Das würde er morgen auch noch nachschauen können. Momentan fiel es ihm nämlich partout nicht mehr ein. Ein anstrengender Tag jedenfalls war es gewesen. Was er alles erlebt hatte! Er schaltete das Handy aus und legte es weg. Griff lieber noch einmal nach dem Stifter-Buch, das er neben sich auf das Nachttischchen gelegt hatte. (Wer hat Stifter immer griffbereit auf dem Nachtkästchen liegen? Beamtenwitwen und Krankenschwestern, genau! Lober fiel es wieder ein und er mußte lächeln.) Er schlug das Inhaltsverzeichnis auf. Überflog die angegebenen Titel der einzelnen Stücke. Einer sprang ihm dabei aus naheliegenden Gründen besonders ins Auge. Er blätterte die Erzählung auf. Und las den ersten Satz, übersprang dann die nächsten Absätze, ja, die ersten zwei, drei Seiten, er war doch schon zu müde, merkte er jetzt, blieb dann aber doch noch einmal hängen, las, *nicht bloß gesundheitbringend, sondern auch stillend und seelenberuhigend ist es, wenn man hier wandelt und Alles auf sich wirken läßt*, ja, morgen werde ich weiter alles auf mich wirken lassen, dachte er noch, *das Gras an dem Wege mit den tausendartigen Waldblumen*, wirklich tausend, übertreibt der nicht furchtbar, *den weißen Stein darin und den ersten Baum und die hellen Wiesen … und das einfarbige Getreide … und die glänzenden Dächer … und Hütten … und Hügel … und … und … und den Duft der Ferne …*

Mit dem Duft der Ferne in der Nase schlief Lober ein.

15

Als er am nächsten Morgen in die Wirtsstube kam, stand das Frühstück schon auf dem Tisch. Er war der einzige Gast. Die Wirtin wartete bereits auf ihn. Sie lehnte am Ausschank und fragte, wie es heute weitergehe. Sie meinte natürlich Lobers Tour. Sie hatte ihn gestern genau beobachtet. Ihr war das gleich seltsam vorgekommen, daß er zu dieser ungewöhnlichen Tageszeit, am Mittag, bei ihnen im *Weltende* aufgetaucht war. Und dann sein seltsames Verhalten. Sein Spaziergang in den Wald, mitten am Nachmittag. Man mußte sich fast ein wenig Sorgen um den Doktor machen. Daher die Frage, wie es jetzt weitergehe. Lober verstand sie erst gar nicht. Er saß da mit offenem Mund und staunte die Wirtin an. Stotterte dann etwas herum vonwegen, so genau wisse er es auch noch nicht ... erst einmal vor die Türe gehen, schauen, was da ist. »Vor die Türe?« hatte sie zurückgefragt und den Kopf geschüttelt. »Doktor, was ist nur mit Ihnen los!«
Nachdem er fertig gegessen, gezahlt und sich von der Wirtin verabschiedet hatte, tat er genau dies: Er trat vor die Türe vom *Weltende*. Und schaute. Und sah eine Welt voll Ruhe und Herrlichkeit. Der Himmel septemberblau und ohne das kleinste Wölkchen. Die Wirtin hatte als letztes gesagt, heute würden noch Wetter aufziehen, aber das konnte er gar nicht recht glauben. Es hatte eher so geklungen, als ob sie ihn von irgend etwas abhalten wollte. Von einer Dummheit, einem ausgedehnten Spaziergang (was manchmal aufs Gleiche hinausläuft). Genau danach aber stand ihm der Sinn. Eine Tageswanderung. Er wollte einmal einen ganzen Tag lang nur gehen.

Seinen Koffer und das Anzugjackett, das er lediglich lässig über die Schultern gehängt hatte, warf er ins Auto. Nur das Handy steckte er sich in die Brusttasche seines Hemdes, zu dem Kugelschreiber, den er dort immer klemmen hatte. Und das Buch, das Stifter-Buch, das nahm er noch unter den Arm. Alles andere konnte er ruhig zurücklassen. Er drückte auf die Verriegelungstaste seines Autoschlüssels. Der Wagen winkte zum Abschied mit allen vier Blinklichtern auf einmal.
Dann ging Lober los. Into the great wide open.

II.

Hierauf durchzog er mit ihr das Land Böhmen

1

Sie hatte ihn schon von weitem kommen sehen. In seinem weißen Nylonhemd und mit der dunklen Anzughose mußte er ihr auffallen. Denn wenn schon einmal jemand bei ihr im Steinbruch auftauchte, was selten genug vorkam, dann waren es papageienbunt gekleidete Wandervögel, die von vorgeschriebenen Rundwegen abgekommen waren und sie nach der Wegmarkierung fragten, und zwar in hellster Aufregung und ehrlichster Empörung darüber, daß man hier in völlig unverantwortlicher Weise auf unverschämt unausgeschilderten Wegen ganz und gar alleine gelassen werde, was sich denn die Kurleitung oder das Tourismusbüro eigentlich dabei dächten. Meist zeigte sie ihnen wortlos mit dem Finger, wie sie wieder zurückfänden auf den allgemeinen Trampelpfad, der sie sicher zurückgeleiten würde zu ihrem Pauschalurlauberdasein in einer der an einem Sonnenhang stehenden und natürlich nach diesem Sonnenhang benannten 200-Betten-Hotelburgen.
Wie ganz anders dagegen er. Alles an ihm war fremd. Nicht nur seine schwarzen feinen Halbschuhe. Viel mehr noch, wie er sich durch die Landschaft bewegte. Er kam den Feldweg entlanggeschlendert. Bestimmt hatte er sie längst entdeckt, wie sie auf ihrem Stein saß, mit angezogenen Knien, und sich ausruhte von der Arbeit. Hatte er nicht sogar zu ihr hergewunken? Nein, wahrscheinlich hatte sie sich getäuscht. Jedenfalls: seinen Schlendergang beschleunigte er um keinen Deut. Er ließ sich auch für die letzten zwei-, dreihundert Meter, bis er endlich vor ihr stand, Zeit, unendlich viel Zeit. Mit einem Schmunzeln beobachtete sie das. Wie er alle paar

Meter stehenblieb, weil er hier einen Ährenhalm abpflücken, dort einem den Weg kreuzenden Käfer den Vortritt lassen mußte. Zum Schluß, da war er schon bis auf Rufweite an sie herangekommen, hatte er sich noch nach einer Klatschmohnblüte gebückt und sie sich ins Knopfloch seines bis zur Brust aufgeknöpften Hemdes gesteckt. Schau ihn dir an, hatte sie sich gedacht, wie er sich fein macht für die Begrüßung mit dir. So ein Vogel hat sich ja überhaupt noch nie in deinen Steinbruch verflogen! – Mein Herr, Sie sind mir vielleicht fremd … wie so ein Stück vom Mond, hätte sie ihm am liebsten als erstes ins Gesicht gesagt. Hielt sich aber dann doch zurück. Sie schaute unverwandt über die Hügelketten hinweg nach Westen, als er vor ihr stand.

Jetzt red halt was, wo er schon fast vor dir steht, befahl sie sich selber. Eine andere Stimme in ihr aber murrte: Soll er doch was sagen!

Lober sah sie lediglich an, lehnte sich dann neben sie an den Steinblock, blickte in dieselbe Richtung wie sie, schirmte wie sie die Augen ab gegen die tiefstehende Sonne, die ein paar letzte Strahlen durch ein sich am Horizont auftürmendes Wolkengebirge schickte.

»Hat sie doch recht gehabt, die Wirtin vom *Weltende*«, sagte er.

»Womit?«

»Daß heut noch ein Wetter kommt.«

»Das täuscht.«

»Kein Wetter?«

»Nein. Keins.«

»Sie kennen sich aus?«

»Klar.«

»Mit dem Wetter und mit den Steinen?«

»Sowieso.«

Dann schauten sie wieder. Beide in dieselbe Richtung. Nur

nicht sich gegenseitig an. Sie sagte sich: Jetzt red schon was. So oft kommt keiner zu dir in den Steinbruch! Aber da war gleich auch wieder die andere Stimme und die sagte: Er will doch reden! Soll er doch was sagen.
»Und was, wenn doch?« fing er wieder an.
»Versteh nicht!«
»Wenn doch ein Gewitter kommt?«
»Ach so.« Jetzt sah sie ihn an. Von oben bis unten. Und er sie. Aber nur von ganz oben bis ein klein bißchen weniger oben. Sie hatte eine Baseballkappe auf. Auf dem Schild der Kappe lag Steinstaub, darin die Abdrücke ihrer Finger.
»Dann könnt's sein, daß Sie naß werden«, sagte sie.
Wie auf Kommando grollte der erste Donner. Aber noch sehr weit weg. Mehr ein Grummeln war das.
Jetzt nahm sie die Baseballkappe ab. Langes braunes Haar fiel herab. Lober dachte: Wie könnt Ihr nur die Fülle dieser Haare in dieser Kappe unterbringen? Was er aber sagte, war: »Ob ich mich wohl ganz kurz bei Ihnen unterstellen könnte?«
»Aber es regnet doch noch gar nicht.«
»Könnte aber.«
Sie lachte. Und dachte: Könnte schon.

2

Doch erst einmal ließ er sich von ihr alles genau zeigen und erklären. Die uralten, verbeulten und verrosteten Maschinen, die wie Schrott über das Gelände des Steinbruchs verteilt waren: ein Kompressor für den Preßlufthammer, ein Lastwagen, eine Seilwinde, mit der sie die frisch herausgesprengten Brocken vom Fuß der Steilwand wegzog, näher her zu dem Platz, wo sie die Steine bearbeitete. Ein ganzes Sortiment von Meißeln und Hämmern lag herum, auch angefangene Skulpturen. Ein massiger Quader mit einem Fenster in der Mitte, wobei sich Lober wunderte, wie sie das da hinein gebracht hatte. Schuppenplatten wie von einem urzeitlichen Tier lagen im kniehohen Gras aneinandergereiht, so daß sie einen sich schlängelnden Drachenschwanz von vielleicht zehn Metern Länge ergaben. Eine Art liegende Halbmondsichel, in der eine Kugel lag, die Frau zeigte ihm, wie sie sich hin- und herrollen ließ. Am meisten aber interessierte ihn das Tun selber. Wie stelle sie das zum Beispiel an: ein Stück aus der steilen Gesteinswand herauszusprengen?

»Man macht Löcher und steckt Dynamit hinein.«

Löcher in die Wand? Wie komme sie da überhaupt hin?

»Ich seil mich ab, oben von der Kante des Steinbruchs. Der Falke, der da nistet in der Wand, der sieht mich jedes Mal an, als ob er mich für verrückt hält. Wenn eine nicht einfach fliegt, sondern sich so anstellt, dann muß sie wohl verrückt sein, wird er sich denken.«

Und dann die ungeschlachten Blöcke, wie spalte sie die? Und wie bewege sie die überhaupt? Und wie mache sie die eine Fläche des Steins so glatt, und wie die andere so aufgerauht? Am meisten aber staunte er über die alten Maschinen. Und daß sie die noch in Gang bringe. Immer wieder fragte er: »Und die läuft noch? – Und der springt noch an? – Und das funktioniert noch?«

Sie mußte lachen. Und um es ihm ein für alle Mal zu beweisen, winkte sie ihm, er solle ihr folgen. Sie kletterten in das Führerhaus des Lasters. Es hatte weder Türen noch Fensterscheiben. Vom Sitz des Beifahrers, auf den sich Lober niederlassen wollte, flüchtete eine Eidechse. Freilich, das sei hier jahrelang unbewegt herumgestanden. Da roste schon mal etwas ein. Sie riß und zog an diesem und an jenem Hebel. Der

Steinbruch sei ja schon jahrelang außer Betrieb gewesen. Der vorherige Besitzer habe hier alles verfallen lassen. Verfallen und zuwachsen. Als allererstes habe sie angeflogene Bäumchen und Büsche weghacken müssen. Dieser Multerer, so heiße er nämlich, habe zu ihr gesagt, sie könne ihn schon haben, den Steinbruch, müsse dann aber alles übernehmen, wie es da liege und stehe. Er habe immer *Madl* zu ihr gesagt, bei den Kaufverhandlungen. Sie machte ihn nach: »Do muaßt aba nacha scho alles mitananda nehma, Madl« oder »Wos duad denn a Madl wie du mit am Magirus-Deutz, Baujahr achtasechzg.« Es war ganz offensichtlich, daß er sie nicht ernst nahm. »Wos bist nacha du, Madl, a Buidhauarin?« Sie bog sich vor Lachen und machte immer wieder nach, wie er das gesagt hatte: »Buidhauarin«, mit einem langen uih!
Sie kramte aus ihrer Jackentasche einen Schlüsselbund hervor. »Nachdem er merkte, daß ich nicht locker lasse, versuchte er es auf die joviale Art. Daß er ja schon immer etwas für Künstler übrig habe. Ich solle einmal eine Ausstellung bei ihm machen, auf seinem Firmengelände in Wutzelshofen. Künstler faszinieren ihn von jeher. Dieses freie Unternehmertum des Geistes! Er kenne da einen Autor in der Tschechei … bedeutender Mann … den fördere er ja auch … stecke ihm hin und wieder etwas zu. Künstler sind ja immer Hungerleider. Das hätte er besser nicht gesagt. Das kostete ihn noch einmal schlappe fünfzigtausend beim Verkaufspreis. Ich hab zu ihm gesagt, jetzt los, kommen Sie schon einem hungerleidenden Madl etwas entgegen, und da konnte er nicht anders und mußte fünfzigtausend nachgeben! Und so hab ich ihn bekommen, den ganzen Steinbruch mit dem ganzen Glump. Weil das sagte er noch zum Schluß, der Herr Multerer, ›daß mir nachher keine Beschwerden kommen, Madl, ich habs dir gleich gsagt, des is ois a alts, verrosts Glump‹.«

Sie drehte den Zündschlüssel um. Der Motor machte einen tiefen, beschwerlichen Schnauferer. Es klang ungefähr wie *Madl, dua ma des ned o.* Danach war wieder Ruhe. Sie probierte es noch einmal. So wie schwere Raucher sich erst freihusten müssen, eh sie überhaupt ein Wort herausbringen, so machte sich der Lkw jetzt Luft mit ein paar tiefschwarzen Rußwölkchen aus dem Auspfuffrohr. Und schon lief er, mehr eckig als rund allerdings, noch nachkoppend mit ein, zwei Fehlzündungen.

»Na, also«, sagte sie, grinste und legte den ersten Gang ein. Und los ging die Fahrt. Immer im Kreis herum durch den Steinbruch. Und zwar hurtig, den überall herumliegenden Gesteinsbrocken jeweils erst in letzter Sekunde ausweichend. Lober hätte sich nur zu gern irgendwo festhalten wollen. Aber da war kein Griff, nichts. Sie aber legte sich extra rasant in die Kurve, bretterte durch einen seichten Ausläufer des Steinbruchsees, daß es nur so spritzte.

»Und?, jetzt?, sagen Sie selber, läuft der noch oder läuft der nicht mehr!?«

»Ja, großartig«, schrie Lober als Antwort, denn der Motor heulte höllisch.

3

Nachdem sie den Motor wieder abgestellt hatte, wurde es auf einmal irritierend ruhig im Steinbruch. Ein Käuzchen krächzte irgendwo, suchte sein Nest. In der Zwischenzeit hatte sich der Abendhimmel vollständig zugezogen. Weit hinten im Westen wetterleuchtete es bereits. Sie schlug vor, daß man vielleicht doch besser in den ehemaligen Unterstand des Sprengmeisters gehe.

Das war eine bessere Hütte aus Brettern. Hier habe früher das Dynamit gelagert, über das allein der Sprengmeister verfügen durfte. Sei aber trotzdem immer wieder einmal etwas abhanden gekommen. Erzählen jedenfalls die Alten in Karrendorf. Vor allem in den ersten Jahren nach dem Krieg. Als es mit dem Essen noch nicht so üppig gewesen sei.
Was denn das Dynamit mit dem zu wenigen Essen zu tun habe, wollte Lober wissen.
Nun, da habe es welche gegeben, die seien mit dem geklauten Dynamit hinunter an die Donau gefahren. Und dort hätten sie dann das gemacht, was die Alten *Sprengfischen* nennen. Man entflammt die Zündschnur einer einzelnen Dynamitstange, wartet den richtigen Augenblick ab, wirft sie hinaus auf den Fluß, und beim Herunterfallen kurz nach dem Eintauchen ins Wasser explodiert sie dann. Braucht man anschließend nur mehr die Fische einzusammeln, die mit dem Bauch nach oben an der Wasseroberfläche treiben.
»Alles sollte man den Alten auch nicht glauben«, sagte Lober zu der Frau, weil *die* Geschichte erschien ihm denn doch wenig glaubhaft. Und für sich dachte er: Werden sie sich halt einen Spaß daraus gemacht haben, dem Madl einen Bären aufzubinden.
Sie stellte zwei ausgediente Senfgläser auf den Tisch und schenkte aus einer verkorkten Flasche ohne Etikett eine klare Flüssigkeit ein. Halbvoll. Nahm das ihre und nickte Lober zu. Der nahm einen kräftigen Schluck. Dachte, es sei Wasser. In gewissem Sinne war es das auch. Halt ein Feuerwasser. Lober hatte gar nicht gewußt, daß man Flammen auch trinken kann. Um sich nichts anmerken zu lassen, sagte er, allerdings mit völlig verrutschter Stimme: »Das ist ein birnener, hab' ich recht?«
Sie schmunzelte wieder. Nahm gleich noch einen zweiten Schluck.

»Vom Nachbarn«, sagte sie. «Selbstgebrannt. Einen anderen trinken sie hier in der Gegend gar nicht. Nur einen selbstgebrannten. – So wie sie auch nur ein selbstgebackenes Brot essen. Jetzt setz dich schon endlich hin.« Übergangslos wechselte sie zum »du«. Vielleicht daß sie einfach niemand an ihrem Tisch sitzen haben mochte, mit dem sie noch per »Sie« war? Hätte auch gar nicht gepaßt ... zu dem Tisch. Der war einfach, ja fast klobig, mit einer schartigen Tischplatte. Sie wischte kurz mit ihrer rissigen Steinhauerhand drüber. Denn jetzt trug sie Essen auf. Während sie für einen Moment im Nebenraum verschwand, fuhr Lober mit den Fingerkuppen über die Hügellandschaft der Tischplatte – das Holz hatte, vom oftmaligen Gescheuertwerden mit einer Wurzelbürste, wie er annahm, schon richtiggehend Wellen bekommen. Hügel und Täler, wie die Landschaft hier. Die Frau kam zurück und stellte ein Geräuchertes auf den Tisch. Es hatte eine weiße Anschnittfläche vom auskristallisierten Salz. Butter brachte sie noch sowie einen Käsekeil, dessen Form verriet, daß er aus einem großen runden Laib herausgeschnitten worden war. Und zum Schluß noch ein Einmachglas, in dem, fein säuberlich eingeschichtet in einen süßsauren Essigsud, Pilze lagen, in Scheiben geschnitten und gewürzt mit Silberzwiebeln, Senfkörnern und Lorbeerblättern.
»Nach einem Rezept aus dem Osten«, sagte sie.
»Ah ja.«
Sie sei oft im Osten unterwegs. Er etwa nicht?
Wenn man einen solchen Beruf habe wie er, mache man sich nicht viel aus Reisen, wollte Lober erklären, doch die Frau schien das gar nicht zu interessieren. Jedenfalls fragte sie nicht nach, was er denn sei von Beruf. Sie fragte überhaupt wenig. Sie erzählte einfach nur.
Das Rezept zu dem Pilzeallerlei habe sie von einem Freund. Waldgänger und Pilzekenner. Dort, wo es herkomme, nen-

nen sie es *Den letzten Gang*. Warum, wisse sie auch nicht genau. Sie habe schon viele Bekannte danach gefragt, Bekannte aus dem Osten. Jeder habe das Rezept gekannt. Manche auch unter anderem Namen. »Alle grinsen so seltsam, wenn man sie fragt, was es denn mit dem Namen auf sich hat. Eine Antwort geben sie einem nicht. Sie sagen höchstens: Pilzrezepte sind Vertrauenssache. In den Letzten Gang gehören übrigens unbedingt *Totentrompeten* mit hinein. Kennst du die? Nicht? Muß ich dir mal zeigen.«

Lober dachte sich: Schau an, sie rechnet schon damit, daß ich länger bleibe als nur diesen Abend.

»Ich liebe diese Gerichte aus dem Osten«, sagte sie, »Borschtsch zum Beispiel. Oder Karpfenpaprikasch ... Hirnstrudel ...«

Sie rückte das Glas mit dem Pilzeallerlei näher zu Lober hin. »Sogar Kutteln. Hast du schon einmal Kuttelflecksuppe probiert? An den Kutteln scheidet sich die Spreu vom Weizen.«

»Spreu?«

»Ja, du mußt nur eine Kuttelflecksuppe böhmischer oder polnischer Art auf den Tisch stellen und augenblicklich scheiden sich die Leute in die, mit denen du etwas anfangen kannst, und die anderen, die du besser wieder verabschiedest.«

»Ah ja.«

»Kuttelflecksuppe ... *das* ist ein Gedicht. Man muß sich doch wundern, wieviele Leute es gibt, die waren noch nie im Osten. Und sind sogar noch stolz darauf. Da setzen sie keinen Fuß hin, in den Osten, geben sie lauthals bekannt und schämen sich nicht einmal. Ich versteh' das nicht. Du? Mir geht jedesmal das Herz auf, wenn ich in den Osten fahre. Dir nicht?«

»Ja, doch ... «, stotterte Lober. Hätte er besser zugeben sollen, daß er noch nie drüberhalb der Grenze gewesen war? Er kannte eigentlich keinen einzigen reiselustigen Außendienstmitarbeiter unter seinen Kollegen. Privat alles störrische Stubenhocker und dauerhafte Daheimbleiber. Reiselust und Außendienst schlossen sich naturgemäß gegenseitig aus. Ihr das alles zu erklären, würde lange dauern. Vielleicht gab es ja die Zeit dafür einmal … später.

»Ich weiß schon«, sagte die Bildhauerin, »für viele ist das immer noch eine Zumutung. Osten … das Reich des Bösen.« Lober mußte an die Karte denken, die im Windfang vom *Weltende* hing. »Ich lade immer jeden ein, einmal mit mir mitzukommen. Auf eine Ostlandfahrt. – Jetzt fang doch an! Mit den Pilzen vielleicht?«

Sie schob ihm das Glas näher hin.

»Mit dem *Letzten Gang* als erstes anfangen … «, sträubte sich Lober wenig überzeugend.

»Ich sag' doch, Vertrauenssache …« Sie blickte prüfend über den Tisch, »etwas fehlt noch!«, und fing an, unter den Utensilien, die über die Metallregale rund herum verteilt waren, herumzukramen. Sie nahm verschiedene Steinmetzhämmer in die Hand, betrachtete sie kurz, legte sie zurück. Auch ein Meißel schien nicht das Gesuchte zu sein. Schließlich fiel ihr Blick auf ein Brotmesser. »Ah, da ist es ja!« Sie ging noch einmal in die Abstellkammer, kam mit einem halben Brotlaib zurück. Die Unterseite war schwarz verkohlt, die Oberseite aber hatte eine resche, zerklüftet aufgesprungene, schon von weitem duftende Kruste.

»Vom Bauern. Selbstgemacht. Genau wie der Schnaps. Sie verschenken ihr selbstgebackenes Brot. Wenn einer kommt und es ihnen abkaufen will, können sie furchtbar grantig werden und den Hofhund von der Kette lassen.«

Sie preßte den Laib vor die Brust und schnitt mit dem Brotmesser eine brettdicke Scheibe herunter. Lober dachte: Wann hast du das letzte Mal jemanden gesehen, der das Brot mit der Hand schneidet?

»Was ist? Kommst du mit?«

Lober blieb der Mund offen stehen.
»Wohin mit?«
»Na, über die Grenze … Ich wär morgen früh sowieso aufgebrochen. Ich muß da nämlich wohin … werde erwartet. Komm halt einfach mit.«
Lober, der völlig überrumpelt war, stotterte: »Ja, aber …«
Das änderte ihren Gesichtsausdruck augenblicklich. »Ich seh schon, ich hab mich getäuscht. Schade.«
»Wieso? Was ist denn?«
»Ich hatte dich für jemand gehalten, in dessen Wortschatz eine Formulierung garantiert nicht vorkommt.«
»Welche?«
»Ja, aber.«
»Ach so. Hab ich wirklich ›ja, aber …‹ gesagt?« führte Lober jetzt ziemlich lächerliche Rückzugsgefechte.
»Aber ja! Und weißt du was: Es gibt keine traurigeren Tröpfe auf der Welt als Ja-aber-Sager. Wenn einer sagt, kommt nicht in Frage … o.k.! Oder: Unter keinen Umständen … meinetwegen. Dann halt nicht. Time to say good-bye. Dagegen wenn einer ›ja, aber …‹ sagt … was wird das für ein Leben werden, für den Rest seiner Tage?«
Sie sah ihn an wie einen sehr, sehr traurigen hoffnungslosen Fall.
Lober überlegte einen Moment, räusperte sich. »Gut. Einverstanden. Aber zuerst sagen Sie mir noch drei Gründe, warum ich mit Ihnen in den Osten fahren soll.«
Sie grinste.
»Zwar hätt ich auch das nicht gedacht …«
»Was jetzt schon wieder?«
»… daß du einer bist, der Gründe braucht, aber bitte!«
Sie überlegte kurz.
»Komm mit, weil dort, wo wir hinfahren, da gibt es noch Züge, in denen sitzt du auf Holzbänken, die Farbe der Lat-

ten honiggelb, vom Firnis, mit dem sie überzogen sind, jeden Tag wird er neu aufpoliert von den Hosenböden der Schulkinder. Langsam wie ein Eselskarren fährt die Lokalbahn, und zwar durch einen Wald aus Königskerzen, die direkt neben dem Bahngleis aus der Böschung wachsen. In jeder Dorfmitte findest du noch einen Löschweiher, und verfallene Schlösser gibt es dort, in denen stehen Kühe mitten im ehemaligen Barocksaal und schauen sich unter Stuckdekken ihre eigenen Spiegelbilder an, die da in Scherben an den Wänden hängen.«
»Zählt das für einen oder für drei?«
»Was?«
»Ein Grund, die Lokalbahnfahrt, oder drei: die Hosenböden der Schulkinder, der Löschweiher, die Kühe?«
»Du hast die Königskerzen vergessen – wennschon, dennschon. Zeig mir den Bahndamm bei uns, wo auch nur eine Königskerze wächst. – Aber egal, hör zu! Wie ist es mit der Form der Bierflaschen? Da gibt es noch die fast ohne Hals, dafür mit dickem Bauch und goldbedruckten Etiketten. Allein, wie die in der Hand liegen. Und grün das Flaschenglas, wassergrün. Warum gibt es keine wassergrünen Bierflaschen mehr bei uns? Warum sind sie bei uns alle braun, ausnahmslos? Wahrscheinlich liegt das an diesen Verschwindensdekreten aus Brüssel. Seit diese Normschädel über uns das Sagen haben, was ist da nicht schon alles verschwunden? Ich glaube fast, in diesem Brüssel hassen sie nichts so sehr wie, daß etwas verschieden ist … unterscheidbar … ja, das Aus-der-Reihe-Tanzende hassen sie dort wie nichts, daß etwas anders duftet, anders schmeckt.«
»Und das gibt es alles noch, da in Ihrem Osten?«
»Wenn wir uns beeilen. Wahrscheinlich verschwindet jede Woche etwas anderes. Ach, jeden Tag. Jeden Sommer sowieso. Diesen zum Beispiel sah ich schon keinen Eismann mehr

mit seinem Eiskarren. Wie er von Dorf zu Dorf schiebt, eine rotweiß gestreifte Markise über den beiden Messinghalbkugeln, die das Schokoladen- und das Vanilleeis abdekken. Er braucht gar keine Glocke zum Ausläuten seines Eises, weil ihn die Dorfköter jedesmal ankündigen. Aber vielleicht gibt es die ja auch schon nicht mehr, die herrenlosen Dorfköter, die sich von dem ernähren, was auf dem Hühnerhof übrigbleibt, wenn die Luder mit ihren pickenden und hackenden Schnäbeln schon auf den Stangen sitzen, zur Blauen Stunde. Im Osten übrigens heißt sie: die Stunde zwischen Hund und Wolf. Und dann die Wälder erst. Und mitten in so einem Wald ein verwunschenes Haus, das Kindererholungsheim. Durch eine Schwingtür hindurch kommst du in den Vorraum. Dort riecht es nach Kraut, nach zwei Tage lang ununterbrochen dahinköchelndem Kraut, und an den Wänden stehen Regale mit Filzhausschuhen. Im Speisesaal an den Wänden gibt es Fresken, die stellen Szenen aus dem Volksleben dar, aus dem Volksleben jener Grenzwächter des Mittelalters, die in dieser Gegend einmal lebten. Mit Wolfshunden sind sie früher durch die Wälder gestreift. Gelbgegerbte Kniebundlederhosen haben sie an, dunkelblaue Gilets und bodenlange weiße Mäntel. Und immer den Dudelsack dabei, den mit dem Widderkopf am Ende der Spielpfeife.«

»Der Widderkopf ist, wenn ich recht mitgezählt habe, bereits Grund Numero neun oder gar zehn. – Überredet!«

Doch sie, die Bildhauerin, konnte gar nicht mehr aufhören.

»Und dann die Froleins ... die Erzieherinnen ... in dem Kindererholungsheim. Wie überhaupt alle Frauen im Osten ... ich kenn zwar deinen Geschmack nicht ...«

»Nur zu!«

»... aber ich sage dir: Im Osten findest du keine einzige Frau, die im Sommer in flachen Absätzen geht. Entweder gleich barfuß oder in Holzsandaletten mit spitzigen Absätzen. Nur ein Riemchen über den Zehen und dann dieses Klappern und Zurückklatschen der Holzsohle auf die nackte Ferse … unbedingt ein eigener Grund, dieses Sandalettengeräusch!«

»Ja doch, ja. Ich bin überzeugt!«

»Später im Herbst dann …«

»Wieso Herbst? Wie lang dauert denn die Reise?«

»Weiß ich nicht. Ich weiß nur eins: Im Herbst kommt eine freiere Zeit …«

»Freizeit? Ich hab eigentlich kaum mehr Urlaub …«, wollte Lober einwenden. Und wieder fragte sie nicht danach, was er eigentlich sei, von Beruf. Das schien sie überhaupt nicht zu interessieren. Sie sagte nur: »Ich red nicht von Freizeit. Ich red von freierer Zeit. Und ich red vom Herbst und seinen Bildern im Osten: die Holzstadelwand inmitten eines abgeernteten Feldes, auf der man schon von weitem in großen Buchstaben geschrieben lesen kann *Radosti, kde jsi?*, und erst beim Näherkommen erkennt man, die Buchstaben sind aus abgefallenen Radkappen zusammengesetzt und auf die Stadelwand genagelt. Oder: eine Bushaltestelle, irgendwo auf dem Dorf, und eine Familie steht dort und wartet, Mann, Frau, zwei Kinder, und die Kinder tippen nicht auf irgendwelchen Handys herum, sondern halten, je mit einer Hand am Tragebügel, gemeinsam einen Weidenkorb, und der ist bis obenhin voll mit Pilzen, der Lohn eines einzigen Nachmittags im Unterholz. Du solltest den Stolz sehen auf den Kindergesichtern, allein das schon zehn Gründe. Und dann die Alten am Samstagnachmittag, wie sie vor einer Dorfgaststätte sitzen, an einem alten klapprigen Campingtischchen, die Beine braun vom Rost … «

»Rost?«

»… die Tischbeine meine ich doch, aber die anderen schon auch, die sind auch braun, da hast du schon recht. Jeder der Männer hat ein Flaschl Bier vor sich, selbstverständlich brau-

chen sie keine Gläser, sie trinken immer noch aus Flaschln, und bei jedem Schluck wischen sie sich mit dem Handrükken den Mund ab. Kannst du dir das Geräusch vorstellen der Bartstoppeln? Niemand ist mehr so unrasiert bei uns, wie diese Männer unrasiert sind. Bei uns sind immer alle gepflegt unrasiert, so exakt dreitage-unrasiert, immer wieder wundere ich mich über diese millimetergenauen Dreitagebärte«, sie strich ihm ganz unvermittelt über die Wangen, und Lober fiel ein, daß er sich heute morgen gar nicht rasiert hatte, und sie sagte, »herrlich, dieses Geräusch … ich mein das der Alten mit ihren Samstagvormittagbartstoppeln.«
Sie zog die Hand schnell zurück.
»Und dann die Fähren!«
»Was für Fähren?«
»Na, die Fähren über Flüsse. Ein paar Pfennige kostet die Überfahrt.«
»Pfennige? Die D-Mark gibt's doch längst nicht mehr.«
»Weit im Osten schon noch. Ich zeig dir einen Automarkt, da ziehen die Männer aus den Brusttaschen ihrer Hemden zusammengerollte Geldscheinbündel heraus, und es sind die alten DM-Scheine, ehrlich. Da findest du sogar noch die 100-Mark-Scheine mit dem Sebastian Münster drauf.«
»Beim wievielten Grund sind wir eigentlich mittlerweile?«
»Ach, hör mir doch auf mit Gründen!«
Sie schenkte Schnaps in die Wassergläser nach.
»Und dann noch die Krapfen in der Waldwirtschaft, die selbstgebackenen, aus einer großen Fettpfanne herausgebackenen, mit einer Füllung aus selbstgemachter Himbeermarmelade, oder auch Waldpreiselbeerenmarmelade. Du wirst sehen, alles im Osten wird noch händisch gemacht, vom Bau des Eigenheims über die Autoreparatur bis zur Hausschlachtung.«
»Hausschlachtung?«
»Ja, da hängt dann der Stallhase, festgemacht an den Hinter-

läufen, an der Wand des Holzstadels, und das eingetrocknete Blutrinnsal an seinem Kopf glänzt wie Emaille.«
»Und deswegen soll ich mit Ihnen mitkommen? Solcher Bilder wegen?«
»Genau! Und wenn du jetzt nicht sofort aufhörst, ›Sie‹ zu sagen, nehm ich dich sowieso nicht mit.«
Sie hoben die Gläser. Und er fragte:
»Wer bist dann du?«
»Die Bacherin. Und du?«
Lober überlegte. Vielleicht sollte er es genauso machen. Er antwortete: »Der Lober. – Und jetzt gib mir endlich eine Antwort.«
Sie lächelte.
»Gleich morgen früh. Denn das willst du doch wissen, wann es endlich losgeht?«
»Ja. Und bis dahin?«
»Ist noch eine Nacht.«
Lober sah durch die immer noch offenstehende Türe nach draußen. Ein Blitz zuckte über den mittlerweile bleigrau zugezogenen Himmel. Und gleich darauf grollte Donner. Der einsetzende Regen wisperte aufs Dach der Sprengmeisterhütte.
»Und? Wer hat sich jetzt geirrt? Mit dem Gewitter?« sagte er leicht spöttisch.
»Das sind Naturgewalten«, sagte sie, »und da ist Irren erlaubt.«

4

Am nächsten Morgen brachen sie auf. Draußen vor der Hütte war das Gras noch naß vom Gewitterregen der Nacht, der Himmel aber schon wieder wolkenlos. Und nur ein Gedanke stand klar vor ihnen: Jetzt geht es los.

Die Bacherin packte noch schnell ein paar Sachen zusammen, stopfte sie in eine Sporttasche. Einen selbstgestrickten, giftgrünen Pullover, den sie dabei in die Finger bekam, streckte sie ihm hin.
»Hat abgekühlt … heut nacht.«
»Wirklich?«
Sie wußte schon, wie er das jetzt auffaßte oder aufzufassen vorspielte, jedenfalls schob sie ein »Vom Regen!« hinterher und warf ihm den Pullover an den Kopf. Sie lachten. Er zog sich das giftgrüne Stück an, das überhaupt nicht zum kläglichen Rest dessen paßte, was von seinem Vertreteraufzug noch übrig war. Jedenfalls kam er sich jetzt gerüstet vor, wie nur irgendein Ritter. Zum Beispiel der von der giftgrünen Gestalt.
Und weil jeder Ritter ein Schild haben muß, nahm er noch das Buch mit, das er seit gestern früh, als er das *Weltende* verlassen hatte, bei sich trug. Seinen Stifter.
»Mehr nicht?« fragte sie, als sie ihn so dastehen sah, bereit zum Aufbruch wie ein Kind mit seinem Lieblingsspielzeug unterm Arm und sonst nichts.
»Nein, warum?«
»Ach … nur für den Fall, daß es vielleicht länger dauert.«
»Wird es das?«
»Man kann nie wissen.«
»Ich bin gerüstet«, sagte er und streckte sein Buch in die Höhe. Jetzt fehlte nur noch Rosinante. Oder zumindest etwas diesem treuen Klepper ähnliches.
Es war ein uralter Mercedes-Benz, den die Bacherin schließlich aus einem Stadel herausfuhr, nicht ohne ihn vorher freigeräumt zu haben, war er doch verstellt mit Kisten, Steigen voller leerer Weinflaschen, Gerätschaften und leeren Taubenkäfigen. Beim Einsteigen auf der Beifahrerseite stellte Lober fest, es war eines dieser jetzt wohl schon vierzig oder

noch mehr Jahre alten Modelle, bei denen der Schalthebel neben dem Lenkrad angebracht war. In seiner Kindheit war er das letzte Mal in so einem Wagen gefahren. Und wie damals war er auch jetzt wieder fasziniert von der Tachoanzeige im Armaturenbrett: Eine auf- und absteigende Leuchtsäule war es, die die Geschwindigkeit anzeigte. Über 50 km/h kamen sie nicht hinaus.

So schaukelten sie der Grenze entgegen. Sie pfiff einen Song aus den Siebzigern. Er kannte ihn genau und hätte jetzt doch nicht zu sagen gewußt, wie sein Titel war. In den letzten beiden Tagen hatte er vieles vergessen. Beinahe alles. Auch seine Tom-Petty-Scheibe. Die hätte er mitnehmen sollen. Wie gut würde die jetzt passen. *Under them skies of blue* … (Aber der Wagen hatte ja nicht einmal einen CD-Player.)

Sie sah zu ihm herüber. »Lies mal etwas vor … aus deinem Fahrtenbuch!«

Er blätterte unschlüssig hin und her, so als ob er eine bestimmte Stelle nicht mehr fände. Schließlich fing er, mehr oder minder wahllos, mit irgendeinem Absatz an. Sie horchte auf. Da beschrieb einer den Wald. Ihren Wald. Alles kam ihr bekannt vor, und doch auch alles ganz fremd. Ob das an den Wörtern lag? Und den Sätzen, diesen eigenartig gewundenen?

Sie genossen dieses stille langsame Dahingleiten … des alten Benz ebenso wie dieser guten, alten Sprache. Und merkten gar nicht, daß sie jetzt gleich zur Grenzkontrolle kamen. Die Bacherin steuerte einen kleinen Übergang im Wald an, der erst vor kurzem eröffnet worden war. Sie war dabei gewesen, bei der Feierstunde. Provinzpolitiker hatten Festreden geschwungen, und eine übersteuerte Verstärkeranlage hatte deren kaum verständlichen Worte in den dunklen, schweren Wald ringsum hinausgeplärrt. Manchmal pfiffen sie auch ganz abscheulich, die sich rückkoppelnden Lautsprecher, die an-

scheinend irgendein Referentenknecht von irgendeinem dieser Landkreispolitiker immer noch lauter regelte, auf daß sein Herr auch noch von der letzten Waldameise und der verstecktesten Feldmaus gehört werde. Die Bacherin hatte sich gedacht: Das ist das berühmte Pfeifen der Politiker im Wald. Sie führen herrliche Sonntagsreden und um sie herum rauscht der finstere, undurchdringliche Problemwald. Man verstand fast kein Wort von diesen Sonntagsreden, nur ab und zu ein *wir hier in der Mitte*, dann wieder *Haus Europa*, das wurde gleich mehrfach bemüht, das *Haus Europa* (in dem scheint ja ein Kommen und Gehen zu herrschen wie in einem Stundenhotel) und dann wieder die *traditionsreiche Nachbarschaft*. Schließlich aber war das alles verklungen, der Politiker- und Journalistentroß zog weiter, und zurück blieb dieser einsame Grenzübergang mitten im Wald.
Er sah geradezu putzig aus, wie für ein Kinderbuch gezeichnet. Mit seinem von Hand zu bewegenden Schlagbaum. Es gab einen deutschen Grenzer und eine tschechische Grenzerin. Die machten den Eindruck, als seien sie Mann und Frau und würden Tag und Nacht unter dem gemeinsamen Dach ihres Grenzabfertigungsgebäudes leben. So ungefähr wie Bauer und Bäuerin. Im Kinderbilderbuch. Irgendwann würde es kleine Grenzbeamte und Grenzbeamtinnen geben. Das Grenzabfertigungsgebäude war im Grunde nicht recht viel mehr als eine Holzhütte. Gleich dahinter begann der dunkle schwere Wald. Ein Bach rauschte aus dem Dunkel hervor und floß, ohne irgendwelche Papiere vorzuweisen, einfach über die Grenze.
Die beiden Grenzer kannten die Bacherin schon und winkten sie, ohne den Benz aufzuhalten, durch. Ja, sie kamen nicht einmal aus ihrer Grenzerhütte heraus.
Lober bemerkte gar nicht, daß sie die Landesgrenze passiert hatten. Er las immer weiter und weiter aus seinem Buch vor

und stockte erst bei dem Satz: *Und wenn man fortwandert, ändert sich Alles und bleibt doch dasselbe.* Er sah auf von seinen Buchseiten. Und war leicht irritiert, ohne zu wissen, wovon und worüber. Denn die Gegend, durch die sie fuhren, war einesteils verändert, andernteils kam sie ihm ganz vertraut vor. Von einem Drüber- oder Herüberhalb war eigentlich nichts zu merken. Nur das Licht war hier anders. Das mochte vielleicht an den endlos weiten, andersgelben Weizenbreiten liegen, die bis zum Horizont reichten. Daheim war immer alles nur fleckerlgroß: die Felder, die Wiesen, die Ranken. Hier aber …

»Wo ist das, wo man dich erwartet?« fragte Lober die Bacherin jetzt. Gestern abend hatte sie das so leichthin dazwischengeworfen, er hatte gar nicht näher nachgefragt. Jetzt interessierte es ihn aber doch. Immerhin: Er war jetzt ihr Gefährte.

»Wo fahren wir hin?« fragte er noch einmal, weil sie noch immer keine Antwort gab.

»In eine Stadt, deren Name dir nichts sagen wird. Niemandem sagt er etwas. Und das ist genau das richtige.«

»Das richtige wofür?«

»Ich hab da eine Art Denkmal vor. – Denkmal ist vielleicht der falsche Ausdruck. Monument. Monument ist besser. Schon allein wegen der Ausmaße.«

»Ein Stein von dir? Er wird aufgestellt? Hab ich recht? Es ist so eine Art Einweihung, zu der wir fahren.«

»Ein Stein?! Es sind schon ein paar mehr. Und Einweihung … ich weiß nicht … eher eine Ausrufung, würde ich sagen. Diesmal nehme ich keinen Hammer in die Hand und keinen Meißel. Und trotzdem ist das Monument schon fertig. Es steht schon da. Wir müssen es nur noch ausrufen. Ja, nennen wir es eine Ausrufung!«

»Ah ja.« Wenn Lober ehrlich war: Er verstand nicht das geringste.

»Ja, wir erklären diese Stadt zum Monument der Einfachheit. Ich hab noch ein paar Freunde, die helfen mit.«
»Und warum ausgerechnet diese Stadt? Und wo liegt die überhaupt?«
»Eben nicht ausgerechnet. Zufall. Drübergestolpert. Und das sollen alle anderen auch. Sich aufmachen und das Monument der Einfachheit suchen. Das wäre dann das eigentliche Kunstwerk. Das Sich-Aufmachen und das Suchen. Das Schändlichste an den Museen ist ja, daß jeder weiß, wo sie stehen. Und daß man hingehen kann und da hängt dann die Kunst an der Wand, und wer es immer noch nicht kapiert hat, der kann die Schildchen daneben lesen und da steht dann: Vorsicht, Kunst! Anders wir! Wir werden keinen Namen nennen. Keine Koordinaten, keine Flugstunden, keine Kilometer. Nichts zum Ausrechnen. Nichts, wo man sagen kann, das ist mir zu weit.«
»Und warum Einfachheit? Warum heißt es Monument der Einfachheit?«
»Warte nur, bis wir dort sind. Oder: Schau dir schon den Weg bis nach dorthin an. Und zwar gehörig. Man muß immer alles gehörig anschauen. Dann kommt man hinter die Einfachheit. Hinter deren Zauber. Wie einfach es zum Beispiel ist, wenn auf das Schaufenster eines Bäckerladens nichts anderes geschrieben steht als *Chléb*. Und beim Supermarkt *Potraviny*.«
»Wie?«
»Nahrungsmittel. Schau es dir an und merk es dir: Es wird alles verschwinden.«
»So?«
»Ja.«
Und mehr sagte sie plötzlich dazu nicht mehr. Als ob es sie bis zum Verstummen traurig machen würde. Dieses Verschwinden.
Und Lober sah jetzt zum Fenster seiner Beifahrertüre hinaus. Was da so vorbeihuschte. Ein Heer von Gartenzwergen

zum Beispiel. Sie fuhren durch ein Straßendorf, ein hastig und nur provisorisch aufgebautes, wie es den Eindruck hatte. Am Fahrbahnrand aufgereiht: Holzbuden und -hütten, davor in Formation die Gartenzwerge, alle mit Blickrichtung auf die Straße. Es gab dort: Exhibitionistenzwerge, die den Mantel aufhielten, einen gemeuchelten Zwerg, der bäuchlings auf dem Boden lag, ein Messer im Rücken, einen Vampirzwerg mit schwarzem Cape, Kapuze und zwei spitzen, langen Eckzähnen, ja, sogar eine Dominazwergin in schwarzem Lederoutfit mit Peitsche. Lober stutzte. Hatte er nicht neulich irgendwo gelesen, bei Gartenzwergen sei alles erlaubt, wirklich nahezu alles, nur eines nicht, daß nämlich ein Zwerg weiblich sei. Das stürze die Fundamente der Gartenzwergenwelt. Da höre dann der Spaß auf. Oder vielleicht sollte man besser sagen: Da hört dann die Putzigkeit auf. Weil diese Gartenzwergliebhaber finden ja immer alles so putzig. Außer: ein Gartenzwerg mit Rock, rot bemalten Lippen und marilynmonroehafter Blondlockenpracht taucht auf. Dann ist Schluß mit putzig. Da war doch tatsächlich vor kurzem ein erbitterter Streit geführt worden unter Gartenzwergfachverbänden, weil ein Gartenzwerghersteller aufgetaucht war, der hatte ein neues Patent anmelden wollen, eben einen weiblichen Gartenzwerg, und das zog sofort eine Verbandsklage nach sich und ein, wie Lober sich jetzt zu erinnern meinte, Schweizer Gericht hatte diese überaus delikate Streitfrage zu entscheiden gehabt, ob es prinzipiell einen weiblichen Gartenzwerg geben könne, geben dürfe, oder ob das schon von Gesetzes wegen – Gartenzwergnaturgesetzes wegen! – zu unterbinden sei. Wie sich das Gericht letzten Endes entschieden hatte, konnte sich Lober nicht mehr erinnern.

Und außerdem war dieser Gartenzwergmarkt schon wieder vorüber. Sie fuhren weiter, immer weiter.

Andere Bilder huschten vorbei. Und Lober mußte aufpassen, daß ihm keines entging. Nicht das von dem Überlandbus, der scheppernd und eine Dieselwolke hinter sich herziehend, direkt vor ihnen aus einer Haltebucht heraus auf die Landstraße einscherte. Beim Überholen sah Lober, daß das Seitenfenster neben dem Busfahrer zersplittert war und nur notdürftig von innen mit einer Preßspanholzplatte abgedichtet.

Oder: das Campingtischchen, das einsam und verlassen an einer Straßenkreuzung inmitten von Feldern stand, niemand schien sich darum zu kümmern. Eine Pyramide aus Gläsern mit Honig war darauf aufgebaut, und weil gerade die Sonne dahinter stand, leuchtete er wie Bernstein.

Oder: als sie über eine Hügelkuppe fuhren und ihnen ein Pkw entgegenkam. Zwei Männer saßen vorne mit schwarzen Schatten auf den Wangen, vonwegen des starken Bartwuchses. Sie schauten ungerührt geradeaus, und zwischen ihnen auf der Rückbank saß ein Hund auf seinen Hinterläufen, so daß sein ebenfalls ungerührt nach vorne schauender Hundekopf – nur die Zunge hing ihm hechelnd aus dem Maul – genau zwischen Fahrer und Beifahrer thronte, man hatte den Eindruck, er, der Hund, sei der Boß, er befehlige die anderen beiden, er sei vielleicht so etwas wie der Mafiachef in einer Verbrecherlimousine auf dem Weg zu einem Banküberfall. Aber da waren sie schon vorbeigerauscht mit dem zu solchem Rauschen gar nicht passenden Geräusch hellen Motorkolbengetackers.

Oder: die Fähre, mit der sie über einen See übersetzten. Geladen hatte sie einen klapprigen, alten Pritschenwagen, auf dessen Ladefläche ein aus Holzlatten zusammengenagelter Koben stand, in dem ein Schwein eingesperrt war. Es quiekte die ganze Fährenfahrt über gottserbärmlich, was aber die zwei Bauern vorne im Laster nicht im geringsten zu stören schien, sie rauchten lachend filterlose Zigaretten und zupften sich Tabakkrümel von den Lippen. Neben den Laster – und den Benz der Bacherin – hatte sich noch eine weiße Stretch-Limousine auf die Fähre gezwängt. Im Fond auf einer tigerfellüberzogenen Rückbank saß ein Kerl mit seiner deutlich jüngeren Begleitung. Als die Fähre, schwer tuckernd, ungefähr die Hälfte ihres Weges zurückgelegt hatte, stiegen die beiden aus. Vielleicht nur deshalb, damit sie sich an ihn eng hindrücken konnte in ihrem dünnen, natürlich viel zu kurzen Minikleid, denn der Wind blies hier, mitten auf dem See, unangenehm kalt. Dem Kerl sah man an, daß er noch nicht allzu geübt war im Vorführen seines cremefarbenen Nobeldesigneranzuges und der auf Hochglanz polierten braunen Budapesterschuhe. Seine Füße mochten noch vor kurzem in Gummistiefeln gesteckt haben. Spätestens als der Kerl lachend einen Schritt näher an das in seinem Koben gefangene und in Todesangst schreiende Schwein herantrat, um es mit ein paar Sprüchen aufzuziehen vonwegen seinem nahen Ende, da war Lober klar: Der ist selbst noch im Stall gestanden, vor nicht allzu langer Zeit. Aber was war schon Zeit, hier auf dieser Fähre? Hier konnten sogar zwei Zeitalter, das bäurisch alte und das klunker- und goldkettenbehängte neue, einfach so nebeneinander stehen, wo sie doch überall sonst nichts mehr miteinander zu tun haben wollten, die beiden Zeitalter, und keinerlei Umgang pflegten.

5

Am anderen Ufer des Sees lag eine Ortschaft. Die Bacherin steuerte ihren Benz von der Fähre herunter, nicht ohne der Stretch-Limousine die Vorfahrt zu lassen, die hatte es nämlich auf einmal eilig. Kaum von der Fähre herunter, gab der

Fahrer Gas und ließ die Schottersteinchen unter seinen Reifen aufspritzen. Die Bacherin hielt sich hinter dem Schweinelaster, der ihnen voranfuhr und den Weg in den Ort hinein nahm. Die Straßen waren leer, ausgestorben. Eine eigenartige Stille lag über dem Ort. Nur ab und zu eine Art verzerrtes Krächzen. Wie unverständliches Geplärre aus einem Megaphon.

Die Bacherin hielt vor einem Haus mit einem mächtigen Walmdach. Sie stiegen aus. Auf der Giebelseite hatte es im ersten Stock keine Fenster, sondern nur zwei Belüftungslöcher. Von weitem sah es aus, als hätte das Haus Augen.

»Da ist er geboren«, sagte sie.

»Wer?«

»Na, dein Favorit da … von dem du dauernd vorgelesen hast … aus dem Buch.«

»Wirklich?«

Endlich begriff Lober. Er hatte, ohne einen Verfassernamen oder Titel zu nennen, einfach aufgeschlagen und angefangen vorzulesen. Die Bacherin aber hatte schließlich erkannt, wer das war. Anstatt etwas zu sagen, war sie hierher gefahren, zu seinem Geburtshaus.

Lober sah sich genauer um. Das Fenster neben der Eingangstür … das mußte es eigentlich sein. Das Fensterbrett, auf dem er gesessen war. Und Ausschau gehalten hatte nach dem Hund, dem Mann, der Gans.

Vor dem Haus stand eine Bank und auf ihr saß eine Frau, breit und unverrückbar. Die hat bestimmt über zwei Zentner, dachte Lober. In der Hand hielt sie eine Puppe, eine von jenen spindeldürren mit Blondhaar und elendslangen Beinen, die mittlerweile auf der ganzen Welt, so schien es, kleinen Mädchen einredeten, wie sie einmal auszusehen hätten in ihrem späteren Leben. Die Zweizentnerfrau trug einen knöchellangen Rock mit Blümchenmuster und ein Kopftuch,

dessen beide Schnirpfel über der Stirn verknotet waren und vom Kopf abstanden wie kleine Hörner. Unablässig brabbelte sie vor sich hin, das heißt, die Puppe schien ihr Ansprechpartner zu sein, mit ihr sprach sie, und zwar wie eine genervte, ungeduldige Mutter, die das ständige Nachfragen des Kindes leid ist und die Welt jetzt mit lauter kurzen letzten So-ist-es-nun-einmal-und-damit-basta!-Sätzen erklärt. Dazu zeigte sie der Puppe, was diese – der Meinung der Mutter nach – von der Welt kennen mußte. Eben fuhr ein Auto vorbei, und dazu streckte die Frau die Puppe nach vorne und folgte mit einer Armbewegung dem Gefährt. Jetzt erst bemerkte sie Lober und die Bacherin, die nur mehr wenige Schritte von ihr entfernt standen. Auch ihnen hielt sie die Puppe entgegen, lauter und heftiger brabbelnd, sichtlich erregt, es war, als ob ihnen eine Teufelsaustreiberin ein Kruzifix entgegenhielt.
Lober und die Bacherin sahen sich kurz an. Verständigten sich wortlos, daß es vielleicht besser sei, das Feld vor dem Haus zu räumen.
»Komm, ich zeig dir etwas anderes«, sagte die Bacherin und zog Lober am Arm mit sich.
Sie gingen eine leichte Anhöhe hinauf. Vorbei am Friedhof des Ortes. Die Bacherin machte einen kurzen Abstecher hinein, zeigte Lober einen Grabstein, auf dem stand derselbe Name wie auf seinem Buch, nur der Familienname, sonst nichts. Sie erklärte ihm, daß das nicht er sei, der da begraben liege, sondern Verwandte von ihm. Er sei ja in Linz an der Donau bestattet worden, nachdem er sich die Gurgel durchgeschnitten habe, ob er das überhaupt wisse, sagte sie zu ihm, während sie den Friedhof verließen und noch weiter die Anhöhe hinaufstiegen. Er habe sich ja die Gurgel durchgeschnitten zum Schluß, das heißt, eben nicht durchgeschnitten, sondern nur angeschnitten, auf einmal, mitten unter sei-

ner heroischen Tat, habe ihn der Mut verlassen, vielleicht war es der einschießende Schmerz bei dem ersten kleinen Ritzer mit dem Rasiermesser, der ihn zurückzucken ließ, weichlich und ängstlich und zögerlich sei er ja sein ganzes Leben lang gewesen, und so auch in dieser letzten Minute, die dann eben gerade nicht seine letzte werden sollte, weil er nicht den Mut hatte, wirklich auf den Messerrücken zu drükken und durchzuziehen, aber wer hat den schon, wer ist schon so kaltblütig und fertig mit sich selbst und dem Leben, daß es ihm gelänge, sich die eigene Kehle durchzuschneiden. Er lebte dann noch einen halben Tag oder etwas länger, röchelnd und elendiglich krepierend. Manche sagen ja, er habe sich überhaupt nicht umbringen wollen, das alles sei nur ein Unfall gewesen, der beim Rasieren passiert sei, aber da das Ganze mitten in der Nacht um zwölf Uhr oder um ein Uhr vorgefallen sei, fragt man sich natürlich, wem fällt es schon ein, sich um diese Uhrzeit zu rasieren? Doch wohl nur einem Lebensmüden, oder etwa nicht?
»Nein, der hat sich umbringen wollen«, sagte die Bacherin und deutete auf die Wallfahrtskirche über ihnen. Das sei der Gutwasserhügel, und hier sei er sicher schon als Kind herumgetollt, und auch als alter Mann noch einmal heraufgestiegen, denn bevor er sich habe umbringen wollen, sei er ja noch einmal hierher zurückgekommen, sei am Tisch in seinem Elternhaus gesessen und habe diesen Text geschrieben, über sein Leben, »der ist gar nicht lang, fünf, sechs Seiten vielleicht, und das erste, was dem Sechzigjährigen oder Zweiundsechzigjährigen oder wie alt er damals war, eingefallen ist zu seinem Leben, lautete: *Es war Glanz, es war Gewühl, es war unten*! Was er damit meinte? … Na, das dürfte doch klar sein: seine Geburt und die Stunden davor. Überhaupt noch nie ist vor ihm jemals so über das Leben vor der Geburt geschrieben worden. Und das konnte er ja auch nur, weil er eben so

weich, so ängstlich und so zitternd vor Feingefühl war. Die zwei oder drei Zentner, die er sich im Laufe seines Lebens angefressen hat … angefressen und angesoffen, die hat er ja nur an sich drangehängt, damit er nicht mehr so schwankt und zittert und nicht gleich umfällt beim leisesten Lüftchen des Lebens, beim ersten Anhauch, der ihn trifft.«

»Ah ja«, sagte Lober, dem diese Sätze vom Gewühl und vom Dunkel noch ganz klar im Ohr waren, er hatte sie doch erst vorgestern gehört, als er die Hör-CD von seiner Franzka eingelegt hatte … mein Gott, vorgestern früh … die Hör-CD … und Franzka … wie weit das alles weg war. Er hätte zur Bacherin sagen wollen, nur um ihr zu zeigen, daß er durchaus wußte, wovon sie redete: *Eine weite Finsternis des Nichts liegt um das Ding*, und *Ich schwamm in etwas Fächelndem*, aber dazu war er zu sehr außer Atem, denn der Schritt der Bacherin war stramm und die Steigung beträchtlich und überhaupt war er es ja gar nicht gewohnt, so zu gehen. Sein Gang hatte ja nur immer auf den Gehsteigen der Neubauviertel entlanggeführt, und nur immer die wenigen Meter von einer Haustüre zu anderen und zurück zu seinem Vertreterwagen. Und jetzt auf einmal eine solche Wanderung!

Jetzt blieb die Bacherin stehen und blickte hinunter auf den Ort, auf den See, auf die Hügelketten am Horizont.

»Er war lebensmüde, ganz bestimmt. Des Lebens müde! Da bin ich mir hundertprozentig sicher. Alle werden hier lebensmüde, in dieser Landschaft. Sie springen zum Beispiel aus dem siebten Stock, und nur Dummköpfe behaupten, so etwas passiere beim Taubenfüttern.«

»Wie bitte?« fragte Lober. Er verstand nämlich kein Wort.

»Ach nichts! Mir ist nur gerade noch ein anderer eingefallen. Und wieder ein anderer wollte von der Brücke springen. Und ein noch anderer hat sich zehnmal an der Türklinke aufzuhängen versucht, bis es endlich geklappt hat. Frauen essen

oft Pilze. Oder gehen ins Wasser. Die trauen sich das. Ungezählt dagegen sind diejenigen, die auch gern ins Wasser gehen würden … aber deren Mut dann doch nur fürs Bier langt. Ja, schau nicht so: Wer nicht den Mut hat, sich ins Wasser zu stürzen, der stürzt halt die Halben in sich hinein.«
Sie schwieg eine ganze Weile und schaute wieder auf die Landschaft.
»Schau doch nur! Es ist die Ruhe, die ansteckt. Man will nur noch eins: es genauso schön haben wie diese Landschaft. Ruhig, sommerabendwarm, die Berghügel stehen ringsherum und passen auf einen auf. Und weißt du, was das Gute ist: Berghügel können nicht einfach weggehen!«
Jetzt schaute auch Lober übers Land, ruhig und ohne Furcht.
»Böhmen liegt gar nicht am Meer, es liegt nah am Sterben. Oder aber: Das Sterben ist wie Meer. Dann würde es auch wieder stimmen.«
Sie lachte. Auf einmal lachte sie jetzt. Als sei alles nur ein Scherz gewesen.

6

Sie kamen auf ein kleines Plateau. Der Weg führte zwischen Kiefern und Fichten auf einen Landsporn hinaus. An dessen Ende stand ein Denkmal. Obwohl es noch gut hundert Meter bis dorthin waren, sah man schon den bronzenen Rücken der Figur. Rechterhand lag ein staubiger Bolzplatz. Dort kickten drei junge Kerle mit einem Plastikfußball herum. Zwischen ihnen hin und her lief eine Promenadenmischung, schwanzwedelnd und laut den Ball verbellend, den zu schnappen sie immer eine Idee zu spät kam. Zwei der Buben spielten gegeneinander auf ein Tor, in dem der dritte als Torwart stand. Der wäre gerne auch ein Feldspieler gewesen, das sah man. Immer wenn die anderen zu einem Schuß ansetzten, der dann doch wieder weit am Tor vorbeiging, gab er, wie um vorzumachen, wie es richtig gegangen wäre, einem Steinchen oder auch einem Nichts vor seinen Füßen den perfekten Vollspannstoß, so daß eine Staubwolke aufwirbelte.

Lober und die Bacherin blieben stehen. Sahen den Buben eine Weile zu. Die bemerkten schnell, daß sie beobachtet wurden. Sie unterbrachen ihr Spiel und kamen näher. Ihre Hautfarbe war dunkel, rabenschwarz das Haar. Zigeunerkinder, dachte Lober und maßregelte sich sogleich für diese Gedanken: Woher willst du das eigentlich wissen, und: Geh nicht nur nach dem Äußeren, du Simpl!

Sie begannen auf Lober einzureden, in einer Sprache, die er glaubte, noch nie gehört zu haben. Die Frau neben Lober nahmen die drei überhaupt nicht wahr. Von der war, in ihren Augen, nichts zu erwarten. Dafür bettelten sie Lober um so heftiger an. Sie streckten ihm ihre schmutzstarrenden offenen Handteller entgegen. Was aber sollte er ihnen geben? Ein paar Münzen Kleingeld vielleicht? Er griff nach der Gesäßtasche seiner Hose. Und bemerkte mit Erschrecken, daß sie leer war. Den Geldbeutel hatte er in die Innentasche seines Sakkos gesteckt. Und das Sakko? Das lag in seinem Auto. Und das Auto? Stand vorm *Weltende*. Jetzt kam's ihm erst richtig zu Bewußtsein: Er hatte gar nichts bei sich, kein Kleingeld, keine Ausweispapiere, keine Kreditkarten.

Lober versuchte sich in jenem typischen Schwundstufendeutsch, in das man gewohnheitsmäßig verfällt, wenn man glaubt, mit Leuten zu sprechen, die einen nicht verstehen, den Buben zu erklären, daß er kein Geld dabei habe. Die Bacherin lächelte nur, schadenfroh, und wandte sich ab. Ließ

Lober allein mit seinem Problem. Die Buben bettelten weiter, ja, sie fingen sogar an, an Lober herumzuzupfen, an seinen offenen Hemdsärmeln, seiner herunterhängenden Hand. Der eine, der Torwart, schien der dreisteste zu sein. Der schnappte sich jetzt einfach das Buch, das Lober nach wie vor in der Hand hielt.

»Laß das!« rief Lober. Aber der Kerl lachte nur, trat schnell einen Schritt zurück, damit Lobers Nachfassen ins Leere ging. Er blätterte kurz durch die Seiten. Dann nahm er das Buch bei den Umschlagdeckeln, drehte es um und schüttelte die sich aufplusternden Seiten aus, um zu sehen, ob nicht vielleicht etwas herausfalle. Tat es aber nicht. Er drehte das Buch wieder um und fing an, Seite für Seite umzublättern … und jede, hinter der sich nichts finden ließ, riß er einfach heraus. Lober entwand ihm das Buch und drückte es gegen seine Brust. Der Kerl lachte nur. Lober war klar, ihm würde jetzt schnell etwas einfallen müssen. Das Buch würde er auf keinen Fall mehr hergeben. Er preßte es noch fester gegen seinen Leib. Und spürte, daß da etwas drückte in der Brusttasche seines Hemdes. Er fingerte durch den Kragenausschnitt des giftgrünen Pullovers … und zog einen Kugelschreiber hervor, silber-glänzend mit einem goldenen Klipp. Er streckte ihn dem Torwart hin und sagte, »da, den kannst du haben, brauch ich nicht mehr«, und er war sich nicht ganz sicher, ob er nicht vielleicht log.

Der Kerl fing gleich an, an dem Stift herumzufummeln, ihn aufzuschrauben. Die anderen beiden wollten ihn auch anfassen, aber der Torwart, der der älteste von den dreien zu sein schien, klopfte ihnen nur auf die Finger und sie ließen es bleiben. Jetzt hatte er die beiden Teile des Kugelschreibers auseinandergeschraubt, die Feder der Mine sprang heraus und zu Boden. Auch mit ihr machte der Kerl, was er anscheinend mit allem machte: er gab ihr einen Kick. Lober drehte sich weg und beeilte sich, der Bacherin zu folgen, die schon weit vorausgegangen war, Richtung Spitze des Bergsporns. Die Stimmen im Rücken verrieten Lober, daß die drei ihm folgten.

Als er die Bacherin eingeholt hatte, stand sie in einer Art Rondell, begrenzt von Steinbänken, und sah hinauf zu dem Denkmal, das leicht erhöht auf einem Steinpodest stand. Den rechten Arm stützte er ab, von der Höhe her könnte es ein Fensterbrett sein, die Hand hing leicht herunter und hielt … ein Buch. Lober dachte, schau an, auch er immer mit Buch, wenn er unterwegs ist. Denn daß er unterwegs war, auf einer Wanderung vielleicht, verriet sein übriger Aufzug. Er trug einen bodenlangen Mantel und in der linken Hand hielt er einen breitkrempigen Hut, abgestützt auf dem Oberschenkel. Er sah hinunter auf den Ort. Seinen Ort. Und was die da jetzt anfingen.

Ein pyromanisches Spektakel nämlich, ein Feuerwerk am hellichten Tag! Es begann wieder mit diesem Megaphongeplärre, das ihnen schon hätte auffallen können, als sie von der Fähre herunter in den Ort hineingefahren waren. Da waren es noch einzelne Kommandos gewesen, jetzt dagegen unterschiedliche Stimmen, die hektisch durcheinanderschrien. Sie waren schier nicht zu verstehen, die Stimmen, quirlige Luftturbulenzen verwehten einen Teil hierhin, einen Teil dorthin. Riesige Scheinwerfer wurden hochgefahren – ja, es war ein Hochfahren, kein Anknipsen, langsam gewannen sie an Strahlkraft. Die schien aber immer noch nicht auszureichen. Parabolspiegel wurden in Position gebracht – sie blinkten irgendwelche unverständlichen Morsezeichen zu ihnen herauf auf den Berg. Ob die vielleicht sagen wollten: Paßt auf, jetzt gleich geht es los.

Ein Helikopter stieg auf und blieb, böse surrend, über dem Ort mit leicht nach unten geneigter Pilotenkanzel in der Luft stehen. Aus seiner Kabine stiegen zwei Männer in schwarzen Anzügen. So ameisenklein sie auch waren, da draußen in der Luft vor ihnen, daß sie zwei dunkle Sonnenbrillen trugen, das sah man. Akrobatisch turnten sie auf den Landekufen des Helikopters herum. Unter ihnen startete jetzt ein Fahrzeug seinen Motor, ließ ihn im Leerlauf aufheulen. Es war ein offensichtlich auffrisierter Landrover. Von unten aus dem Ort hörte man eine einzelne Megaphonstimme und die schrie nicht mehr als ein kurzes Kommando, Lober hätte wetten wollen, es klang so ähnlich wie *Ätschen*, was immer das auch für eine Tätigkeit sein mochte: jemanden oder etwas ätschen?

Zum Nachdenken darüber blieb keine Zeit, denn jetzt ging es erst richtig los. Der Landrover unten im Ort startete und setzte an zu einer rasanten Fahrt durch die engen Straßen, von der man allerdings von hier oben aus, vom Standpunkt des unbeeindruckt aber sehr melancholisch dreinblickenden Dichters, nur Teile mitverfolgen konnte. Mal verschwand das Fahrzeug hinter Häusern oder in den Arealen ausgedienter Fabriken, eben schoß es in irrwitziger Geschwindigkeit in ein offenes Hallentor hinein, um am anderen Ende des Gebäudes wieder hervorzukommen, nicht ohne eine Pyramide aufgestapelter leerer Ölfässer zielgenau in der Mitte zu treffen, so daß die Tonnen nur so durch die Luft flogen und zur Seite spritzten. Jetzt ging es an der Fassadenfront eines langgestreckten Baues vorbei, ob es mal eine Kaserne gewesen war oder ein Krankenhaus, war nicht mehr zu entscheiden, aus den fensterlosen, schwarzen Fassadenöffnungen heraus jedenfalls explodierte mit immer gleicher, minimaler Zeitverzögerung ein Feuerball um den anderen, während der Landrover daran vorbeiraste. Der Helikopter hatte längst seine Lauerstellung aufgegeben und sich in einer eng geflogenen Schleife nach unten gebohrt. Er verfolgte jetzt in vielleicht zwanzig, dreißig Metern Höhe das Fahrzeug unter ihm, die beiden Männer auf den Landekufen des Helikopters hielten plötzlich Maschinenpistolen in den Händen, aus deren Läufen Perlenschnüre kleiner explodierender Leuchtpunkte hervorschossen. Der Landrover versuchte, seine Verfolger abzuschütteln, indem er, reifenquietschend einen Kurvenhaken nach dem anderen schlagend, immer wieder in Fabrikhallen verschwand. Doch der Helikopterpilot ließ sich nicht abhängen, er mußte nur schauen, daß er schnell genug das Steuer nach oben riß, um nicht frontal gegen die Fabrikhallenfassade zu klatschen, sondern haarscharf die Dachtraufe zu rasieren. Schließlich erschien das Fahrzeug wieder auf einem Fabrikhof, der direkt ans Seeufer grenzte. Es raste auf eine Rampe zu, ließ sich von ihr in die Luft katapultieren und genau im selben Moment zündete eine mächtige Explosion, deren Feuerball sekundenschnell als sich aufplusternde Pilzgestalt in den Himmel stieg. Beinahe hätte sie den Helikopter erfaßt, der sich nur mit letzter Not noch retten konnte, indem er abdrehte und steil aufstieg. Der Landrover indes war mitten durch diesen Feuerball hindurchgeflogen, dahinter wieder auf seinen vier Reifen gelandet und direkt auf das Seeufer zugeschossen, ja, einfach in das Wasser hineingerast, nicht ohne ein Aufzischen und Aufbrodeln des zuvor völlig still daliegenden Wasserspiegels zu verursachen, so als sei das ganze Fahrzeug nichts anderes als eine glühende Eisenkugel. Sie wurde vom Widerstand des Wassers abgebremst und schob eine mächtige Bugwelle vor sich her. Dann klappten zwei Kufen seitlich aus dem Fahrzeug heraus und verwandelten es in eine Art Katamaran. Ein aus der Heckklappe des Landrovers ins Wasser geschwenkter Außenbordmotor ließ das Amphibienfahrzeug übers Wasser davonflitschen. Unten im Ort hörte man jetzt wieder die Megaphonstimme plärren und kurz darauf erhob sich Applaus, kein freneti-

scher, eher ein routinemäßiger, kollegialer, ein Gut-gemacht-Kumpels-Applaus.
Erst jetzt bemerkte Lober, daß schon die ganze Zeit über die drei Zigeunerbuben vom Fußballplatz neben ihm standen. Regungslos verfolgten sie das Geschehen. Der Torwart drückte Lober etwas in die Hände, fast unwirsch, als wolle er irgendein Gelump loswerden, und dann, die Hände frei, fing er an zu klatschen. Er war ganz aus dem Häuschen und feuerte seine beiden Kumpels an, es ihm gleichzutun, sie johlten und schrien und klatschten, Lober sah in seine Hände und da lag sein Kugelschreiber, zerlegt in drei Teile, verstaubt und verklebt, die Feder fehlte. Lober warf das Ganze kurzerhand über die Schulter hinweg ins Gestrüpp. Die Jungen machten Luftsprünge und skandierten etwas, das sich wie *Tschamms-kont, Tschamms-kont* anhörte, aber wahrscheinlich verstand es Lober nur nicht richtig, wie er überhaupt wenig verstand, was hier eigentlich vor sich ging.
Er sah sich nach der Bacherin um. Die war etwas zur Seite gegangen. Stand da mit einer Frau beieinander, die ein strenges graufarbenes Kostüm trug, in ihren akkurat abgewinkelten Unterarm hatte sie eine altmodische Handtasche eingehängt. Sah die nicht aus wie die Alte gerade vorhin, unten auf der Bank vor dem Geburtshaus des Dichters? Umgezogen, das ja, wie neu kostümiert für eine andere Rolle, aber das Gesicht war doch dasselbe. Oder irrte sich Lober? Er ging näher zu den beiden hin und verstand jetzt besser, was die Frau auf die Bacherin einredete. Es geschah in einem mehr oder weniger makellosen Deutsch, mit kleinen Einsprengseln eines fast schon ausgestorbenen alt-europäischen Baflertums, wie es früher nur in Verbindung mit gewissen Gastwirtschaften zu erleben und zu hören gewesen war, vielleicht auch noch in Wartesälen bestimmter Bahnhöfe, aber deren Fassaden mußten dann schon in einem ganz bestimm-

ten Ockerton gestrichen sein, Kaisergelb nannte man diese Farbe früher einmal. Und genau so sprach diese Frau: mit einer kaisergelben Färbung in der Stimme.

»No, die sind hier schon vor Wochen über uns hereingebrochen, haben sich einquartiert, unten beim Pavel im Hotel *Zum Hirschen,* hörnS, gnädigs Frolein, was ich Ihnen sage: Die haben gleich als erstes einen Auftritt hingelegt wie so echte ... Westernhelden ... Cowboys, hat mir zumindest der Pavel erzählt. Also mit Rumms herein, und der Tür gleich herich einen Renner gegeben, daß die gleich bis an die Wand geknallt ist, die Glasscheibe auf den Boden herausgefallen und in tausend Stücke zerplatzt. Und dann wieder zurückgefedert wie so eine Saloonschwingtür, das war gleich mal der erste *special effect,* das hat mir der Pavel erklärt, so nennen sie das beim Film, *special effects*, da muß es krachen und knallen und splittern, schon beim Hereinkommen durch die Tür, wir haben das noch anders gelernt, Sie sicher auch, gnädigs Frolein, aber die heute halten nichts mehr vom Anklopfen. Allein wenn die ein Glas Whiskey auf der Theke abstellen, erzählt der Pavel, knallen sie es so hin, daß der Eiswürfel bis an den Plafond hochhupft und explodiert und dann von da oben in tausend kleinen Eiskristallen wieder herunterregnet. Das ist eben Hollywood, sagt Pavel, immer herich *special effects*, daran werden wir uns gewöhnen müssen. Ja, und nachdem sie also ihren Auftritt gehabt hätten, die Herrschaften aus Hollywood, erzählt der Pavel, seien sie in ihrem typischen Cowboygang an die Rezeptionstheke herangekommen und haben geraunzt oder gekaut oder kauend geraunzt, das war kaum zu unterscheiden, was jetzt Kauen war und was Raunzen, auf jeden Fall, sie seien hier der Vortrupp. Vortrupp von was, bitteschön, hätt' der Pavel gefragt, und sie hätten bloß gelacht, so wie man ein kleines Kind auslacht, weil es gar so herzig dumme Fragen stellt. Nächste Woche kommt hier Hollywood zu Besuch, hätten sie ihn angeblafft, ob sich das noch nicht herumgesprochen hätte in diesem abscheulichen Kaff, bitteschön, gnädigs Frolein, das sagt der Pavel, daß sie tatsächlich das Wort *abscheulich* benutzt hätten. Drei Männer seien es gewesen, in stahlgrauen Anzügen und mit Sonnenbrillen, und dann hätten sie gesagt, Pavel solle sich nichts denken, denn eben weil sein Kaff so abscheulich sei, sei es gerade darum das ideale Setting für den neuen James Bond. Die Mischung mache es im Grunde aus: Einerseits diese Tschernobylanklänge, andererseits alles überwuchert von einer Natur, die sich wieder zurückholt, was ihr eh gehört. Gerade das mache diese interessante Mischung aus, auf der einen Seite liege dauernd Giftgasalarm in der Luft, auf der anderen spüre man diesen Tannennadelduft, Marke Transsylvanien. Die leeren Fabrikhallen am Ortsrand in Verbindung mit den endlos langen Kuhställen der ehemaligen Kolchose und dann noch das marode, schon seit Jahren verwaiste Spital, in dem die Fensterrahmen fehlen und der Wind durch die Korridore pfeift, das sei genau das, was sie brauchen als Kulisse. No, so haben diese Männer vom Vortrupp geschwärmt, hat mir der Pavel erzählt. Das alles ergebe ein ideales Setting für den neuen James Bond, denn diesmal würde er in seinem niemals endenden Kampf gegen das Böse herich verwundet werden und komme daraufhin in ein Spital, irgendwo in Tschetschenien oder in irgendeiner anderen Kaukasusrepublik, so stehe es nämlich im Drehbuch. An Originalschauplätzen könne man nicht drehen, denn dort sei ja überall Krieg. Das macht aber nichts, weil Hollywood baue sich eh viel lieber alle täuschend ähnlich nach. Und jetzt müsse halt dieses Kaff dafür herhalten, irgend so ein Kriegs- und Krisengebiet im Kaukasus nachzustellen. Im Grunde sei es ideal heruntergekommen dafür. Hier lasse sich wunderbar der Kampf James Bonds gegen das Böse in Szene setzen.

Und auch das Spital sei schon da, in das James Bond eingeliefert werde und wo er dann seinen Kampf auf Leben und Tod zu bestehen habe. Denn da warte bereits ein fieser Oberarzt auf ihn, in Wahrheit natürlich ein Agent der anderen Seite, mit kahlrasiertem Schädel und mongolischer Gesichtsform, und wenn der sein Killerlächeln aufsetzt, blitzen statt gewöhnlichen menschlichen Zähnen Stahlstifte auf. Vielleicht, daß James Bond auch aus dem Spital flieht und sich dann selbst operiert, irgendwo draußen im Wald, denn um das Spital herum ist natürlich nichts als Wald, ein undurchdringlicher transsylvanischer Draculawald. Lediglich mit einem Fahrtenmesser und einer Flasche Whiskey ausgerüstet, operiert er sich selbst die Kugel aus der Flanke heraus, und es könnte ihm, um das Ganze dramatisch zu steigern, das Augenpaar eines Braunbären irgendwo im Tannendickicht dabei zuschauen. No, das stehe zwar noch nicht im Drehbuch drin, hätten die drei Männer aus Hollywood bei einem Whiskey an der Hotelbar Pavel spät nachts hinter vorgehaltener Hand verraten, aber man werde das nach Hollywood melden, welch großartige Wälder es hier gebe und daß die noch unbedingt mit ins Drehbuch müßten. Jo, und schließlich ist dann der ganze Troß tatsächlich hier aufgetaucht, Sie sehnS ja, gnädigs Frolein, und die waren herich begeistert von den getrockneten Kuhfladen an den Wänden des Spitals und von den mintfarbenen Kacheln, die schon von den Wänden herunterplatzen, unbedingt mintfarben, hätten die Ausstatter gesagt. Und wunderbar zum Setting passend auch die Kakerlaken, die über den Fußboden krabbeln, und die eingetrockneten rostfarbenen Wasserflecken unter den Heizkörpern. Eine ganze Karawane von Sattelschleppern ist auf einmal durch unseren Ort gefahren, die eine Hälfte für die Technik, für die ganzen *special effects*, die andere Hälfte gehört den Schauspielern. Beim Pavel im *Hirschen*, da hat sich nur die untere Charge einquartiert, aber was die Kabelträger und Scheinwerfereinsteller dem Pavel allabendlich nach Drehschluß bei ein paar Flaschen Slibowitz erzählt hätten vom wahren Leben hinter den Kulissen, das würde Bände füllen, glaubnS mir, gnädigs Frolein. Am schlimmsten sei ja das James-Bond-Girl. Bei jedem neuen Film gebe es immer ein neues James-Bond-Girl, und da würden sie jedesmal eine noch furchtbarere Person auswählen als das vorige Mal, so die Kabelträger zu Pavel. Diesmal soll sie sich geweigert haben, überhaupt mitzukommen, in einem solchen Land drehe sie nicht, soll sie gesagt haben. Was ihr denn an diesem Land nicht gefalle, sei sie gefragt worden. Zum Beispiel, daß hier immer erst einmal braunes Wasser aus der Leitung komme, wenn man den Hahn aufdrehe, und daß es im ganzen Land keinen einzigen öffentlichen Abort gebe, wo sie nicht den Schlüssel geklaut hätten und man folglich nicht abschließen könne. Was sind denn das für Zustände? Für das James-Bond-Girl, das normalerweise einen eigenen Sattelschlepper nur für Bad und WC dabei hat, natürlich untragbare. No, da werden sie halt zu ihr gesagt haben, gut, in Ordnung, du bekommst zusätzlich zu deinen dreihunderttausend Dollar Drehgage pro Tag, was herich viel Geld ist, drei Sattelschlepper nur für dich alleine, der eine ist ein begehbarer Kleiderschrank, eine Garderobe mit zweitausend Abendkleidern, und der zweite ausgestattet nur mit Bädern, Bidets, Sauna, Wellnessbecken und einem Tausend-Liter-Edelstahltank für die Milch der patagonischen Berglandziegen, in der sich Madame dann allmorgendlich baden könne, und der dritte Sattelschlepper ist zum Wohnen, ausstaffiert wie ein Fünfsternehotel, ob es der Madame dann so recht sei, no, und es war ihr anscheinend recht. Es gehe ja nur darum, in diesem gottverlassenen Kaff ein paar für den neuen James-Bond-Film unbedingt notwendige spektakuläre Einstellungen zu drehen. Dieses total Verwahrloste der

Industrieruinen und die gleichzeitig nicht zu bändigende Natur, wenn man das im Kasten habe, ziehe man ja eh gleich wieder weiter, verstehen Sie, gnädigs Frolein, so sind die in Hollywood, dann wird alles wieder in die Sattelschlepper gepackt, und weiter zieht die Karawane. Übrigens haben sie extra die Straßen verbreitert, damit sie überhaupt um die Kurve herumkommen mit ihren Sattelschleppern. Vor allem am Ortseingang und am Ortsausgang standen ein paar Häuser im Weg. Sie wollten ja auch das Geburtshaus, Sie wissen schon, von unserem Herrn Hofrat, wegräumen, einfach auf die Seite schieben, dafür haben sie extra Bulldozer hergebracht, noch vor der Karawane, groß wie Dinosaurier. Da sitzt oben auf diesem Bulldozer der Fahrer oder Bediener oder wie man da sagt, in einem gepolsterten Sessel, um sich herum lauter Hebel, ausschauen tut es ja, als ob er auf dem Rücken eines Dinosauriers reite und ihn etwas an den Stacheln zupfe, woraufhin der dann sein Maul hebt und beispielsweise auf das Geburtshaus von unserem Herrn Hofrat herunterfallen läßt. Herich ein Schnapperer und das ganze Haus ist weg. Noch ist es nicht entschieden, ob es weg muß oder nicht, jetzt sind sie halt einmal beim Ortseingang hereingebrochen, die Leute aus Hollywood, und haben mitten im Ort ihr Sattelschlepperlager aufgeschlagen. Seit Tagen zünden sie ihr Feuerwerk an *special effects,* und dann packen sie wieder alles zusammen, und es geht zum Ortsausgang wieder hinaus. Und wenn dann das Geburtshaus im Weg stehen sollte und die Sattelschlepperkarawane nicht ums Eck kommt, no, dann holen sie eben den Bulldozer, ein Schnapperer und weg ist es. Ich jedenfalls schau mir das nicht länger mit an, und Sie, gnädigs Frolein, sollten vielleicht auch besser gehen.«

Die Bacherin hatte alles ruhig mit angehört. Kein einziges Mal hatte sie die Frau unterbrochen, mit keinem Wort ihren

Monolog gestört. Jetzt sah sie zu Lober hinüber, der immer noch drei, vier Meter Abstand hielt. Sie wandte sich wieder der Frau zu und sagte: »Sie haben recht.«
Sie ging auf Lober zu, hakte sich bei ihm unter, zog ihn mit sich fort.
»Laß uns abhauen von hier.«
Zu der Frau aber schaute sie nicht einmal mehr zurück. Kein Abschiedswort, nichts. Vielleicht war sie schon gar nicht mehr da. Nie dagewesen.

7

Die untergehende Sonne stand ihnen schon tief im Rücken. Die Bacherin fuhr seit Stunden. Zwar hatte Lober gefragt, ob sie nicht einmal tauschen wollten, doch sie hatte nur stumm den Kopf geschüttelt.
Sie fuhren endlose Landstraßen entlang. Lober dachte, irgendwann müsse doch einmal die Auffahrt auf eine Autobahn kommen, doch dem war nicht so. Stattdessen fädelten sich aus seitlichen Feldwegen nach und nach die archaischsten Fahrzeuge in den Verkehrsfluß ein und bremsten die Fahrzeugkolonne immer noch weiter herunter, manchmal bis sie nur noch im Schrittempo dahinkroch. Mal war es ein Eselskarren, mit Sammelholz beladen, ein Berg von Stecken, keiner dicker als das Handgelenk eines Kindes und alle akkurat mit derselben Ausrichtung aufeinandergelegt, so daß sie hinten von der Ladefläche des Karrens herunterhingen und bei jedem Wippen, verursacht von einem Schlagloch oder dem Hinweggeholper über ein querendes Zuggleis, den Straßenasphalt kratzten. Dann wieder war es ein Moped mit angehängtem Gig, in dem Milchkannen aufgeladen waren. Oder

eine Dampfwalze. Ja, in einer engen Ortsdurchfahrt zwängte sich aus einer Seitenstraße heraus tatsächlich eine Dampfwalze vor den Benz der Bacherin, und da, wo normalerweise jeder Autofahrer geflucht hätte, lachte sie nur auf.
»Was ist?« fragte Lober.
Sie antwortete, ach nichts, sie müsse nur an eine Geschichte denken, die sie einmal gelesen habe. Da war gleichfalls einer mit der Dampfwalze unterwegs, genau so ein Ungetüm wie das, das da jetzt vor ihnen herrolle und die ganze Dorfstraße zum Vibrieren bringe. Einmal quer durch das ganze Land sei der gefahren, fünfhundert Kilometer vielleicht, und das alles in eben jenem Schneckentempo, mit dem naturgemäß eine Dampfwalze vorankomme, noch dazu eine, die einen alten Heizkessel habe, der ständig mit Kohle befeuert werden müsse. Wochen habe es gedauert, ja Monate, aber er, der Dampfwalzenfahrer, habe seinen Befehl ausgeführt.
»Was für einen Befehl?« fragte Lober.
»Es handelte sich um den Befehl irgendeines Militäroberen, der besonders schlau sein wollte und gehört hatte, daß ganz im Westen eine Dampfwalze benötigt werde zum Plattwalzen einer frisch geteerten Straße. Und weil man ganz im Osten mit dem Einsatz einer solchen Dampfwalze gerade fertig geworden war, hatte dieser mitdenkende Militärobere den genialen Einfall, einen seiner Soldaten abzukommandieren. Der sollte nun die Dampfwalze von dem Ort, wo sie nicht mehr, zu dem Ort, wo sie dringend gebraucht wurde, bringen. Den winzigen Umstand, daß zwischen diesen beiden Orten fünfhundert Kilometer lagen, hatte der Militärobere dabei glatt übersehen. Und der arme Soldat, der diesen Befehl ausführen mußte, hat ihn natürlich auch nicht darauf aufmerksam gemacht. Sondern ist in den Führerstand der Dampfwalze geklettert und losgefahren. – So ist Böhmen«,

sagte die Bacherin und mußte lachen. »Und deshalb lieb ich es!«
»Wer erzählt denn solche Geschichten?« wollte Lober wissen.
»Der König!« trompetete die Bacherin heraus, »der König der Schriftsteller!«
»Aller?« fragte Lober noch einmal nach.
»Zumindest aller, die rechts vom siebzehnten Grad östlicher Länge schreiben. Wenn ich Kinderbuchillustratorin wäre«, sagte sie, »dann würde ich nichts lieber machen, als diese Geschichte bebildern. Weite böhmische Landschaften, Birkenwäldchen und Fischteiche, Klöster und Burgen, und dazwischen hügelauf, hügelab die sich schlängelnden Dorfstraßen, die herrlichen Alleen, die es ja nur noch in Böhmen gibt, das alles würde ich aus der Vogelperspektive zeichnen, und ganz klein in diese Landschaftspanoramen hinein die munter schwarze Dampfwalze, wie sie ihre Wölkchen auspafft. Und den fröhlichen Soldaten, wie er aus seinem Führerstand herauswinkt. Am Straßenrand könnte man Schulkinder Spalier stehen lassen. Dann wieder Bilder von der Dampfwalze bei Nacht. Wie sie ausruht. Das Soldatlein schläft zusammengerollt oben auf dem langsam auskühlenden Heizkessel, der wie ein Kachelofen wärmt. Dann die Dampfwalze, wie sie durch die Jahreszeiten rollt, einmal umwirbelt von tanzenden Blättern, die Herbststürme von den Bäumen reißen, dann im Schneeflockengestöber. Und wie die Flocken verzischen, wenn sie auf den glühenden Heißkessel auftreffen, denn der tapfere Soldat heizt natürlich, heizt und heizt, damit er an sein Ziel kommt, irgendwann einmal. – Ach, schau nur, jetzt biegt er ab! Wie schade!«
Der wirkliche Dampfwalzenfahrer nämlich. Der hatte jetzt bald zehn Minuten lang die Bacherin und alle hinter ihr Fah-

renden gezwungen, im Kriechgang zu schleichen. Aber was heißt schon Zwang. Längst war es ja eine Lust für Lober und die Bacherin geworden, langsam zu machen. Geradezu sehnsüchtig hielten sie nach dem nächsten Entschleuniger Ausschau, der sich in die Kolonne hineinzwängen würde und sie herunterbremsen. Er näherte sich auch schon von rechts, aus einer Seitenstraße. Ein klappriger Pkw, vollgepackt mit fünf Personen … oder waren es sogar sechs? … sieben? … das wollten sie jetzt genauer sehen, und darum setzte die Bacherin zum Überholen an. Langsam zog sie mit ihrem Benz an dem Wagen vorbei und da tauchte immer noch ein Kindergesicht von unten her in dem Seitenfenster auf … ob die alle im Fußraum verstaut gewesen waren? Auf dem Dach hatte der Pkw einen Gepäckträger, und auf den war eine abenteuerliche Konstruktion aus Schachteln und Kisten aufgetürmt, das Ganze umwickelt mit Plastikplanen und vertäut mit Stricken. Es sah aus, als hätte der Wagen einen Turban auf, aber das dachte Lober vielleicht auch nur deshalb, weil aus dem Gefährt eine Art arabische Musik herausdröhnte. Der Fahrer hatte sein Seitenfenster heruntergekurbelt und sein aufgelegter angewinkelter Arm ragte heraus, gerade so, als ob er mit dem ausgefahrenen Ellbogen verhindern wollte, daß jemand an ihm vorbeidrängelte. Als Lober auf gleicher Höhe mit ihm war, grinste der Fahrer ihn an. Es war Besitzerstolz, der da grinste, wobei Lober nicht ganz klar war, worauf der sich in erster Linie bezog: auf die vielköpfige Familie auf der Rückbank oder auf das Prachtauto, das, wie Lober jetzt sah, mit kleinen Perserteppichen auf dem Armaturenbrett und einer Stoffborte, die die Frontscheibe umkränzte, ausgeschmückt war. Oder einfach auf alles miteinander, also auf das nur schwer vorwärtskommende und der Überladung wegen schon mit den Reifen innen an den Radkästen scheuernde, aber dennoch rundum strahlende Familienglück.

Auch das ließ die Bacherin hinter sich, nachdem sie vor dem überholten Pkw wieder auf die rechte Fahrspur eingeschert war. Sie gab Gas und steuerte in die langsam heraufziehende Nacht hinein.

Sie fuhr und fuhr. Müdigkeit schien sie nicht zu kennen. Lobers erneutes Angebot, doch einmal die Plätze zu tauschen und ihn fahren zu lassen, quittierte sie damit, daß sie sagte, sie könne noch ewig so weiterfahren. Das mache ihr nicht das geringste aus. Im Gegenteil: Sie habe das Gefühl, immer wacher zu werden, heller auch, mochte es draußen so dunkel sein, wie es wollte.

Wie weit es denn noch sei, fragte Lober.

Das könne man nie genau wissen, sagte sie.

Das aber war für Lober soviel, als hätte sie gesagt, schlaf du nur. Ganz ohne schlechtes Gewissen gab er sich jetzt der Müdigkeit hin. Und die nahm ihn auch.

8

Sie waren jetzt alleine unterwegs auf der Straße. Stundenlang? Tagelang? Wochenlang? Lober verlor jedes Maß für Dauer und Zeit. Wo waren sie überhaupt? Kamen sie überhaupt vom Fleck? Kein blendendes Scheinwerferlicht eines entgegenkommenden Wagens, kein Haus, an dem sie vorbeikamen, keine erleuchteten Fenster, keine Straßenlaternen. Nur die noch dunklere, von Tannen- und Fichtenwipfeln gezackte Silhouette des Waldes vor dem weniger dunklen, ja sogar leicht leuchtenden Nachthimmel.

Dann tauchte etwas am Straßenrand im Kegel des Fernlichtes auf. Eine Gestalt. Gedrungen. Neben ihr sitzend ein kleineres Etwas. Sie kamen näher, langsam, denn die Bacherin

drosselte das Tempo. Nach und nach wurde erkennbar: Es war ein Mann, bekleidet mit einem bodenlangen Mantel. Auf dem Kopf ein lächerlich hoher Zylinder. Das kleine Etwas neben ihm erwies sich als ein geduldig bei Fuß sitzender Spitz, der sich jetzt, da er das unangenehm helle Licht auf sich und seinen Herrn zukommen sah, aufstellte, den Schwanz zwischen die Hinterläufe nahm und in Abwehrhaltung ging.
Mittlerweile bewegte sich der Benz der Bacherin so langsam, als ob er in Zeitlupe führe. Er blieb direkt neben dem Mann am Straßenrand stehen. Der drückte sein Gesicht gegen das geschlossene Fenster der Beifahrertüre. Ein wenig sah es aus, als ob ein seltenes, vielleicht auch gar noch nie gesehenes Tiefseetier durch das Bullauge in das beleuchtete Innere eines Unterseebootes schaute – die Bacherin hatte die Leuchte über dem Rückspiegel angemacht. Das lag sicherlich auch an dem Zylinder des Herrn, der machte alles so unwirklich und auch so, als ob da ein anderes Jahrhundert vor dem Fenster stünde.
Die Bacherin winkte stumm. Stumm und langsam. Ein Stummfilm in Zeitlupe.
Der Mann verstand das Zeichen. Er öffnete die Tür hinter Lober und stieg ein. Den zitternden Spitz auf dem Arm. Dann lief auf einmal der Film wieder schneller. Schnell wurde die hintere Beifahrertüre zugeschlagen, schnell fuhr die Bacherin an, schnell gingen ein paar Blicke zwischen ihr und dem Herrn auf der Rückbank, über die Bande des Rückspiegels gespielt, hin und her. Lober versuchte sich in seinem Sitz umzudrehen, um den zugestiegenen Fahrgast besser sehen zu können. Er war von beträchtlicher Leibesfülle und fand sich offensichtlich nur schwer zurecht da hinten auf der Rückbank. Sein mürrischer, ungesunder Gesichtsausdruck – Abbild einer wohl schon Jahrzehnte währenden hemmungslosen Völlerei – veränderte sich kein bißchen. Es machte den

Eindruck, als habe der Mann gemäß einer Abmachung hier in der Nacht am Straßenrand auf die Bacherin gewartet – allerdings viel zu lange gewartet, so daß er jetzt verärgert war, verärgert bis zur wortlosen Verstocktheit.

Die Bacherin indes fuhr ungerührt weiter. Stundenlang, tagelang, wochenlang. Keiner sagte etwas.

Bis es auf einmal von der Rückbank her grollte: »Ich hab Hunger.« Dann eine lange Pause. Damit den beiden anderen auch klar wurde, welche Ausmaße dieser Hunger hatte. Anscheinend war der Herr dennoch der Ansicht, nicht richtig verstanden worden zu sein. Er sagte, eine Idee dringlicher: »Ich hab Hunger nach einer halben Ente. Oder vielleicht doch lieber gleich eine ganze.« Noch einmal eine Pause. »Und die Vorspeise natürlich nicht zu vergessen. Sechs Forellen.«

»Immer eine ungerade Zahl«, warf die Bacherin trocken ein. »Fünf zum Beispiel. Sonst bekommt's einem nicht. Auch wenn man eine Zwiebel mit Nelken spickt, um sie im Sud für ›Forelle blau‹ mitzukochen, immer eine ungerade Zahl Nelken nehmen. Bei allem immer eine ungerade Zahl!«

»Gut. Dann sieben. Sieben geräucherte Forellen zur Vorspeise.«

Wie zur Bestätigung bellte der Spitz einmal kurz auf. Es klang wie ›für mich dasselbe‹.

»Und wo geht's hin?« Die Bacherin fragte das nach hinten in den Fond des Wagens, so wie ein Chauffeur seinen Chef fragen würde. Der überlegte kurz. Dann sagte er: »Ich zeig euch etwas. Das wird euch Augen machen.«

Und als sei's ein Befehl, gab die Bacherin Gas. Landschaften und Ortschaften flogen jetzt nur so vorbei, draußen. Natürlich war plötzlich auch alles taghell. So sehr sich der Traum für die Nachtfahrt Zeit genommen hatte, nun mußte alles schnell gehen. Da konnte man manches einfach überspringen. So saßen sie plötzlich in einem Gasthaus, ohne daß sie irgendwo angehalten hätten, ausgestiegen wären. (Der Traum macht's richtig: der hält sich nicht lange auf mit Nebensächlichkeiten.) Der Herr saß bereits an einem Tisch, neben ihm, ebenfalls auf einem Stuhl mit einem Tellerchen vor sich: der Spitz. Ein halbes Dutzend Kellner wirbelte um die beiden herum, sie liebedienerten auf eine geradezu ekelhafte Weise, das einzige, was man jedoch verstand, war Hofrat hier, Hofrat da. Einer der Kellner band ihm von hinten eine Serviette um, sie war groß wie ein Tischtuch und ungeheuer weiß. Er verknotete sie hinten am Hals mit einem enormen Propeller von Schleife. Zuvor hatte er versucht, dem Hofrat den Zylinder abzunehmen, aber der hatte gleich nach der Hutkrempe gefaßt und ein »Kusch!« hervorgezischt.

Sie trugen jetzt die Vorspeise auf. Sieben geräucherte Forellen, jede auf einem separaten Teller, schön in Reih und Glied aufgestellt vor dem Herrn Hofrat. Der begann auch gleich mit dem Essen, wobei er wenig Zurückhaltung an den Tag legte. Als hätte er drei Tage oder drei Wochen nichts mehr bekommen, so langte er zu und schaufelte, unbekümmert zweihändig, die Fische in sich hinein. Irgendwelche Filetstücke auszulösen machte er sich erst gar nicht die Arbeit. Vielmehr mit Schwanz, Gräte und Kopf zermalmte er jeden der sieben als ein Ganzes mit seinem fürchterlich arbeitenden Kiefer. Bei all dem machte es ihm keine Schwierigkeiten, auch noch zu einer weit ausholenden Rede anzusetzen. Das Eigenartige daran war, daß alles, was der Hofrat aussprach, für Lober sofort zum Bild wurde. Zum bewegten Bild. Wie die Stimme eines unsichtbaren Erzählers nahm der Hofrat Lober mit hinein in einen Film, der (wieder einmal) mit einem Vogelflug begann, jedenfalls kam sich Lober so vor, als ob er flöge, hinweg über eine Landschaft. Das, wovon der Hofrat erzählte, paßte allerdings nicht recht zu dem, was er nebenbei tat: nämlich ein opulentes Mahl einnehmen. Oder vielleicht doch? Mittlerweile war die Ente aufgetragen worden. Nach zwei Flaschen Weißwein, die der Hofrat zu den Forellen geleert hatte, öffnete einer der Kellner jetzt einen roten. Er schenkte ihn vornehm und dezent ein. Der Hofrat aber nahm und leerte das Glas mit solchem Ungestüm, daß er die Hälfte verschüttete. Sein weißer Latz vor der Brust war jetzt blutüberströmt. Er nahm die Ente bei den beiden Haxln und riß sie in zwei Stücke. Knöchlein knacksten und barsten. Währenddessen dozierte er:

»Dieses Land ist ein einziges Blachfeld voll verstreuter Gebeine. Man scharrt mit der Schuhspitze im Waldboden, und schon liegt ein Knöchlein vor einem. Man kommt in eine Stadt, da ist eine Lagerhalle, eine ausrangierte. Gehörte früher einmal zu einer Fabrik. Vielleicht daß dort Maschinenteile gelagert worden waren. Jetzt jedenfalls liegen dort Knochen. Ja! Du ziehst das große verrostete Lagerhallentor auf und stehst vor einem Berg von Knochen. Ein Mann im weißen Kittel kommt auf dich zu. Es könnte ein Arzt sein. Oder aber auch ein Ingenieur. Oder jemand von der UNO, vom Roten Kreuz. Solche Weißkittel sind momentan überall unterwegs, habe ich mir sagen lassen. Sie haben rotweiß gestreifte Plastikbänder dabei. Damit gehen sie durch die Landschaft, schlagen Pflöcke in die Erde, erklären Areale zu Sperrzonen, die man gestern noch für harmlose, wild wuchernde Waldstücke gehalten hat.«

Er riß der Ente einen der kroß gebratenen Flügel aus, verdrehte das Gelenk, daß es knackste, hielt zwei Teile in den Händen. Schmatzend machte er sich daran, die Knochen abzunagen.

»Soll ich Ihnen sagen, warum alle meine Erzählungen mit einem Vogelflug beginnen? Weil man da weniger sieht. Von so weit oben. Da kann man leicht über manches hinwegse-

hen und so einen Unsinn verzapfen, wie mir das manches Mal gelungen ist.«
Geradezu wütend riß er das Weinglas zu sich her und schüttete den Inhalt in sein weit aufgerissenes Maul, in dem, wie man sehen konnte, zwischen den Zähnen Fetzchen von Entenfleisch hingen. Er verstellte seine Stimme und äffte sich selbst nach.
»Die Wasser rieseln lustig über die geglätteten Kiesel, an dichten Obstwäldern, an Gartenplanken und Häusern vorbei, welches alles so stille ist, daß man in der klaren Nachmittagsluft den Hahn krähen und die Gretel nach ihrem Hans rufen hört. – Aaach! – Ich war einmal unter der Erde, wissen Sie das? In der Gruft vom Stephansdom. Das war mein Gang durch die Katakomben. Ich hab geglaubt, wir finden nicht mehr heraus und müssen zwischen all diesen Knochenbergen verfaulen. Ich bin damals schon Tode gestorben. Wie später dann auch noch manch weiteren. Zum Schluß hatte ich keine Lust mehr, auf ihn zu warten, auf den richtigen, den wahrhaftigen … um nicht zu sagen …«, er lachte jetzt gräßlich, »den leibhaftigen!« Er verschluckte sich. Einer der Kellner, die die ganze Zeit über um ihn herum standen, schenkte sogleich von dem roten Wein nach. Der Hofrat nahm einen tiefen Schluck und erholte sich, hustend und prustend, Speisereste spuckend, langsam wieder. »Jedenfalls: Seitdem verfolgen mich die Knochen. Diese schön zu Pyramiden aufgetürmten Schädel, diese Oberschenkelknochen, aufgeschichtet wie Brennholz. Und seitdem stolpere ich über sie, wo ich geh und steh. Das mit der Fabrikhalle übrigens stimmt. Ich war dort. Ich bin überall, wo man etwas erfahren kann über dieses Land. Ich habe mit dem Mann in dem weißen Kittel gesprochen. Er hatte so ein Schreibtäfelchen dabei, auf dem sich Papiere festklemmen lassen, irgendwelche Listen. Er löste den Klemmer, nahm die Papiere heraus,

mischte die Seiten neu, klemmte sie wieder fest. Hinter seinem Ohr steckte ein Bleistift. Er nahm ihn in die Hand, hakte etwas ab. Ich hatte den Eindruck, er machte seine Arbeit sehr gewissenhaft. Ich mag das, diese Gewissenhaftigkeit im Tun. Er erklärte mir dann völlig sachlich, was ich eh schon ahnte, daß das menschliche Knochen seien, die da in der Halle lägen. Er hätte genauso gut über Rosenzucht oder die Pflege von Bienenvölkern reden können. Er sagte: ›Wir haben diese Knochen in einem Waldstück exhumiert. Es handelt sich aller Wahrscheinlichkeit nach nicht nur um Soldaten, sondern auch um Zivilisten. Würde sich jemand die Arbeit machen, die einzelnen Knöchlein und Knochen zusammenzufügen zu kompletten menschlichen Skeletten, so lägen hier am Ende 3.000 Tote. Wissen Sie, daß ein menschliches Skelett aus über zweihundert Einzelknochen besteht? Genau läßt sich das nicht sagen, denn die Anzahl der Knochen ändert sich im Laufe des Lebens. Ein Kind hat weniger Knochen als ein Erwachsener. Zu den kleinsten dürften die Gehörknöchelchen, Ossicula auditus, zu zählen sein, aber auch das sogenannte Zungenbein, Os hyoideum. Ja, das wußten Sie nicht, hab ich recht, daß der Mensch sogar an der Zunge einen Knochen hat, genauer gesagt zwischen Unterkiefer und Kehlkopf, Os hyoideum ist der einzige Knochen des ganzen Skelettbaues, der keine Verbindung mit einem anderen Knochen hat.‹ Der Mann im weißen Kittel bückte sich und kramte in der Plastikwanne, die direkt vor seinen Füßen stand, denn dieses Meer von über 600.000 Knochen, das in der Fabrikhalle lagerte, war auf zahllose Plastikwannen verteilt. Er nahm einzelne kleine Knöchlein heraus, besah sie sich und warf sie dann wieder zurück, teilweise in andere Wannen, so als ob er aussortiere. Er sagte: ›Selbst wenn es gelänge, all diese Knöchlein wieder zu 3.000 kompletten Einzelskeletten zusammenzusetzen, hätten diese To-

ten aber immer noch keine Namen und leider auch kein Gesicht. Aber sie wären eben komplett und hätten wieder alles beieinander‹, er lachte jetzt so seltsam, widernatürlich keckernd, ›nur für den Fall, daß diejenigen recht haben sollten, die behaupten, es gibt eine Wiederauferstehung. Wir als Wissenschaftler können dazu nur sagen, der Fall ist noch nicht verifiziert worden, es kann das eine möglich sein, aber auch das andere. Am besten man ist auf alles vorbereitet, wenn Sie mich fragen. Jedenfalls: Stellen Sie sich das Tohuwabohu hier in dieser Halle vor, wenn es am Jüngsten Tag hieße, alle Mann aufstehen, und keiner hätte seine Knochen beieinander‹. Der Weißkittel konnte sich jetzt nicht mehr halten vor Lachen. Es war ein völlig hysterisches, außer Kontrolle geratenes Kreischen, das er aber mit einem Hüsteln abrupt stoppen konnte. Er sagte: ›Tschuldigung‹.«
Der Hofrat warf das Besteck auf den noch halbvollen Teller, daß es nur so klirrte, riß sich die Serviette vor der Brust herunter, tupfte damit den Mund ab und schmetterte sie dann auf den Tisch. Der Spitz sprang sogleich von seinem Stuhl herunter. Er kannte wohl das Zeichen für Aufbruch.
»Kommen Sie, kommen Sie mit«, rief der Hofrat und flog von der Tafel auf wie ein Schwalberl – oder waren es nur die Rockschöße seines langen Mantels, die gar so flatterten? Jedenfalls auf und davon mit einer vogerlleichten Behendigkeit, die so einem dicken, schweren Mann doch gar nicht zustand. Lober folgte ihm … und auch ihm war's, als flöge er. Hinterdrein der lustig kläffende Spitz.
Sie näherten sich einem Friedhof, in dessen Mitte eine Kapelle stand. Sie schien in den Boden einzusinken, jedenfalls neigten sich ihre Mauern bedenklich. Der Hofrat landete sanft, wie ein Spatz am Rande einer Wasserlache, drehte sich noch einmal zu Lober um, wie um sich zu versichern, daß er ihm auch folgte. Er winkte mit dem Arm, doch dieses Win-

ken war ganz langsam, wie in Zeitlupe, ehe sich wieder alles beschleunigte, das Öffnen der Kirchentür, das von einem starken Luftzug Angesaugtwerden Lobers, er fühlte sich förmlich in diese Friedhofskapelle hineingerissen … hineingesaugt, und im Inneren dann herumgewirbelt … oder war's er selber, der sich derwischschnell um die eigene Achse drehte, um möglichst auf einen Blick zu erfassen, was er hier sah, nämlich: Knochen, nichts als Knochen, Knochen und noch einmal Knochen. An den Wänden, an der Decke, zu einem Kandelaber zusammengefügt, Stuckzierbänder nachahmend, in einer Wandnische eine Vase darstellend. Es gab nichts in diesem reich ausgestatteten Kapellenraum, das nicht aus Knochen gefertigt war!

An irgendeinem Detail mußte Lober sich jetzt festhalten mit seinem Blick, einmal damit er nicht taumelte (ein süßlich moderiger Geruch ließ ihn kaum mehr atmen), zum anderen, um zu erkennen, was hier der Fall war: nämlich daß Gebein, vom kleinsten Fingerknöchelchen über steckendürre Ellen und Speichen bis hin zu ganzen Schädeln und schaufelgroßen Beckenknochen, in ungemein kunstfertiger Weise zusammengefügt war. Schädel in Reihen hingen als Girlanden durch den Raum oder kletterten, sich abwechselnd mit gekreuzten Oberschenkelknochen, Säulen empor, eine Art Akanthusverzierung vortäuschend. Von der Decke schwebte ein achtarmiger Leuchter, anstelle der Kristallsteinketten, die für gewöhnlich bei einem Lüster von den Armen herunterhängen, waren es hier Oberschenkelknochen, schön in Reih und Glied aufgefädelt, das kugelförmige Gelenkteil bildete den besonders imposanten Abschlußstein.

Meterhoch, ebenfalls von der Decke herabhängend, schwebte vor einer Wand, die einzig und allein aus aufgestapelten Knochen bestand, eine Art Wappen. Der Hofrat bemerkte, daß die knöcherne Heraldik Lobers besondere Aufmerksamkeit erregte. Er erklärte deshalb: »Das Familienwappen der Schwarzenbergs.« Mehr sagte er nicht, sondern zeigte nur auf ein Detail des Wappens, das sich im rechten unteren Feld befand. Es stellte einen Menschen dar, zumindest dessen Büste bis zur Brustmitte. Die Schultern waren zwei Beckenknochenschaufeln. Auf der linken Schulter saß ein Vogel, gut erkennbar an dem aufgefächerten Flügel (der Mittelhandknochen eines Kleinkindes) und dem Schnabel (ein zerbrochenes Stück Armelle vielleicht). Und dieser Schnabel pickte dem Menschenschädel direkt in eine der leeren Augenhöhlen. »Sehen Sie den Federkopfschmuck?« flüsterte der Hofrat. Sie sahen wie knöcherne Hobelspäne aus. Lober konnte sich nicht vorstellen, wo der Mensch solch dünne, gebogene Knochenblättchen in seinem Körper haben sollte. »Ein Detail, das klar machen soll, es handelt sich hier um einen Türken, dem da von dem Vogel ein Auge ausgehackt wird. Seit Ende des 16. Jahrhunderts, als Adolf Freiherr von Schwarzenberg die ungarische Stadt Raab von den Türken befreite, darf die Familie dieses aparte Detail in ihrem Wappen tragen. – Was man aus Knochen nicht alles machen kann, finden Sie nicht auch? Man muß nur auf die Idee kommen. So eine Kapelle wie diese hier finden Sie übrigens auf der ganzen Welt kein zweites Mal mehr.« Der Hofrat streichelte über einen der unzähligen Schenkelknochen, aus denen das Familienwappen zusammengesetzt war. »Diese Liebe zu den Knochen finden Sie nur hier, in diesem Land. Keine Dorfkirche, in der nicht das Fingerknöchelchen irgendeines Heiligen aufbewahrt wird. Sie sehen hier den Beweis, daß man uns jahrhundertelang angelogen hat. Es stimmt überhaupt nicht, daß der Mensch zu Staub zerfällt. Auch die Tiere nicht ... kommen Sie mit!«

Und schon hob der Hofrat wieder ab und flog zu der Kirchentüre hinaus. Mit Lober im Schlepptau. Unter ihnen die

Waldhügel. Mit ihren Fichten- und Tannenwipfeln. Vom Wind sanft hin- und hergewiegt, sahen sie für einen Moment aus wie auf- und absteigende Meereswellen. Dann tauchte in einem Taleinschnitt eine Kleinstadt auf. Lober stürzte ihr regelrecht entgegen. Eben noch hatte er nur ein Häusergewimmel ausmachen können, da sah er mit einem Mal ein einzelnes Haus mit Walmdach auf sich zurasen, gleich würde er an der Mauer zerschellen, da war er sich sicher. Es ist ein Wirtshaus, war noch sein letzter Gedankenblitz, da saß er im nächsten Moment auch schon drinnen, ganz ruhig, ganz unbewegt, als säßen sie da schon immer, er und der Hofrat, jeder hatte ein Glas Rotwein vor sich stehen auf der blanken Holztischplatte.
»Sehen Sie das Haifischgerippe, da an der Wand?«
Lober drehte sich um. Die Knochen des Ungetüms, das eine ganze Zimmerwand einnahm, waren tabakbraun.
»Die sind hier einmal rudelweise herumgeschwommen.«
»Wo sind wir eigentlich?« hörte Lober sich fragen, allerdings mit einer Stimme, die ihm völlig fremd war, so als ob er sich selbst das erste Mal vom Tonband hörte.
»Auf dem Meeresboden der Tethyssee. Nur das Wasser ist nicht mehr da. Seit einiger Zeit … geraumer Zeit, um genau zu sein. Aber das ändert nichts an der Tatsache, daß wir alle miteinander in Wahrheit Meeresbodenbewohner sind.«
Dann schwiegen sie eine lange Weile. Ein Mann kam zu ihnen an den Tisch, ganz offensichtlich der Wirt dieses Lokals. Er servierte ihnen große Silberplatten, reich garniert. Der Hofrat fing gleich wieder mit dem Essen an. Lober sah auf seinen Teller und hatte keinen Hunger mehr. Auf der Platte wanden sich lebende Fische und Krebse. Mitten ins Schmatzen des Hofrats hinein fragte Lober:
»Darf ich Sie etwas fragen?«
»Wenn's sein muß«, sagte der mit vollem Mund.
»Sie waren gar nie glücklich, hab ich recht?«

Der Hofrat kaute eine Weile weiter und sah Lober dabei sehr streng an. Dann schrie er:
»Nein, ich war nie glücklich! Ich habe zwar mir und allen anderen ein Leben lang das Gegenteil einzureden versucht, aber das war alles eine große Lüge. Die einzige, die mich durchschaut hat, ist die Freifrau von Eichendorff. Die hat es mir auf den Kopf zugesagt. Die hat gesagt: Geben Sie doch endlich zu, daß auch Sie unglücklich sind. So wie wir alle. Man kann nämlich gar nicht glücklich sein. Wir sind Krabbengetier, das auf einem Meeresboden herumkriecht. Auf uns drücken 3.000 Meter Meer. Und wissen Sie, was der Boden, über den wir da kriechen, in Wahrheit ist? Die sedimentierten Knochenreste derer, die vor uns gelebt haben. Wissen Sie, was es bedeutet, sich ein Leben lang gegen diese Einsicht zu wehren? Sich dagegen zu stemmen? Schauen Sie mich an, mit der Zeit bin ich ein Panzertier geworden. – Es war unglaublich schwer, durch diesen Panzer hindurchzuschneiden, um bis aufs Blut zu kommen. Es ist mir ja auch nicht gelungen, jedenfalls nicht vollständig. – Aber jetzt lassen Sie mich endlich in Ruhe.«
Der Hofrat nahm eines der Schalentiere und hielt es sich direkt vors Gesicht. Er sah ihm eine Weile zu, wie es mit seinen Zangen hilflos die Luft zwickte. Dann biß er krachend in den Panzer.

9

Die Nacht war vorüber, und die Bacherin fuhr immer noch. Dem heraufdämmernden neuen Tag entgegen.
»Wo sind wir?« fragte Lober, der sich mühsam hochstemmte in seinem Beifahrersitz.

Die Bacherin sah ihn an. Fast etwas mitleidig. »Hier haben die Ortschaften keine Namen mehr«, sagte sie. »Jedenfalls keine aussprechbaren … für uns aussprechbaren. Man muß sich anders behelfen. Sag einfach: Das vorhin war die Stadt mit der Knochenkapelle …«

»Ja, aber ich dachte, ich hätte alles nur …«

»Denk nicht, schau nur! Das hier ist die Straße, die mitten durch die Bäume führt. Da oben kommt jetzt gleich die Kuppe mit dem geköpften Heiligen.«

»Wie?«

»Ja, da gibt es diese Sandsteinfigur, der, seit ich sie kenne, der Kopf fehlt. Abgeschlagen. Man könnte aber auch sagen: Kuppe, wo nicht einmal der Regen hinfallen mag.«

»Warum das?«

»Die ist so umbraust, wenn es stürmt, diese Kuppe, ich hab es schon erlebt, da schaut selbst der Regen, daß er sich schleunigst davonmacht. Waagrecht flieht der dann, um bloß nicht auf diese gottverlassene Stelle niederprasseln zu müssen. – Vor einer Stunde übrigens sind wir durchs Tal der Haifische gefahren.«

»Ich weiß. Und als nächstes?«

»… kommen wir in die Stadt mit dem Irren.«

»Wie bitte?«

»Ja, so sagen alle: Stadt mit dem Irren. Mittlerweile weltberühmt.«

»Die Stadt?«

»Nein, der Irre. Seine Bilder hängen in den angesagtesten Galerien in Soho Manhattan, in London, im Kunsthaus in Zürich.«

»Er ist Maler?«

»Nein, Fotograf. Wobei manche nicht einmal das gelten lassen würden. Die würden sagen: Einfach nur ein Spinner. Mitunter sogar ein gemeingefährlicher.«

»Warum das denn?«
»Weil er auch schon mal mit der Axt auf Besucher losgeht. Er kann es eben nicht leiden, wenn man ihm mit dummen Fragen kommt. Frag ihn besser gar nichts. Bring ihm eine Flasche Schnaps mit, das freut ihn.«
»Wollen wir wirklich vorbeischauen, bei diesem Irren?«
»Mach dir keine Sorgen. Mich kennt er ja schon. Er hat mich sogar schon fotografiert. Ich weiß nicht einmal, wo und wann. Er hat mir nur später die Abzüge gezeigt.«
»Ach!«
»Ja, er fotografiert nur Frauen. Und zwar heimlich. Er schießt sie ab. Aber so sanft und unbemerkt, daß sie es nicht einmal merken. Er hat sich für seinen Gürtel einen Halfter gebastelt. Da steckt sie drin, seine Kamera. Wie eine Pistole.« Die Bacherin lachte. »Insofern man das überhaupt Kamera nennen mag. Er versteckt sie unter seinem Pullover, zieht sie, in einem unbemerkten Augenblick, hervor wie einen Revolver, und drückt ab, auf Hüfthöhe wohlgemerkt.«
»Ohne durch den Sucher zu schauen?« fragte Lober.
»Sucher!« lachte die Bacherin. »Warte, bis du seine Kamera siehst. Da kannst du dann suchen nach einem Sucher. Und sein Pullover erst! Der berühmte Pullover von Bohuš! Eine Ikone mittlerweile.«
»Bohuš?«
»Eigentlich heißt er Bohumil. Gottlieb. Was für ein reizender Name: Bohuš … Gottliebchen! Wart nur, bis du ihn siehst! Paß auf, gleich öffnet uns Gottvater höchstpersönlich!«

Die Bacherin hatte dreimal heftig gegen die Holztüre geklopft, von der die Farbe herunterblätterte. Klingel gab es keine. Während sie die näherkommenden schlurfenden Schritte hörten, hatte sie noch schnell zu Lober hinübergeflüstert: »Zwölftausend Euro kostet mittlerweile auf dem Kunstmarkt ein einziges Foto von ihm.« Sie sah an der Fassade des Plattenbaus empor. »Er aber lebt noch immer so und will es auch gar nicht anders.«

Was die Bacherin mit »so« meinte, war Lober schlagartig klar, als die Türe aufging. Wenn der da vor ihnen tatsächlich Gottvater war, wofür immerhin das schulterlange schlohweiße Haar und der mächtige, bis auf die Brust herunterreichende Vollbart sprachen, dann mußte man sagen: Es hatte sich verdammt lange niemand mehr um ihn gekümmert. Vielleicht hatte sich einfach noch nicht herumgesprochen, wo Gottvater neuerdings wohnte, nämlich in einem ganz gewöhnlichen Plattenbau am Rande dieser unspektakulären, namenlosen Kleinstadt, die in einem tiefen Taleinschnitt ringsherum bewaldeter Hügel lag. Im Haifischtal (vielleicht hieß es ja wirklich so).

Gottvaters Zustand verwahrlost zu nennen, wäre eine schönfärberische Untertreibung gewesen. Was er anhatte, mußte wohl der weltberühmte Bohuš'sche Pullover sein, hätte aber auch genauso gut als Kettenhemd durchgehen können. Es gab kaum eine Stelle an dem teerfarbenen Textil, das nicht geflickt war … und zwar geflickt mit einem dünnen rostigen Draht. Nicht nur vom Aussehen her mußte man annehmen, es handelte sich bei diesem Kunstwerk um ein *ready made* von der Städtischen Müllkippe, vor allem auch der Geruch war ein zweifelsfreies Indiz. Doch das war ja erst der Anfang. Gottvater hatte auf die Bacherin geschaut und sie anscheinend sofort erkannt (die Flasche Selbstgebrannten, die sie aus dem Steinbruch mitgenommen hatte und ihm jetzt wortlos als Gastgeschenk entgegenhielt, mochte wesentlich zu dem Wiedererkennen beigetragen haben). Er winkte sie sogleich herein, und weil sie's war, die Bacherin, akzeptierte er anscheinend auch deren Anhang, jedenfalls fragte er nicht weiters, wen sie da mit anschleppe.

Das erste, was beide wahrnahmen, als sie im Zimmer standen, war ein schneidender Gestank, dessen bestimmende Grundnote unleugbar Uringeruch war. Sehen konnten sie erst einmal gar nichts, denn das Zimmer war fast gänzlich abgedunkelt. Was diese Verdunkelung hervorrief, war unentscheidbar: Waren es die bis unter die Decke reichenden Stapel von was auch immer (erst als sich Lobers Augen gewöhnt hatten, sah er, es waren lauter Fotoabzüge, hunderte, tausende Fotoabzüge, zum Teil hinter Passepartouts geklebt), waren es irgendwelche schweren Vorhänge oder waren diese Vorhänge in Wahrheit blaue Farbe, die einfach auf die Glasscheiben der Fenster gestrichen worden war? Ja, so war es wohl. Und noch etwas gab die Düsternis langsam preis: daß nämlich Bohuš nicht allein war. Da saß jemand auf einem Stuhl. Und nahe bei der Tür stand noch eine zweite Person, die Arme vor der Brust verschränkt, ganz wie ein Bodyguard. Auch trug der Kerl, relativ unpassend für diese düstere Höhle, eine Sonnenbrille. Der auf den Stuhl saß, stand auf, trat Lober und der Bacherin entgegen.

»Ah ja, wie schön, Kundschaft für den Meister, habe ich recht?« säuselte er, ganz so als sei er ein besonders ungeschickt agierender Schuhverkäufer. Die Bacherin würdigte ihn keines Blickes. Sie sah zu Bohuš hinüber und sagte: »He Bohuš, was beherbergst du denn neuerdings für Vögel in deinem ach so trauten Heim?«

Sie wurde über diese Frage umgehend aufgeklärt. Und zwar durch den Vogel selber. Der pickte schnabelspitz in die Innentasche seinen Sakkos und zog eine Visitenkarte heraus. Mit Mühe und nur weil sie näher an das blau gestrichene Fenster herantrat, konnte die Bacherin entziffern, was auf dem Kärtchen stand:

Michal Mucha Erster Bürgermeister der Stadt Hlavanice
Präsident der Bohumil-Černy-Stiftung Galerie Mucha & Muchová

»Was soll das bedeuten?«
Jetzt sah sie ihn das erste Mal direkt an, diesen Komiker.
»Ganz einfach: Daß ich ab sofort die künstlerischen Interessen des Herrn Černy vertrete. Er hat mir eine Generalvollmacht ausgestellt. Ich bin sein ... wenn Sie so wollen ... Galerist und Agent.«
»Und nebenbei noch Bürgermeister.«
»Wir sind lediglich eine kleine Gemeinde. Klein, aber aufstrebend.«
Die Bacherin sah zu Bohuš hinüber. So als ob sie von ihm erwartete, daß er das Ganze für einen blöden Scherz erklärte.
»Könnt ihr mich nicht einfach in Ruhe lassen«, knurrte der. »Ich hab es euch schon wie oft gesagt: Ich kann überhaupt nicht verstehen, was ihr mit dem ganzen Dreck wollt. Ich hab das für mich gemacht. Das muß niemand anschauen.«
»Klar, Bohuš, wissen wir doch«, sagte Mucha und es hörte sich an, als würde er einen sechsjährigen Trotzkopf ruhigstellen wollen. Viel wichtiger war ihm anscheinend, den Mann an der Tür vorzustellen. Bildete sich Lober das nur ein, oder wurde Muchas Stimme tatsächlich eine Spur eisiger ... bedrohlicher auch. »Das ist ein Mitarbeiter von mir, Herr Lánský. – Lánský, sag den Herrschaften ›Guten Tag!‹«
Der Kerl tat nur eines: er unterbrach für zwei Sekunden sein Kaugummi-Gekaue, fletschte kurz die Zähne, man konnte sich sehr unsicher sein, ob das ein Lächeln gewesen sein sollte, und machte dann wieder weiter mit seinem starren Blick, der haarscharf über die Köpfe der anderen hinweg ins Leere zielte.
»Ich nehme an«, Mucha nahm jetzt wieder sein Schuhverkäufergesäusel an, »Sie sind gekommen, weil Sie sich für die Arbeiten von Herrn Černy interessieren. Ab sofort werden Verkäufe nur noch über meine Galerie abgewickelt.«
»Passen Sie mal auf, Sie und Ihr Gorilla«, die Bacherin trat diesem Mucha einen Schritt näher, so daß ihr Gesicht dicht

vor seinem war, »Bohuš und ich, wir kennen uns seit zwanzig Jahren, was haben Sie vor zwanzig Jahren gemacht? Ich jedenfalls hab ihn damals in der Psychiatrie besucht, da haben sie ihn nämlich fast jedes Jahr hineingesteckt, vorzugsweise die Tage vor und nach dem ersten Mai, da mußte nämlich einer wie er von der Straße weg sein, für die Kommunisten war er der Dorfdepp, der Irre, mehr nicht, also, was erzählen Sie mir da von Verkäufen, Galerie und Abwickeln, ich glaub, wir verstehen uns nicht richtig!«
Mucha machte einen Schritt zurück.
»Wenn Sie vielleicht die Güte hätten, sich vorzustellen …«
»Ich bin die Bacherin!«
Lober bewunderte, wie sie das sagte. Und gleichzeitig amüsierte es ihn, wie dieser Mucha noch einen Schritt zurückwich und dabei gegen den niedrigen Tisch stieß. Es war nämlich außerordentlich eng in dem Zimmer, in dem außer den Stapeln von Fotoabzügen noch ein Bett stand, ein Tisch und ein Stuhl sowie ein Sessel, in den sich längst schon wieder Bohuš hineinfallen hatte lassen. Er hielt eine Flasche Bier in der Hand, trank daraus, rauchte. Die Glut der Zigarette leuchtete in der Düsternis des Zimmers hell auf, als er daran zog. Danach drückte er sie auf der Tischplatte aus. Für einen Moment roch es nach angekokeltem Holz. Er nahm einen der danebenliegenden Fotoabzüge, bog ihn leicht zu einer Art Kehrschaufel und schob damit Asche und Zigarettenstummel hinunter auf den Fußboden.
»Und … wenn man fragen darf …«, versuchte Mucha das Gespräch fortzuführen.
»Bildhauerin! – Granitstelen. Unter anderem mache ich Granitstelen.«
»Ach, das ist ja interessant. Und der Herr ist dann folglich Ihr …«
Die Bacherin schaute zu Lober hinüber. Lachte kurz auf, weil sie Muchas Gedankengang erriet.

»Der? Der begleitet mich nur.«
»Ach! Ich dachte schon … «
»Nein, er ist nicht mein Agent.«
»Nicht! Interessant! Hochinteressant.«
Jetzt langte der Witzbold ein zweites Mal in die Innentasche seines Sakkos. Er hielt die Visitenkarte schon in der Hand, wollte sie eben der Bacherin entgegenstrecken, da bemerkte er: »Ach … hab ich ja schon! Wollte nur sagen … falls Sie mal eine Vertretung hier im Osten … meine Frau und ich, wir betreiben seit neuestem eine Galerie. Bisher vorwiegend Maler … aber auch … Miroslav zum Beispiel, kennen Sie den … Car-Designer …«
»Wie bitte?«
»Ja, eigentlich kennt den hier jeder! Er bespravt Autokarosserien … Drachen … auf ihren Hinterläufen aufsteigende Mustange … auch Weibliches für die Kühlerhaube … aber, was ich sagen wollte: Warum nicht auch einmal einen bildenden Künstler … Künstlerin, pardon! – Was stellen sie dar, Ihre … Ihre … wie haben Sie es genannt?«
»Stelen! Sie machen das noch nicht lange, das mit der Galerie? «
»Es hat sich ein neues Betätigungsfeld ergeben. Seit wir das herrliche, neu renovierte Schloß bei uns in Hlavanice haben!«
»Wo liegt das eigentlich, Hlavanice?«
»Mehr im Westen, direkt an der Grenze. Aber als künstlerische Agentur agieren wir selbstverständlich … man kann sagen im gesamten Osten, hab ich recht Lánský?«
Der Gorilla grinste herüber. Jetzt grinste er wirklich. Er meinte ja auch seinen Chef.
»Netter junger Mann, Ihr Mitarbeiter«, sagte die Bacherin mit unverhohlenem Spott. Nur Mucha hörte ihn anscheinend nicht heraus. Er sagte: »Ja, gute Fachkraft, hervorra-

gende Fachkraft. Wissen Sie, schon sein Vater war in derselben Richtung tätig.«

»Ach ja, vererbt sich so was?«

Mucha überhörte die Ironie. Beflissen meinte er: »Auch der Vater schon im Wach- und Schließdienst … sozusagen.«

»Und diese Bohumil-Černy-Stiftung?« wechselte die Bacherin das Thema.

»Auch neu ins Leben gerufen.«

»Mit Sitz in …?«

»Hlavanice, natürlich! Sie müssen einmal in unseren Ort kommen. Wir haben da dieses Schloß, wissen Sie. Es war fast schon vollständig zur Ruine verfallen. Bis sich ein selbstloser Geldgeber aus dem Westen gefunden hat … überraschenderweise … jetzt jedenfalls steht es unter Denkmalschutz. Und dort haben wir die Bohumil-Černy-Stiftung untergebracht. Der Großteil seines …«, er zögerte einen Moment, »… seines Œuvres lagert dort bereits, hab ich recht, Bohuš?, und wird von mir und meiner Frau betreut. Mittlerweile kommen die Anfragen ja aus der ganzen Welt. Museen, Sammler … Der Meister aber ziert sich nach wie vor … wie es halt so seine Art ist. Dabei: Er müßte nur einmal seine Höhle hier verlassen … um mit mir nach London zu reisen … was meinen Sie, wie lange ich schon an ihn hinrede, er solle sich endlich einmal in New York sehen lassen … durchaus so wie er da sitzt in New York sehen lassen, er könnte ganz in dem Aufzug bleiben, in dem er da sitzt … nein, eigentlich wäre das unbedingt von Vorteil, wenn er so bliebe … dieser Pullover zum Beispiel, Sie ahnen ja nicht, verehrte Frau Bacher, wie oft in den letzten Monaten dieser Pullover schon beschrieben worden ist, der Pullover und die Kamera, in Artikeln der gesamten internationalen Presse, keiner hat diesen Pullover ausgelassen … Homestorys wurden ja schon genügend geschrieben über unseren Meister … ich meine, hier bei ihm sind sie ja alle schon gewesen, die Reporter vom New York Times Literary Supplement, von Le Monde und El País. Jetzt wäre es halt wichtig, daß er sich auch einmal sehen läßt, in Soho und in Zürich.«

Černy nahm einen ganzen Packen Abzüge von einem der Stapel. Er streckte sie Mucha hin. Der nahm sie schließlich, fast etwas widerwillig, so als ob er wüßte, was jetzt kommen würde. Bohuš schrie: »Auf den Boden! Schmeiß es auf den Boden. In den Dreck damit! Ich versteh nicht, was die bloß alle wollen mit dem Zeug!« Er schlug Mucha den Packen aus den Händen. »Erstens bin ich überhaupt nie Fotograf gewesen und zweitens hab ich längstens damit aufgehört. Ich bin Tizian in Pension, Rembrandt in Rente, was wollt ihr eigentlich von mir?«

Mucha schien dieser Auftritt nicht sonderlich zu überraschen. Er machte einfach weiter. Redete an die Bacherin hin: »Wenn ich das recht verstanden habe, vorhin, dann sagten Sie, Sie hätten einen besonders guten Draht zu unserem Meister, Sie kennen ihn schon lange. Meinen Sie nicht, daß wenn Sie es vielleicht einmal versuchen, mit ihm zu reden …«

Mittlerweile hatte sich Lober auf den noch freien Stuhl zu Bohuš an den Tisch gesetzt. Er starrte ihn an, als ob er ein solches Schauspiel noch nie erlebt hätte. Bohuš bemerkte das, aus den Augenwinkeln heraus. Er drehte sich zu Lober hin.

»Ich hab aufgehört. Ich mach keine Fotos mehr. Schon seit Jahren. Willst du meine Kamera? Ich schenk sie dir.« Er griff hinter sich, wühlte etwas in dem dort aufgehäuften … Müll, wie es Lober schien, Essensreste, Pappkartons, Blechbüchsen, und fand schließlich, was er suchte: seine selbstgebaute Kamera. Er drückte sie Lober, dem das unangenehm war, einfach in die Hände. Lober sah sich das Ding genauer an.

Das Objektiv bestand aus zwei ineinandergeschobenen leeren Klopapierrollen, die vordere trug als Abschluß ein aus seinem Gestell herausmontiertes Brillenglas, die Teile waren mit Leukoplast auf eine bestimmte Stellung fixiert. Das Gehäuse selbst war aus Karton und einer Konservenbüchse gebaut, etwaige Ritzen waren mit Teer verschmiert, an den Seiten als Griff hatte die Kamera je eine leere Zwirnspule. Wie und wo man hier einen Film einlegte, blieb Lober rätselhaft.

Mucha mußte etwas aufgeschnappt haben. Er hielt plötzlich in seinem an die Bacherin gerichteten Redestrom inne, beugte sich zu Lober herunter und sagte: »Nehmen Sie es … um Gottes willen, nehmen Sie es bloß an«, flüsterte er. »Ein zweites Mal macht er bestimmt kein solches Angebot mehr. Und diese Kamera da … die ist ein … ein Fetisch in der internationalen Kunstwelt!«

»Jetzt nimm schon«, brummte Bohuš noch einmal, »und dann laßt ihr mich aber, verflucht nochmal, endlich in Ruhe.« Er langte nach seiner Bierflasche.

»Danke«, stotterte Lober und sah zur Bacherin, ob auch sie damit einverstanden war, daß er dieses Geschenk annahm. Sie zuckte mit den Achseln.

»Leer!«

Bohuš hatte seine Bierflasche umgedreht. Zwei, drei Tropfen waren alles, was sie noch hergab.

»Das war meine letzte.«

Bohuš stand auf, griff Lober unter den Arm und zog ihn ebenfalls mit. »Wir müssen jetzt einkaufen gehen. Jetzt sofort. Bier und Schnaps! Du zahlst.«

Lober sah hilfesuchend zur Bacherin. Dann stotterte er, »aber ich hab doch keinen einzigen Cent mehr … bei mir …«

So schnell konnte er gar nicht schauen, wie ihm Mucha ein Bündel zerknüllter Scheine in die Hand drückte.

»Gehen Sie. Gehen Sie mit ihm rüber in den Supermarkt. Kaufen Sie ein. Na los, machen Sie schon. Ich unterhalte mich inzwischen etwas mit Ihrer Kollegin. – Mein Gott, warum schenkt er ausgerechnet Ihnen die Kamera, ich glaube, Sie wissen gar nicht, was Sie für ein Glückspilz sind!«
Lober und Bohuš waren kaum zur Tür hinaus, da fuhr die Bacherin Mucha an: »Er hat nicht einmal Geld für seine Flasche Bier!? Was machen Sie eigentlich mit dem ganzen Schotter? Zwölftausend Euro kostet eins seiner Fotos mittlerweile in New York. Meinen Sie, das weiß ich nicht?«
»Ich verwalte alles für ihn. Er ist wie ein Kind. Er kann überhaupt nicht mit Geld umgehen. Ich denke, Sie kennen ihn so gut! Einmal habe ich ihm einen 500er Schein gegeben. Er ist schnurstracks hinüber in den Supermarkt gegangen und hätte alles in Schnaps umgesetzt, wenn ich ihn nicht aufgehalten hätte. Und vor allem, er hätte den ganzen Schnaps auf einen Sitz hinuntergeschüttet. Der läge längst mit einer Alkoholvergiftung in der Gosse, wenn ich nicht etwas auf ihn aufpassen würde. Er ist über achtzig mittlerweile. Wir brauchen ihn noch eine Weile.«
Mucha nahm ein Bild von einem der Stapel. Es war schon hinter ein Passepartout geklebt.
»Schauen Sie hier mal her, da muß eine Fliege mit im Entwicklerbad gewesen sein. Sehen Sie's? Sie klebt noch immer auf dem Foto. – Das macht die Dinger zu Unikaten. Deshalb die zwölf Mille. Er bessert ja auch immer nach. Mit einem Farbstift. – Schauen Sie, wenn ihm die Beine von den Frauen nicht schön genug sind, zieht er sie mit dem Farbstift nach.«
Mucha fing an zu kichern. Es steigerte sich zu einem immer irrer werdenden hysterischen Lachen.
»Meinen Sie, ich weiß nicht selber, daß das ein einziger Müllhaufen hier ist. Der letzte Dreck, absoluter Mist. Aber den

liebt man bei euch im Westen. Komplett dilettantischer Unfug, zusammengeschustert von absoluten Barbaren aus dem Osten. Schauen Sie, er reißt das Fotopapier einfach mit der Hand auf das gewünschte Format zurecht. Er sagt, das ist eh alles unwichtig. Er stinkt so gottserbärmlich, finden Sie nicht auch? Es ist direkt eine Wohltat, wenn er einmal für fünf Minuten aus dem Zimmer verschwunden ist. Ich glaube, er wäscht sich seit dreißig Jahren nicht mehr. Dabei war er einmal ein Frauenheld. Haben sie mir erzählt. Leute, die ihn noch von früher kennen. Er war auf der Kunstakademie. Irgendwann hat er angefangen, den Anzug nicht mehr auszuziehen, den er gerade anhatte. Tag und Nacht nicht mehr. Sagen Sie selbst: Er ist einfach nur noch ein Penner, ein Asozialer, schaut aus wie ein Obdachloser. Und ein Stinktier vor allem! Es ist so ungeheuerlich, wie er stinkt. Ich würde ihn so gerne einmal mitnehmen nach New York und einfach mitten hineinstellen in so eine Vernissage-Gesellschaft! Wissen Sie was, die alle finden das ja nur deshalb so toll, diese osteuropäische Barbarenkunst, weil sie immer nur in ihren Hochglanzzeitschriften davon lesen, wo das Hochglanzpapier schon wie Parfüm duftet. Wenn sie das einmal riechen müßten, was sie da so anhimmeln als ach so unverbrauchte Eingeborenenkultur, die würden augenblicklich zu kotzen anfangen. Die müßten einmal hier in diesem Drecksloch stehen, statt in ihren schicken Galerien, in ihren Lofts und Penthouse-Wohnungen mit dem Sektglas in der Hand vor so einem gerahmten, womöglich alarmgesicherten Černy-Original. Schauen Sie doch nur, alles ist verschimmelt. Auch die ganzen Fotos hier. Millimeterdick der Schimmel und das Fett und der Staub. Wissen Sie, was der macht? Er geht mit seinen Fotos zum Wasserhahn, hält den Mist drunter, wäscht ihn ab, wischt mit dem Ärmel seines Pullovers drüben. Fertig ist die Kunst! So schaut's aus. – Aber was ich Sie eigent-

lich fragen wollte: Wenn Sie ihn schon so gut kennen, unseren Penner, können Sie Ihren Einfluß nicht einmal geltend machen, daß er mit mir mitkommt? Beinahe jede Woche rufen sie mich an, aus London und Madrid, wann er denn jetzt endlich einmal leibhaftig zu sehen sein wird, der Meister aus den Karpaten, andere sagen: der Meister aus den Beskiden, sie wissen ja nicht einmal, wo was liegt, sie haben ja keine Ahnung, sie kennen die Landkarte nicht, sie kennen die Menschen nicht, gar nichts. Das macht es ja im Grunde so einfach: Man kann ihnen jeden Mist verkaufen, sie glauben alles und sind von allem begeistert, wenn es nur aus dem barbarischen Osten kommt, Beskiden oder Karpaten, ist doch scheißegal, verstehen Sie!«
Mucha lachte wieder sein irres Lachen. In dem Moment sprang die Tür auf. Lober stand im Rahmen. Er sah auf die Bacherin.
»Wo haben Sie denn den Meister gelassen?« fragte Mucha.
»Der sitzt drüben in der Grünanlage vor dem Supermarkt. Ich hab ihm einen Kasten Bier dazugestellt.«
»Na, dann ist er ja versorgt. Ich wette, er starrt auf das Klettergerüst des Spielplatzes, das aussieht wie eine Mondrakete, und vor allem auf die Beine der jungen Mütter, die dort mit ihren Kindern spielen, hab ich recht?«
»Ja«, sagte Lober.
»Er ist ja im Grunde so genügsam. Was braucht so ein alter Mann? Sie dürfen das nicht falsch verstehen, Frau Bacher, für mich und meine Frau gibt es nur eines, dem wir uns verpflichtet fühlen: Das ist das Werk von Bohumil Černy. Wir werden alles tun, damit die Welt von diesem Werk erfährt. Alles, was wir durch den Verkauf einzelner Bilder erzielen, fließt zurück in die Stiftung und wird seinerseits dazu eingesetzt, den Namen Černy bekanntzumachen. Nach Abzug einer kleinen Provision, versteht sich ...«

»Jetzt passen Sie mal auf, was ich Ihnen sag«, wollte sich die Bacherin gerade Mucha vorknöpfen, als Lober sie am Arm zog. »Wir müssen jetzt weiter«, sagte er zu ihr, und zwar in einem reichlich verschwörerischen Ton. »Jaja, is schon recht. Ich muß nur noch schnell dem Herrn meine Meinung …«

»Nein, wir müssen jetzt gleich weiter!« machte es Lober dringlich. Die Bacherin verstand es immer noch nicht. Lober sah ihr in die Augen. »Wenn man fortwandert, ändert sich alles und bleibt doch dasselbe.« Die Bacherin stockte für einen Moment. Sah Lober an und lächelte. Drehte sich abrupt zu Mucha herum und sagte: »Ich wünsche Ihnen und Ihrem Gorilla noch einen schönen Tag.«

Sie stürmten zur Wohnung hinaus. Mucha rief noch irgendwas hinterher vonwegen »jetzt warten Sie doch, wir haben doch noch gar nicht über Ihre Möglichkeiten gesprochen … ich meine … vielleicht sind ja diese Granitstangen, diese Stellen, die Sie da machen … in Moskau gibt es neuerdings finanzkräftige Sammler«, aber Genaueres war schon nicht mehr zu verstehen. Unten auf der Straße drehte sich Lober noch einmal um, ob die beiden ihnen folgten. Noch waren sie nicht zu sehen.

»Mach schnell«, sagte er zur Bacherin. Die stieg in den Benz ein, ließ den Wagen an und schaute, daß sie davonkam aus diesem scheußlichen Plattenbauviertel. Sie bog einmal links ab, einmal rechts und dann hörte sie eine Art Grunzen von der Rückbank her. Sie sah in den Rückspiegel. Ächzend und keuchend richtete sich Bohuš auf. Er hatte sich die ganze Zeit nach unten geduckt.

»Prost Kumpanen!« Er hielt die Bierflasche hoch und grinste. Man sah, daß er nur noch zwei Eckhauer im Unterkiefer hatte, ansonsten aber zahnlos war.

»Er hat gemeint«, sagte Lober, »er hält diesen Schwätzer nicht mehr aus. Der geht ihm nicht mehr von der Pelle. Sogar das

Bier wird schon sauer in der Gegenwart von diesem Mucha. Entweder wir bringen ihn von hier weg«, Lober drehte sich kurz zur Rückbank um, wie um sich einen bestätigenden Blick abzuholen, daß er das auch richtig wiedergebe, »oder er nimmt eine Axt und haut ihm den Schädel ein. Was irgendwie auch nicht schön wäre, oder?«

Die Bacherin mußte lachen. Und schüttelte den Kopf. »Nein, nicht schön!«

»Also gut. Dann sind wir ab jetzt so eine Art GSG neun«, sagte Lober und ruckelte sich in seinem Beifahrersitz in eine etwas straffere Haltung zurecht.

»Wieso das denn?«

»Na … gelungene Geiselbefreiung!«

»Ja, du Held«, sagte die Bacherin. Und gab Gas.

10

Ob es am Benz lag, an seinem ruhigen gleichmäßigen Dahingleiten über den Straßenasphalt, daß Lober sich schon wieder so schläfrig fühlte? Er nickte ein, wachte auf, nickte wieder ein. Das nächste Mal, als er hochschrak, war es draußen dunkel.

Die Bacherin schaute unverändert auf die Straße, die vor ihr lag … oder vielmehr, die ihnen entgegenkam, entgegenfloß aus der Dunkelheit heraus. Lober drehte sich nach hinten, um nachzuschauen, was mit ihrem Mitfahrer auf der Rückbank war. Der saß aufrecht in der Mitte, so daß er genau zwischen Lober und der Bacherin hindurchschauen konnte. Auch er starrte wie hypnotisiert auf den unter dem Benz hinwegströmenden Asphalt. Auf das Knie aufgestützt hielt er fest umklammert seine Bierflasche. In regelmäßigen Abständen trank er einen kleinen Schluck davon. Seinen Blick veränderte er dabei um keinen Millimeter. Lober drehte sich wieder nach vorne. Sah eine Weile in die Dunkelheit, die lediglich von den Scheinwerfern des Benz wenige Meter ausgeleuchtet war, dahinter war es stockfinster. Keine Straßenbeleuchtung, keine hellen Fenster irgendwo da draußen, nicht einmal Sterne blinkten. Und doch fühlte sich Lober ganz und gar geborgen, mit Bohuš im Rücken und der Bacherin neben sich. Er fiel erneut in Schlaf.

Als er wieder aufwachte, war es hell. Die Straße hatte keinen Seiten- und keine Mittelstreifen mehr. Die Gegenfahrbahn war durch einen ungefähr vier Meter breiten Grasstreifen von der Spur, auf der sie fuhren, getrennt. Manchmal sah man dort angepflockte Kühe oder Ziegen weiden.

»Wie weit ist es jetzt eigentlich noch?« fragte Lober, als sie wieder an einem dieser für ihn rein unverständlichen Straßenschilder vorbeirauschten, ein fremdes Alphabet höhnte ihn an, *gibs auf, du verstehst uns ja doch nicht*, lediglich Zahlenkombinationen konnte er entziffern und vermuten, daß sie wohl Entfernungen anzeigten, allerdings gemessen in was?, in Kilometern?, oder doch eher Tagen? … Wochen? »Wie lange noch, Bacherin?« fragte er ein zweites Mal, ungeduldiger.

Sie zuckte mit den Achseln. Sah zu ihm herüber, grinste. »Warum so ungeduldig? – Wartet etwa jemand auf dich … daheim?«

»Gibt kein Daheim«, sagte Lober, fast etwas trotzig. Trotzdem: Die Bacherin hatte ihn an etwas erinnert. Eher unangenehm erinnert. Er tastete nach seinem Handy, zog es schließlich unter dem grünen Pullover aus der Brusttasche des Hemdes hervor. Es war ausgeschaltet. Schon seit Tagen. Er gab die PIN ein.

»Wartest auf Nachricht, wie?« fragte sie.

»Und du?«
»Wie ich?«
»Du hast gar niemand, der sich wundert, wenn du einfach mal so verschwindest, für Tage … Wochen?«
»Nein.«
»Der dich suchen würde?«
»Hier? – Hier brauchst du gar nicht erst anzufangen zu suchen. – Das ist ein Land zum Verlieren … zum Verschwinden. Was hier schon alles verschwunden ist.« Sie blinzelte kurz auf das Display seines Handys hinüber. »Kein Netz, wie? Das hätte ich dir gleich sagen können, daß es hier kein Netz gibt.«
»Mist!« sagte Lober. Und schüttelte das Handy, als ob das irgendetwas ändern würde.
»Und sie?« fragte die Bacherin weiter.
»Wer?«
»Würd sie dich suchen?«
Lober schwieg eine Weile. *Die fragt dich grad aus, merkst du das gar nicht*, sagte die argwöhnische Stimme in ihm. Und, darf sie das etwa nicht?, entgegnete Lober. *Dann erzähl ihr ruhig alles, du Naivling*, kam als Antwort. Was Lober auch prompt tat. Er sagte zur Bacherin: »Die und mich suchen, ha! Die vergnügt sich mit 'nem anderen in der Toskana.« Ob es tatsächlich schon so weit war? Ob sie nachgegeben hatte? *Wem denn, was denn nachgegeben?*, stachelte die argwöhnische Stimme. Na, dem halt, von dem sie immer gesagt hatte, »jetzt hat er mich schon wieder eingeladen, aber ich geb *dem* nicht nach«. Sicher hatte sie versucht, ihm noch einmal eine SMS zu schikken. Lober schaute noch einmal aufs Display. Warum nur gab es hier kein Netz, in dieser gottverlassenen Gegend?
»Machst du doch auch!«
Die Stimme der Bacherin riß Lober aus seiner Grübelei.
»Wie, was?«

»Na, du vergnügst dich doch auch … mit 'ner anderen … nicht grad in der Toskana … aber hier ist es doch auch ganz nett.«
Lober sah zum Fenster seiner Beifahrerseite hinaus. Dörfer huschten an ihnen vorbei. Am Straßenrand saßen alte Frauen in schwarzen bodenlangen Kleidern und mit schwarzen Kopftüchern. Über zwei Weidenkörbe hatten sie ein Brett gelegt. Darauf lagen ein paar verschrumpelte Äpfel oder auf einem Taschentuch ausgebreitet ein paar Pilze. Manchmal auch Wassermelonen.
»Hast recht«, sagte er. Er steckte das Handy zurück unter den grünen Pullover. Ließ es aber eingeschaltet.
»Er ist Weinstöpselfabrikant. Lustig, wie?«
»Wer?«
»Na, ihr Werner. Ich wünsch ihr ja, daß sie glücklich wird mit ihm. Wahrscheinlich bin ich eh nicht der Richtige für sie.«
»Verstehe«, sagte die Bacherin. Nur mal so.
»Sie ist ja ein Engel, den ich eigentlich gar nicht verdient habe. Wirklich ein Engel. – Naja, mit ein paar Marotten, aber wer hat die nicht? Sogar Engel haben Marotten, wußtest du das?« Lober sah hinüber zur Bacherin. Die grinste. »Zum Beispiel steckt sie mir dauernd Sachen zu, die ich gar nicht gebrauchen kann. Und das alles nur, damit ich nicht vergesse, mich endlich zu entscheiden.«
»Wie?«
»Ja, ob wir jetzt zusammenziehen sollen oder nicht. Aber ich kann mich nun mal so schlecht entscheiden.«
»Mußt du ja nicht. Ich mein hier bei mir … mußt du dich nicht entscheiden. Du kannst jederzeit sagen, halt an, und ich halt an und du kannst aussteigen.« Sie grinste. Ungefähr so wie Dracula, kurz nach zwölf Uhr Mitternacht.
»Wie nett von dir. – Nein, wahrscheinlich passen wir gar nicht zusammen.«

»Wir?« fragte die Bacherin gespielt entsetzt.
»Nein, Franzka und ich.«
»Franzka? Seltsamer Name. Klingt so osteuropäisch.«
»Findest du? Eigentlich heißt sie Franziska. Früher haben immer alle Fanny zu ihr gesagt. Das hat ihr überhaupt nicht gefallen. Hab ich sie halt Franzka genannt. Sie mag dieses Burschikose. Obwohl sie es überhaupt nicht ist. Vielleicht gerade deshalb. – Ihr Vater ist Arzt. Stationsarzt in Starnberg am Krankenhaus. Mein Vater war Arbeiter. Alles, zu was er es gebracht hat, war sein kleines Häusl. Nicht einmal unterkellert. Wir hatten ein Alpinium aus Tuffsteinen. Das war sein ganzer Stolz. Ihre Eltern haben einen Swimmingpool im Garten. Ich sag ja, ich wünsch ihr alles Gute mit ihrem Werner. Weinstöpselfabrikant. Paßt doch auch irgendwie viel besser. Da können sich beim Sonntagnachmittagskaffee der Schwiegervater und der Schwiegersohn herrlich unterhalten: Der eine erzählt von seinen Blinddarmoperationen, der andere von seiner neuen Weinstöpselfertigungsstraße. Und die Toskana lieben sie ja auch alle. Da können sie sich dann stundenlang über Balsamicoessig unterhalten. Ich meine, das ist doch herrlich, oder nicht! – Und dann werden sie natürlich auch Kinder haben … und die werden wieder Weinstöpsel fabrizieren … weil sie sind ja die Kinder vom Weinstöpselfabrikanten … die Kinder, die sie mit dem Weinstöpselfabrikanten haben wird!«
»He, was ist denn mit dir los?« Die Bacherin sah zu Lober hinüber.
»Ich kann's nur immer wieder sagen: Ich wünsch ihr alles Gute … der Werner ist wahrscheinlich die Partie ihres Lebens …«
Die Bacherin sah, wie ihm Tränen über die Wangen liefen.
»Soll sie ihn doch heiraten … sie wird die Frau meiner Ideen bleiben, trotzdem … verstehst du, Bacherin … oder wie

würdest du das nennen? … ich weiß nicht, wie ich da jetzt sagen soll … ich wünsch ihr alles, alles Gute … und dabei haben doch Weinstöpsel überhaupt keine Zukunft … weiß sie das denn nicht? … die Zukunft gehört dem Drehverschluß … verstehst du, Bacherin?«
Jetzt heulte er. Still zwar, aber richtig feucht. Sie sah ihn entgeistert an. Und von hinten, von der Rückbank her, legte sich ganz sacht eine ungeheure Hand auf Lobers Schulter, schwarz behaart, und drückte ihn sanft. Lober drehte sich um. Bohuš kniff die Lippen zusammen und nickte. Wenigstens der verstand.

11

Dann, eine Zeit später (die Tränen waren getrocknet), hielten sie in einem Dorf. Die Bacherin ging in ein Haus, von dem man nicht genau wußte, ob es ein Ladengeschäft oder ein kleines Café war. Lober beobachtete Bohuš im Rückspiegel. Absolut unverändert saß er da, seit Tagen, wie es schien, in der immerselben Haltung. Hätte er nicht kurz gegrinst und Lobers Blick im Rückspiegel erwidert, man hätte genauso gut annehmen können, er sei in der Zwischenzeit versteinert. Nur das eine Mal hatte er sich vorgebeugt, um Lober die Schulter zu drücken.
Ein alter Mann kam auf den Benz zu. Er stellte sich nahe an die Beifahrertür, beschirmte mit der Hand seine Augen und linste ins Wageninnere. Lober kurbelte das Fenster herunter. Der Mann sprach ihn an. Lober verstand kein Wort, ja er hätte nicht einmal sagen können, um welche Sprache es sich handelt. Vielleicht lag es aber auch an der undeutlichen Aussprache des Alten, seinem zahnlosen Gemümmel. Bohuš je-

denfalls schien ihn zu verstehen. Es folgte ein kurzer Wortwechsel zwischen den beiden, in dessen Verlauf Lober mehrmals das Wort *Nimci* zu verstehen glaubte.
Dann stieg Bohuš aus dem Wagen aus.
»Komm mit«, sagte er zu Lober. »Wir sind eingeladen.«
»Von wem?« fragte Lober, »und warum?«
»Du stellst vielleicht Fragen! Paß auf, ich erklär dir jetzt eins, und das beste ist, du merkst es dir ein für allemal: Zwei Dinge gehen bei uns nicht: Zu einer Einladung Nein sagen und …«
»Ja, und?«
»… aufstehen, bevor die letzte Flasche leer ist.«
Lober schwante Fürchterliches. Genau wußte er auch nicht warum, aber vorsichtshalber nahm er, bevor er ausstieg, zwei Dinge mit: sein Geschenk von vorhin, Bohuš' Kamera, und das Buch. Sein Buch, das letzte, was ihm geblieben war seit seinem Aufbruch vorm Gasthaus *Zum Weltende*. Wann war das gewesen? – Es kam ihm vor, als seien Jahre seitdem vergangen.
»Und die Bacherin?« fragte Lober besorgt.
»Die findet uns schon. Die hat noch immer alles gefunden.«
Der Alte führte sie zu einer riedgedeckten Hütte. Von der Dachrinne hingen Zöpfe zusammengeflochtener Kukuruzkolben zum Trocknen. An die Hütte angelehnt waren zwei Holzverschläge, die im Karree einen kleinen Innenhof umgrenzten, in dessen Mitte ein Mirabellenbaum stand. Die Zweige neigten sich bis zur Erde hinunter, so sehr waren sie mit prallen, reifen Früchten behängt. Man roch förmlich den Mirabellenbrand, der schon bald aus ihnen gemacht werden würde. Eine Handvoll Hühner stakste herum und pickte unablässig nach imaginären Körnern. Hier war nämlich nichts, außer einem festgestampften, an manchen Stellen von der Trockenheit schon rissigen Lehmboden. Doch!, ein Hofhund

noch, den Lober aber auch nur deshalb bemerkte, weil der kurz seinen Kopf hob, sonst wäre er mit seinem staubigen, lehmfarbenen Fell ununterscheidbar gewesen von der Erde, auf der er lag.
Nachdem sie durch die offenstehende Türe in die Hütte getreten waren, mußte Lober in geduckter Haltung stehen bleiben, so niedrig war die Decke. Die Wände waren mit Teppichen behängt, einen davon sah sich Lober genauer an, irgendwelche Reiterhorden galoppierten darauf im Sturm von rechts nach links durchs Bild, Säbel über den Köpfen schwingend. Setzen durften sie sich nicht, zumindest nicht sofort, denn ihr Gastgeber hatte anderes vor mit dem Sofa, dem einzigen Sitzmöbel im Zimmer. Er klappte es auf. Unter den Sitzpolstern war ein Kasten verborgen und in dem lagen fein säuberlich aufgereiht ein Dutzend in Zeitungspapier eingewickelte Pakete.
»Er freut sich so sehr, daß er mal wieder einen Deutschen sieht«, klärte Bohuš Lober auf. Währenddessen nahm der Alte eines der Päckchen, das offensichtlich zu einer Art gut verwahrten eisernen Ration gehörte, aus dem Kasten heraus und wickelte das Zeitungspapier davon ab. Zum Vorschein kam eine Schnapsflasche. Im Türrahmen zum Nebenzimmer tauchte jetzt eine Frau auf, die überschüttete die Fremdlinge in ihrer Hütte mit einem für Lober rein unverständlichen Redeschwall. So weit er aus dem Tonfall schließen konnte, war das, was sie zu sagen hatte, nicht allzu freundlich. Lober war sich nicht einmal sicher, an wen diese Rede gerichtet war, ob an sie, die Eindringlinge, oder vielleicht doch an den Alten, der offensichtlich der Ehemann war. Vielleicht war es die alte, kulturenübergreifende Klage aller Ehefrauen, die überall angestimmt wird, wo Ehemänner am hellichten Tag mit einer Schnapsflasche in der Hand überrascht werden. Und noch dazu mit zwei wildfremden Männern im

Gefolge, die sich, das war ja abzusehen, in kürzester Zeit zu den besten Saufkumpanen des Ehemannes verwandeln würden. Der Alte bellte jedenfalls irgendetwas in Richtung der Frau, die daraufhin zwar nicht aufhörte zu grollen, den Groll aber immerhin auf die Lautstärke und die Intensität eines Selbstgemurmels herunterschraubte, und als sie dann von ihrem Mann, der in der Zwischenzeit Gläser geholt und eingeschenkt hatte, auch eines hingehalten bekam, war sie fast schon besänftigt.
Lober erinnerte sich, was ihm gerade von Bohuš zugeflüstert worden war, und um den Faden wieder aufzunehmen, fragte er in Richtung des Gastgebers in der Hoffnung, Bohuš würde es schon übersetzen: »Wann war das denn, daß Sie das letzte Mal einen Deutschen gesehen haben?«
»Wann!« bellte der Alte zurück, das einzige Wort wiederholend, das er anscheinend verstanden hatte. »Im Krieg!« Und er hob sein Glas. Er würde doch jetzt nicht auf den Krieg trinken wollen? – Doch, wollte er! Mit einem Schluck kippte er sein Glas hinunter. Bleckte einmal kurz den weitgehend zahnlosen Mund und sagte dann: »Nimci ... Dajtsch ... Hurensähne alle!« Die Regeln dieses Landes, über die Lober gerade vorhin noch von Bohuš aufgeklärt worden war, geboten es, jetzt ebenfalls sein Glas zu erheben und auf ex zu kippen. Lober machte es ihnen nach. Und hustete sich anschließend die Lunge aus dem Leib. Das Zeug war scharf wie der Selbstgebrannte der Bacherin. – Wo war die überhaupt, die Bacherin? Noch ehe diese Frage von wem auch immer beantwortet werden konnte, hatte der Alte schon nachgeschenkt. Und seine seltsamen Trinksprüche führte er auch fort: »Fahradkäthe ... Arbajtsdienst ... hund? ... hund?«, er schien zu überlegen, »stromm gästonden!« Schallendes Gelächter des Alten, den seltsame Erinnerungen zu übermannen, aber auch zu erheitern schienen. Plötzlich verwandelte

sich sein Lachen in ein Knurren. Er drehte sein Glas, das er sich randvoll nachgeschenkt hatte, in der Hand. Und stürzte es, genau wie das erste, ansatzlos hinunter. Schenkte sofort, diesmal aber nur sich selbst, nach. Er trank das Zeug tatsächlich wie Wasser. Das Sofa hatte noch immer sein Maul offen.
Wo wird das enden, fragte sich Lober.

12

Vorerst endete gar nichts. Sondern es fing erst richtig an. Und zwar eine muntere Feier zu werden. Das Wohnzimmer des Alten schien immer neue Türen zu bekommen, zu denen jetzt weitere Familienmitglieder hereinschauten. Die Ehefrau des Alten hatte mittlerweile, der Wodka wird sein Übriges dazu getan haben, ihre mürrische Abwehrhaltung völlig abgelegt und war ganz Herrscherin des Hauses. Sie stellte die Neuankömmlinge vor, ohne daß Lober irgendetwas verstanden hätte. Wird sich um Kinder und Enkelkinder gehandelt haben. Nachbarn kamen hinzu. Zwar wußte keiner so recht, was eigentlich gefeiert wurde, aber alle halfen tatkräftig mit, daß es ein unvergeßliches Fest werden sollte. Frauen brachten riesige Einweckgläser, in denen Paprika, Gurken und Krautsalat in süßsauren Flüssigkeiten lagen. Die Männer waren mehr fürs Fleischliche zuständig und brachten Würste. Eine schmeckte Lober besonders gut, und Bohuš erklärte ihm schließlich, unter Aufbietung anfänglich eher schwer verständlicher Pantomimevorführungen, es handele sich um eine Spezialität der in dieser Gegend wohnenden Bergvölker. Allein ihm fehlte das eine erklärende Wort. Bohuš zeigte auf seinen Bauch, auf seine Brust, er quetschte den

Brustkasten zusammen, atmete tief ein und aus. Was konnte er nur meinen? Milz?, Leber?, Niere? Woraus noch konnte man Würste machen. – Lunge? Ja! Bohuš umarmte ihn, so sehr freute er sich, daß sein Gegenüber endlich begriff. Lunge, das war es! Lungenwurst. Es handelte sich um eine Lungenwurst. Vermengt mit viel Bauchfett. Deshalb schmeckte sie Lober auch so gut. Weil sie dank ihres exorbitanten Fettgehalts die einzige Nahrung des mittlerweile reich gedeckten Tisches zu sein schien, die dem Wodka Paroli bieten konnte. Der nämlich floß weiterhin in Strömen.

Jetzt kam auch die Bacherin. Ihr Eintreten in das Zimmer war das einer lange Vermißten und längst schon Bekannten. Es war, als würde ihr von den bereits anwesenden Dorfbewohnern nur kurz zugenickt. Ach, daß du nur auch da bist, jetzt. Lober empfing die Bacherin mit einer auf seiner nackten Handfläche angerichteten Scheibe von der besonderen Wurst, »schau her, was es hier gibt«, sagte er, »Lungenwurst … das ist so eine Art kaltes Beuscherl in Wurstdärmen … wo warst du überhaupt so lange?«

Sie habe ihre Besorgungen im Dorfladen erledigt, erzählte sie, und als sie zurückgekommen sei zum Wagen, sei der leer gewesen. Dafür stand eine ganze Rotte von Dorfkindern um den Benz herum, ein paar Rentner hatten sich auch darunter gemischt, jung und alt bestaunten das Gefährt mit dem – zumindest in diesen Gegenden von Europa – geradezu mythischen Stern auf der Kühlerhaube, von dem sie öfter gehört hatten und der ihnen mehr bedeutete als der Stern von Bethlehem. Es habe eine Weile gedauert, bis sie sich durchgefragt habe, in welche der Rieddachhütten ihre beiden Mitreisenden verschwunden seien. Aber mittlerweile wisse das ja das ganze Dorf.

Längst hatte jemand der Bacherin ein Wodkaglas in die Hand gedrückt. Alle drängten jetzt zu ihr hin, alle, so schien es, wollten ausgerechnet mit ihr sprechen, die alten Frauen streichelten ihr sogar über das lange dunkle Haar und gaben anschließend fachkundige Urteile untereinander ab. Die Bacherin aber lächelte zu all dem nur.

Schließlich kam einer mit einem Stativ und einem Fotoapparat in den Hof. Wenn es so etwas überhaupt gab, dann mußte er der Dorffotograf sein. Oder zumindest der einzige Lehrer der Dorfschule, in der alle Altersstufen in einem Klassenzimmer saßen. Sicher war das Gruppenfoto, zu dem aufzustellen er jetzt alle antrieb, für seine Dorfchronik gedacht, an der er seit Jahrzehnten arbeitete. In der vordersten Reihe der Menschenpyramide (die hinten kletterten auf Bänke und Stühle) mußte unbedingt die Bacherin stehen. Der Lehrer verschwand unter einem schwarzen Tuch hinter seinem Fotoapparat.

Lober stupste Bohuš am Arm. Hielt ihm seine Kamera hin, die er aus dem Auto mitgenommen hatte. »Sollten wir nicht auch eins machen … ein Erinnerungsfoto … für uns?« Bohuš weigerte sich. Es bleibe dabei: Er fasse das Ding nicht mehr an. So mußte es Lober schließlich selber übernehmen. Er stellte sich neben den Dorfschullehrer, der immer noch unter seinem schwarzen Tuch herumhantierte, und kam sich etwas lächerlich vor mit Bohuš' Eigenbaukamera. Er selbst würde als Fotografierender natürlich nicht mit auf dem Bild zu sehen sein. Das tat ihm leid, denn er hätte anhand dieses Dokuments gerne bewiesen und vor allem erzählt, wohin ihn seine seltsame Reise geführt habe.

Jetzt mußte er aber erst dieses Foto machen. Mit der Bacherin als Hauptperson in der Mitte. Ob sich bereits bis in dieses Kaff herumgesprochen hatte, wer sie war? Ob man hier auch schon gehört hatte von ihrem *Monument der Einfachheit*? Vielleicht war sie ja eine Berühmtheit, hier im Osten, und sie hatte es ihm nur nicht erzählt. Dann wäre das Foto sogar

eine Zeitungsmeldung wert! Daheim im Bayerwald. Das schreiben sie nämlich gerne in die Heimatzeitung hinein, wenn einer oder eine aus dem Wald in der Welt draußen bekannt wird. Denn da fällt immer auch ein wenig Licht zurück auf den Wald (und der ist doch eh so dunkel).
Was aber, wenn jetzt gar kein Film in dieser seltsamen Kamera war? Auch egal, dachte Lober. Dann eben kein Foto! War vielleicht sogar gescheiter so. Er ging zu dem Mann, von dem sie eingeladen worden waren, und drückte ihm die Kamera in die Hände. Das sei sein Gastgeschenk. Das verstand der natürlich nicht. Es sei die berühmte Kamera von Bohumil Černy. Auch das war ihm nicht nur kein Begriff, sondern ganz offensichtlich schnurzegal. Lober zeigte mit dem Finger auf Bohuš, der sich längst mit einer eigenen, nur ihm gehörenden Wodkaflasche in einen Winkel des Hofes zurückgezogen hatte. »Ein großer Künstler … weltberühmter Fotograf … und das: seine Kamera«, versuchte Lober begreiflich zu machen. Der Alte grinste nur. Sagte »Jo! Fahrradkäthe!« Die Kamera gab er gleich weiter an seine Enkelkinder, so ungefähr, wie man Unrat auf die Seite legt. Die jedenfalls schlugen sich darum, und es dauerte keine zwei Sekunden, da war das Objektiv von der Kamera heruntergerissen im Tumult der danach grapschenden dreckverschmierten Kinderhände. Der Alte indes wollte Lober ein neues Glas Wodka aufnötigen. Doch plötzlich stand die Bacherin neben ihm. Es sei jetzt Zeit aufzubrechen. Sie pfiff Bohuš, so wie man einem Hund pfeift. Und der kam tatsächlich auch dahergetrottet, quer über den Hof. Die Bacherin trug ihm auf, was er dolmetschen solle. Daß sie nämlich jetzt weiter müßten. Sie seien noch lange nicht am Ziel. Doch es schien, als wollten die Leute das alles nicht hören. Lober kam es so vor, als ob sie von ihnen jetzt regelrecht bestürmt würden. Jeder, so jedenfalls sah es Lober, hatte etwas in Händen und es

hatte den Anschein, als wollten sie jeden Augenblick nach ihnen werfen: mit leeren und halbleeren Wodkaflaschen, mit dickwandigen Einmachgläsern und Lungenwurstrollen. Ob tatsächlich etwas dran war an dem, was Bohuš gesagt hatte? Verlasse niemals ein Fest, ehe nicht die letzte Flasche geleert ist. – Sie schauten jedenfalls, daß sie aus dem Innenhof davonkamen.

Draußen auf der Straße blieb die Bacherin stehen. Sie sah nach links. Sie sah nach rechts. Sie ging ein paar Schritte dorthin, dann hierhin. Sie stemmte die Arme in die Seiten. Und lachte: das bittere Lachen von jemandem, der plötzlich begreift, wie überaus blöd er sich angestellt hat.

Der Benz war weg.

13

Man weiß nicht, ob das nicht eine konzertierte Aktion des gesamten Dorfes gewesen war. Erst die drei Blöden von ihrem Auto weglocken, dann das Auto von der Straße weghexen. Lober schlug allen Ernstes vor, man solle danach suchen, weit könne es nicht sein, wahrscheinlich stehe es in irgendeiner dieser Holzscheunen, versteckt unter Strohballen. Und als die Bacherin auf diesen Vorschlag hin überhaupt nicht reagierte, schlug Lober alternativ vor, man solle eine Polizeistation suchen und den Diebstahl melden.

»Vergiß es«, blaffte die Bacherin. »Ich muß von hier weg, und zwar schleunigst.«

Nun war es aber keinesfalls so, daß es im Dorf nicht hilfsbereite Menschen gegeben hätte, die für dieses Problem eine Lösung gewußt hätten. Irgendeiner der Schwiegersöhne oder Söhne des Alten, dessen Innenhof auf einmal schlagartig von allen Feiernden wie leergefegt war, bot sich an, die drei zu chauffieren. Lober dachte sich nur: Schau an, auf einmal kann er deutsch. Denn in der Tat, der da mit ihnen verhandelte, bewies auf einmal erstaunliche Deutschkenntnisse, wo man doch allgemein bei dem Fest so getan hatte, als könne niemand nur ein Wort deutsch … außer vielleicht »Fahradkäthe«. Und noch etwas bewies er: Geschäftssinn. Mit der größten Freundlichkeit und einem ständigen Grinsen im Gesicht sagte er, daß es überhaupt kein Problem sei, ihnen aus der Patsche zu helfen, nein, er hätte auch unbegrenzt Zeit, er fahre sie, wohin sie wollten, allerdings müsse er auf einen gewissen Vorschuß bestehen. Lober zuckte nur mit den Achseln. Er hatte kein Geld mehr. Genaugenommen hatte er nur noch die paar Klamotten, die er am Leib trug, sein Buch, das er nicht aus der Hand gab … ach ja, und das Handy in der Brusttasche seines Hemdes.

Gott sei Dank konnte die Bacherin einspringen. Sie zog aus dem Halsausschnitt ihres Shirts einen Brustbeutel hervor, Versteck für einen offensichtlichen Notgroschen, der jetzt zum Einsatz kommen mußte. Sie holte etliche Scheine aus dem Beutel heraus, welche Währung das war, konnte Lober nicht erkennen. Gerade wollte sie anfangen, das wie ein Kartenblatt aufgefächerte Guthaben abzuzählen, als der Kerl danach griff und sämtliche Scheine auf einmal einsackte. Das genüge. Vorerst. Und schon war er weg.

»Was ist, wenn jetzt der auch auf Nimmerwiedersehen verschwunden ist?« fragte Lober. Und die Bacherin zog ein Gesicht, das ziemlich deutlich machte, das allerletzte, was sie jetzt gebrauchen könne, seien Gefährten, die solche Fragen stellen.

Die Unkenrufe Lobers waren auch völlig unbegründet. Denn schon bog ein Wagen aus einer der staubigen Nebenstraßen,

die lediglich aus festgefahrenem Schotter bestanden, und hielt vor den dreien am Straßenrand. Es war ihr Fahrer. Er bremste genau vor den Füßen der Bacherin.
»Einsteigen, Herrschaften!«
Die Bacherin stieg vorne neben dem Fahrer ein, so daß Lober gar nichts anderes übrig blieb, als sich zu Bohuš auf die Rückbank zu setzen. Sofort bekam er von dem einen Schluck aus der Wodkaflasche angeboten. Selbstverständlich hatte Bohuš die mitgehen lassen. Lober lehnte dankend ab. Ihm genügte die Fahne seines Sitznachbarn.
Dir darf jetzt nicht schlecht werden, sagte sich Lober. Er sah sich etwas um in dem Auto. Sein Innenraum war eine Mischung aus Wohnzimmer und orthodoxer Klosterzelle. (Hatte er das nicht schon irgendwo einmal gesehen? Waren sie nicht kurz hinter der Grenze von genau so einer rollenden Hauskapelle überholt worden?) Der Fußraum war mit Teppichläufern ausgelegt, über die Polster der Autositze waren Dekken geworfen, in die glitzernde Silberfäden eingewebt waren. Kleine samtrote Paradekisschen lagen zwischen Lober und Bohuš und hatten ihre Ohren aufgestellt. Vorne auf dem Armaturenbrett war die Plastikfigur einer Mutter Gottes festgeklebt, vom Rückspiegel baumelte ein Holztäfelchen mit Ikonenmalerei. Dir darf jetzt bloß nicht schlecht werden, wiederholte sich Lober noch einmal und dachte lieber nicht mehr an die Lungenwurst, die er gegessen hatte, denn: dem Besitzer dieses einzigartigen Gefährtes, ihrem Chauffeur, war es sicher nicht recht, wenn Lober ihm sein Heiligtum jetzt gleich vollreihern würde.
Der Fahrer legte Musik in das Cassettendeck im Armaturenbrett ein. Es war ein ohrenbetäubendes Blasorchester, das auf eine vogelwilde und vor allem irrsinnsschnelle Art und Weise spielte, so daß Lober den Eindruck hatte, da könne etwas mit der Abspielgeschwindigkeit nicht stimmen.

»Paßt so?« fragte der Fahrer, und weil kein Widerspruch kam, wurde er gleich noch vertraulicher. »Bin der Juri«, sagte er. Und gab Gas.

14

Dann wechselten wieder Tag und Nacht, Nacht und Tag, nur der Fahrer blieb. Er steuerte genauso unbeirrt und anscheinend ohne je müde zu werden den Wagen, wie dies schon die Tage zuvor die Bacherin getan hatte. Die beiden schienen das Ziel der Reise zu kennen. Anders Lober. Er hatte längst jegliche Orientierung verloren. Nach diesem seltsamen Dorffest, als ihnen der Benz plötzlich abhanden gekommen war (warum nur schien das die Bacherin weiters gar nicht zu stören?), hatte er sich vorgenommen, wenigstens den Lauf der Sonne zu beobachten, um die ungefähre Himmelsrichtung zu erahnen, in die sie fuhren. Wer weiß, wo der Kerl sie hinbrachte, in dessen Hände sie ihr Schicksal gar so ergeben legten. Doch auch diese Orientierungshilfe funktionierte nicht mehr, weil sich der Himmel mittlerweile grau in grau präsentierte. Vielleicht also fuhren sie längst nur noch im Kreis. Waren überhaupt nie anders gefahren in den letzten Tagen?, Wochen?, als immer nur in konzentrischen Kreisen um einen heimlichen Mittelpunkt herum. Wo aber lag der?
Die Bacherin und der Fahrer unterhielten sich in einem fast flüsternden Ton, mit langen Pausen dazwischen. Worüber sprachen sie? Lober gelang es nicht, dahinter zu kommen. Vielleicht war er auch einfach zu müde, zu schläfrig. Immer wieder nickte er ein, immer wieder schrak er hoch aus seinem Dahindämmern und wußte nicht, wieviel Zeit inzwischen vergangen war.

Sie kamen an verrotteten Hafenanlagen vorbei, an Frachtschiffen, die auf dem Trockenen lagen und irgendwann, des Balancierens auf der Messerschneide ihres Kiels müde, sich zur Seite geneigt und schlafen gelegt hatten. In ihren leeren Frachtbäuchen knurrte der Hunger nach Arbeit. Von einem Meer war weit und breit nichts zu sehen, nur ein Wasseraderngewirr bis zum Horizont, dazwischen Sandbänke, Inseln, auf einer davon ein unüberschaubares Heer langbeinig staksender Vögel ... ob das Störche waren, rätselte Lober noch, doch da war dieses Bild schon wieder vorbei und das nächste huschte heran. Das waren wirr in den Himmel ragende Stahlträger, Skelette, die wohl irgendwann einmal zu Lagerhallen fertiggebaut werden sollten, doch zum Einsetzen der Betonteile zwischen diesen Stahlträgern würde es niemals mehr kommen, so verrostet und schief schaukelten die im Wind hin und her, kündeten von ihrem offensichtlichen Vergessen-worden-Sein. Auf Steinpodeste gestellte Panzer mit einem roten Stern auf dem Gefechtsturm zogen vorbei, Wassertürme, mit Drahtseilen vor dem Umkippen gesichert. Straßenwegweiser, die nichts anderes boten als die Landkarte einer verschieden braunen Rostfläche und Metallrahmen, die einst eine Plakatwand getragen haben mochten, jetzt aber nur mehr den dahinterliegenden Landschaftsausschnitt als fotorealistisches Gemälde zeigten. Eine verfallene Kirche auf freiem Feld und im Hintergrund uniforme verwahrloste Hochhaussiedlungen mit ihren wäschebehängten Balkonen, von denen jeder seine eigene Satellitenschüssel an das Brüstungsgeländer angeschraubt hatte. Und dann das Schwimmbecken eines ehemaligen Freibades, aus dem junge Birkenbäume herauswuchsen, und immer wieder Maschendrahtzäune, gespannt zwischen schiefstehenden Pfeilern, aber auch zusammengerollt zu mannshohen Knäueln, von denen man erwartete, sie würden jetzt gleich über die menschenleere Steppe rollen wie irgend solche Reisigkugeln, ohne die kein Westernfilm bei seinen Panoramaeinstellungen auf die Weite der Nevadawüste auskommt. Dann wieder kilometerlange, immer nur geradeaus führende Straßen mitten durch Wald hindurch. Nichts als fichten- und tannendicht bestandener Wald, in dem schon nach wenigen Metern die einzelnen Stämme wie ein geheimer Strichcode im Nebel verschwanden. Und die Armeen von Gartenzwergen, die hie und da aus dem Unterholz hervorbrachen, waren sicher nur eine Sinnestäuschung, beschwichtigte sich Lober.

Schließlich fuhren sie durch eine Ortschaft, und der Fahrer hielt an. Die Häuser und Hütten waren größtenteils aus Holz errichtet, schwarz vom Imprägniermittel, mit dem die Bretter eingestrichen worden waren. Grenzten sie mit ihren Grundstücken direkt an die Hauptstraße, wurden sie beinahe ausnahmslos, wie es schien, als Verkaufsbuden genutzt. Wieder die Gartenzwerge (langsam kam sich Lober von ihnen verfolgt vor), unter Baldachinen und Markisen standen meterlange Kleiderständer, an denen Fußballertrikots aufgereiht waren. Stapel zusammengelegter Jeans und Pappkartonkisten mit CDs und Videocassetten. Käufer oder zumindest Interessierte, die das reichliche, wenn auch wenig abwechslungsreiche Warenangebot duchsahen, gab es so gut wie keine.

»Wir sind da«, sagte die Bacherin und stieg als erste aus. Die anderen folgten ihr. Lober ging um das Auto herum und stellte sich neben sie. Er betrachtete das Straßendorf, das sich da, wo sie jetzt standen, zu einer Art Dorfplatz weitete. Um eine alte, mächtige Linde standen drei, vier Bänke herum, zusammengesetzt aus Fertigbetonteilen. Der Platz war nicht gepflastert, lediglich festgetretene Erde.

»Waren wir hier nicht schon mal?« fragte Lober.

»Vielleicht. Warum? Spielt das eine Rolle?« fragte die Bacherin spöttisch zurück.
»Und was passiert jetzt hier? Sonderlich ausgefallen ist dieser Ort ja nicht gerade.«
»Nichts passiert hier. Und das muß so sein. Mittelpunkt der Mittelmäßigkeit. So habe ich es mir immer vorgestellt, das Monument der Einfachheit. Trostlosigkeitshöhepunkt. Oder sagen wir besser: was man für gewöhnlich trostlos nennen würden.«
»Wie?« Lober hätte vielleicht noch näher nachgefragt, was die Bacherin mit all dem meine, wenn nicht in diesem Augenblick gerade ein Kerl mit seinem Mofa an ihnen vorbeigeknattert wäre, barfuß in Plastiklatschen, das Hemd aufgeknöpft, so daß es der Fahrtwind flattern ließ wie eine Standarte. Im Vorbeifahren drehte er den Kopf zu Lober um und sah ihm lange nach. Dann schien er plötzlich die Richtung zu ändern und bog eilig in eine Seitenstraße ab.
»Und hier wird also dein Monument der Einfachheit aufgestellt?« fragte Lober die Bacherin entgeistert.
»Von *aufstellen* war nie die Rede. Von eröffnen vielleicht.«
Die Bacherin stellte sich jetzt mitten auf die Fahrbahn der Straße. Daß sie dadurch den Verkehr aufhalten würde, war nicht zu befürchten, es war nämlich, außer dem Mopedfahrer eben, keine Menschenseele unterwegs. Sie reckte die Arme hoch und rief: »Ich erkläre diesen Ort für eröffnet. Und zwar als Monument der Einfachheit. «
Ihren Fahrer, der sie hierher gebracht hatte, schien dieser Pas de deux zwischen Lober und der Bacherin besonders zu amüsieren. Obwohl er nicht recht mitkam bei dem, was die beiden redeten, vonwegen einfacher Moment, die Szene gefiel ihm trotzdem. Er stellte sich vor, sie sei wie gemacht für einen Liebesfilm. Ein Paar, das sich gegenseitig jagt und verfolgt, bis an dieses lausige Ende der Welt, um sich erst ir-

gendwelche Es-ist-endgültig-Schluß-Worte an den Kopf zu werfen und dann in die Arme zu sinken. Nur Lober schien dazu gar nicht aufgelegt zu sein.
»Und dafür sind wir … zweitausend … dreitausend …«, er ging auf den Fahrer zu und fragte ihn in ziemlich unwirschem Ton (als ob der für dieses ganze Theater hier etwas könne), »he, wieviel Kilometer sind wir jetzt eigentlich gefahren … viertausend oder was … nur damit sich die hier auf die Straße stellt und ruft, ich eröffne dieses Kaff als Monument der Einfachheit.«
»Du hast es begriffen. Wie es funktioniert. Ready-made sagen sie dazu in der Fachwelt.«
»Scheiß auf die Fachwelt«, sagte Lober. Fehlte nur noch, daß er hinzufügte: Und jetzt will ich heim. Und zwar sofort. Aber dafür war es zu spät.
»Jetzt reg dich nicht auf«, sagte die Bacherin. »Das wird alles noch. Ich such jetzt mal hier den Bürgermeister. Oder Landrat. Oder War-Lord … Bandenführer, was weiß ich … wer halt hier was zu sagen hat. Und erklär ihm das. Wenn die schlau sind, kapieren sie, daß das eine Nachricht ist, die das Zeug hat, um die ganze Welt zu gehen.« Jetzt spinnt sie komplett, dachte Lober. »Du kannst ja warten«, sagte die Bacherin. »Oder setz dich in eines dieser reizenden Lokale hier.«
Lokale schien das Stichwort für einen anderen zu sein. Plötzlich stand Bohuš neben Lober und grinste. Die Bacherin indes winkte kurz und ging. Lober wollte ihr hinterher. Wurde aber von dem Fahrer aufgehalten. Er zog Lober einfach am Arm. Hielt ihm die freie Hand offen unter die Nase.
»Was soll das heißen?« Er war doch bezahlt worden. Schon vor Antritt der Fahrt.
»Trinkgeld«, sagte der Fahrer. Und es klang ziemlich fordernd.
»Ich hab nichts mehr.« Lober stülpte den Stoff seiner Hosentaschen nach außen. Bohuš sah sich die Sache an und

ihm war klar, wenn er jetzt nicht einschritt, würde es Ärger geben. Er fand ja auch: Wenn einer eine Bagage, wie sie es waren, eine so weite Strecke ohne jegliche Komplikationen durch ein solches Land chauffiert hat, dann hat er sich eine kleine Anerkennung redlich verdient. Aber was konnte man dem Mann geben? Er öffnete noch einmal die Autotür zu den Rücksitzen. Da lag Lobers Buch. Bohuš nahm es und drückte es dem Fahrer gegen die Brust. Der war so verdutzt, daß er das Präsent tatsächlich annahm. Ohne lange zu zögern, krallte sich Bohuš Lobers Arm und zog ihn von hier weg.

»Wir gehen jetzt in die Kneipe.« Lober wollte protestieren. »Und du bist still. Und vor allem: Schau dich ja nicht mehr um.«

Ein Satz, den man sich merken kann. Fürs Leben.

15

Die Kneipe war leer. Bis auf einen Tisch. Da saß einer und drehte ein Wasserglas in der Hand, in dem noch ungefähr fingerhoch eine braune Flüssigkeit stand. Daneben ein halbvolles Bierglas. Der Kerl sah auf, als Bohuš und Lober eintraten. Daß der eine der beiden Fremden aus dem dichtbesiedelten Westen kommen mußte, war dem Wasserglasdreher sofort klar. Nicht nur wegen der Kleidung. Nein, der zerrte seinen Begleiter am Arm, damit sie sich ja an den weitest von ihm entfernten Tisch im ganzen Lokal setzten. Wer außer einem Westler würde so etwas machen? Die leben ja auch allein in Häusern mit zwanzig Zimmern, die alle von stummen, unverrückbaren Möbeln bewohnt werden und von sonst niemandem. Im Osten dagegen: In dem einzigen Raum,

den eine Jurte bietet (und irgendwie leben wir immer noch alle in Jurten, zumindest gedanklich, dachte der mit dem Bier und dem Schnaps), in einer solchen Jurte also, wo der Boden mit Moos gepolstert ist, leben drei Generationen neben- und aufeinander. Ach, was heißt drei Generationen, vier, wenn man die Toten mitrechnet, und nicht einmal das langt … eigentlich sechs, vielleicht zwanzig … zwanzig Generationen auf engstem Raum in einer Jurte. Und im Grunde waren auch die heruntergekommenen Betonplattenbauten, die man als Gürtel um jede etwas größere Stadt fand, nichts anderes als etwas aus der Form geratene Jurten. Mit Moos gepolstert waren die mittlerweile auch schon, weil es aus jeder Betonplattenritze grün herausquoll. Und auch hier Hunderte von Menschen auf- und nebeneinander. Und da waren die Toten noch gar nicht mitgerechnet, die jede ordentliche Familie selbstverständlich mit im Haushalt leben hatte. Dachte der Kerl mit dem Wasserglas und stürzte den Rest des braunen Inhalts mit einem Schluck hinunter.
Daß der Ost-Mensch so leben mag und es sich anders gar nicht vorstellen kann, das hängt mit der Landschaft zusammen. Wer tage-, ja wochenlang den Horror vacui einer völlig menschenleeren und siedlungsfreien, egal ob jetzt grünwuchernden Waldödnis oder eher strauchlosen Wüstenebene erlebt, dem würde doch niemals einfallen, auch noch in geschlossenen Räumen für sich allein sein zu wollen. Natürlich würde der sich in so einem Lokal sofort zu dem einzigen Gast an den Tisch setzen. Ganz gleich, ob ihm dieser Mensch wildfremd wäre oder nicht. Das mit dem Wildfremdsein konnte man ja schnell abstellen. Anscheinend wußten das die Westler nicht, hatten noch nie etwas davon gehört. Vielleicht sollte man es ihnen einfach vormachen? Der Alleinsitzende nahm sein Bier- und sein Schnapsglas, stand auf und ging hinüber zu Lober und Bohuš an den Tisch. Baute sich,

leicht schwankend, vor den beiden auf. Jetzt roch Lober auch, was der Kerl trank. Mußte eine Art von Kräuterlikör sein.
»Wo kommen denn die Herrschaften her?«
Es war ein fast makelloses Deutsch, in dem er Lober ansprach. Natürlich mit Akzent. Genaugenommen war es der Akzent, der makellos war.
»Aus Deutschland«, antwortete Lober, ohne zu bedenken, daß das ja nur für ihn galt.
»Der aber nicht!« raunzte der Einheimische, schlug Bohuš auf die Schulter und setzte sich einfach ungefragt mit an den Tisch. Bohuš ließ das alles stoisch über sich ergehen.
In der Zwischenzeit war ein Mädchen hinter dem Ausschank aufgetaucht. Höchst gelangweilt bewegte sie sich zu den dreien her, und dabei hörte Lober, wie ihre nackten Fersen gegen das Holz der Sandaletten schlugen. Sie stellte sich zwischen Lober und Bohuš und roch sehr süßlich nach einem Parfüm, das man wahrscheinlich auch als Limonadensirup hätte verwenden können. Sie trug einen Minirock und ein Shirt, das den Bauch frei ließ. Nicht einmal eine Begrüßung kam über ihre Lippen, geschweige denn die Frage danach, was die Gäste wünschten. Was heißt überhaupt *Gäste*. Lober hatte das Gefühl, an diesem Ort ein unerwünschter Störenfried zu sein. Der einzige, der diese Art der wortlosen Verständigung sofort begriff, war Bohuš. Er zeigte lediglich fahrig mit dem Finger auf die beiden Gläser, die der andere mit an den Tisch gebracht hatte. Dann sah er zu dem Mädchen auf und nickte stumm. Die hatte doch tatsächlich plötzlich einen Schreibblock in der Hand und einen Stift, ließ aber beides unbenutzt wieder in ihrer Kellnerinnentasche verschwinden, die sie unter ihren nackten Bauch geschnallt hatte. Um den Bauchnabel herum trug sie ein Tattoo, das irgendeinen tartarischen Kämpfer darstellen mochte, mit ausgebreiteten Armen, es sah so aus, als würde er gleich über

einen herfallen. Vielleicht war es aber auch nur ein Tänzer mit zum Abheben ausgespreiteten Armflügeln oder das Abbild irgendeiner dieser osteuropäischen Pop- und Schlagergrößen, die neuerdings in ganz Europa Furore machten mit ihrem an Horrorvideos der etwas angestaubteren Art erinnernden Outfit.

»Das ist ja schön, daß sich die westliche Zivilisation auch einmal über die Grenze herüber zu uns hertraut!« Der Einheimische hob jetzt sein Bierglas. »Wer uns kennenlernen will, muß zu uns kommen. Weil uns lassen sie ja bei euch nicht mehr rein. Jedenfalls nicht mehr ohne weiteres. – Also, ihr könnt Andy zu mir sagen.«

»Äh … wie meinen?«

Lober riß sich vom Anblick des süßen oder vielleicht auch nur süß riechenden Bauchnabels los. Das Mädchen drehte sich eh um und klapperte mit ihren Holzsandaletten davon Richtung Ausschank.

»Was werden Sie denn erzählen«, wollte Andy wissen, »wenn Sie wieder daheim sind, gewissermaßen als Ergebnis Ihrer Forschungsreise? Was werden Sie sagen, was Sie vorgefunden haben?«

»Ich glaub, ich versteh Sie nicht ganz«, sagte Lober.

»Prostituierte und Autoschieber? Werdet ihr das sagen?«

»Uns wurde aber tatsächlich …«

»Ach, Sie sind also auch einer von denen, die glauben, man muß jeden, der aus diesem Land kommt, behandeln wie einen Verbrecher!«

»… aber der Bacherin ihr Benz, der war nun wirklich nicht mehr viel wert. Und trotzdem haben sie ihn uns geklaut.«

Lober wußte auch nicht, warum er jetzt den Kopf Richtung Ausschank drehte. Erst hatte das Mädchen zwei Bier abgezapft, jetzt hantierte sie mit einer Flasche herum, die sie aus einem Regal genommen hatte. Dort standen, und

zwar batterienweise, sämtliche Spirituosenmarken der freien Welt. Einen Moment dachte Lober, ob sie vielleicht in einen Duty-free-Shop geraten seien. Das Mädchen nahm drei frische Gläser … Wassergläser, wie es schien, und schenkte sie halbvoll mit einer dunklen Flüssigkeit, lakritzfarben. Dann brachte sie alles an den Tisch. Andy schwieg erwartungsvoll und beobachtete genau, wie das Mädchen alles von ihrem Tablett auf den Tisch abstellte. Bei ihm wechselte sie nur das Likörglas aus, sein Bier war noch halbvoll.
Andy hob sein Glas zum Prosten. Mittlerweile kannte Lober dieses Spiel schon. Nur nicht wieder in einem Schluck hinunterkippen. Er nippte nur. In der Tat: Das Zeug war scheußlich. Eine Mischung aus Hustensaft und Haarwasser.
»Meine Erfindung«, sagte Andy. »Warzabytsch's Balsam. Der Honig des Vaterlandes. Sogar den haben sie hier. Schmeckt genauso beschissen, wie ich mir das beim Ausdenken vorgestellt habe. Im Grunde nur erträglich als Begleitgetränk zu einem Bier. Daheim trinken wir es immer im Doppelpack. Ein Bier, ein Balsam. Normalerweise den Balsam in so kleinen Gläsern.« Er zeigte mit den Fingern ungefähr sieben Zentimeter hoch. »Heißt bei uns: Großvater und Enkel gehen in den huzulischen Wald, oder kurz Großvaterenkel.«
»Interessant«, sagte Lober, um überhaupt irgendetwas zu sagen.
»Meinetwegen hätte es ruhig bei der rein literarischen Realisation bleiben können. Nicht alles, was sich einer ausdenkt, muß Wirklichkeit werden, finden Sie nicht auch? Ich meine, was diesen Warzabytsch's Balsam angeht, hätte es ruhig einfach nur ein literarischer Gag bleiben können. Aber nein, kommt irgend so ein Idiot daher und muß das wirklich auf den Markt werfen … dieses abscheuliche Gesöff. Und mir zahlt er natürlich keine einzige Hryvna.«

Er hob schon wieder das Glas, um den beiden zuzuprosten. »Egal! So lange ich bis an mein Lebensende eingeladen bin und freigehalten werde … Für mich war es nur so eine Idee … ein Einfall … ehrlich gesagt: kein wirklich ernst gemeinter. Aber schauen Sie: Jetzt gibt es ihn! Warzabytsch's Balsam! Einschließlich der von mir vorgeschlagenen komplett idiotischen Werbekampagne. Und da heißt es immer, Bücher bewirken nichts!«
»Ach, jetzt verstehe ich Sie endlich«, atmete Lober auf. Ihm war seine eigene Begriffsstutzigkeit schon peinlich geworden. »Sie schreiben Bücher. Sind Sie am Ende gar Schriftsteller?«
»Nein!« raunzte Andy und ließ sich gegen die Stuhllehne zurückfallen. Lober beschlich der Eindruck, sein Gegenüber müsse heute schon etlichen Großväterenkeln in den huzulischen Wald gefolgt sein.
»Was machen Sie dann?«
»Ich sitze hier und warte, bis sich Europa bequemt, seine Türe aufzumachen. Für Leute wie uns. Wir sitzen hier im Warteraum, haben Sie das noch gar nicht gemerkt? Es wäre uns, ehrlich gesagt, schon gedient, wenn sich Europa wenigstens dazu aufraffen könnte, die Tür einmal aufzuschließen … aufmachen, das können wir dann selber. Bisher war sie nämlich abgesperrt und der Schlüssel steckte von innen. Nicht einmal unseren Dietrichen habt ihr eine Chance gegeben. Ja, schon den Zugang zu dieser Tür habt ihr verbarrikadiert. Mit Spanischen Reitern, Stacheldraht, Minenfeldern, Nachtsichtgeräten, was weiß ich… verstehen Sie mich überhaupt?«
»Nicht genau, aber so ungefähr.«
»Spreche ich kein Deutsch?«
»Doch, doch … im Gegenteil … bewundernswert perfekt. Wie kommt es überhaupt?«
»Das wundert euch, nicht wahr? In Zukunft wollt ihr in jeden Paß und jedes Ausreisevisum von uns diese Dinger …

na, wie heißen sie? … biometrische Daten eintragen … weil eurer Meinung nach gehört dieses Volk in seiner Gesamtheit so behandelt, als seien es alles Nutten und Verbrecher. Und jetzt können die auch noch Deutsch, wie gibt's denn so etwas! Ich sag's Ihnen: Deutsch lernen wir nur, damit wir die Autonamen auf den Hecks eurer Scheißlimousinen besser entziffern können. Nicht daß wir zum Schluß die falschen klauen. Und überhaupt: Wir müssen doch die Wegweiser an den Straßen lesen können, weil wir kommen ja, um eure Städte zu ruinieren, wißt ihr das noch gar nicht, und da wollen wir doch keinen Fehler machen, bitteschön, das wär doch peinlich, oder? Nicht daß wir da nach Minden abbiegen, wo wir doch eigentlich nach München wollten! Übrigens, noch ein Tipp: Lernt von den Tschechen! Die haben schon achtundsechzig den Trick mit den Russen versucht, Sie wissen schon, als der Einmarsch war, August achtundsechzig …«, Andy musterte Lober kurz, »da warn Sie wohl noch nicht auf der Welt, oder?«
»Doch! Fünf Jahre alt!«
»Sehen Sie, und da haben die guten Tschechen einfach alle Wegweiser verdreht oder gleich abgeschraubt und haben so versucht, die Russen in die Irre zu locken. Nur, ich glaub, mit uns funktioniert das nicht. Wir finden den Weg zu euch blind. Wir riechen, wo ihr steckt. Ihr habt immer so exquisite Rasierwässerchen. Die jucken uns in der Nase, verstehen Sie?«
»Ich glaub schon.«
»Und letztlich kommen wir auch über jede Absperrung hinweg. Wir graben uns unter jedem Stacheldrahtzaun hindurch. Wir sind wie Maulwürfe. Ich kenne Leute, die sind schon fünfmal aufgegriffen worden beim illegalen Grenzübertritt. Die kommen hier an, abgeschoben von euch, drehen auf dem Absatz um und probieren es wieder. Ihr wißt gar nicht, was ihr für eine Anziehungskraft habt! Ihr habt nicht die

geringste Ahnung davon, wie sehr wir Europäer sind. Und daß wir keinen anderen Wunsch kennen, als so zu werden wie ihr. Wir machen es vielleicht noch nicht ganz richtig und gut … das mit dem Europäertum … aber wir strengen uns wenigstens an.«

Bei diesem letzten Satz blickte Bohuš auf. Man sah gleich, er hatte die ganze Zeit über aufmerksam zugehört, wenn es auch ausgesehen hatte, als sei er längst eingenickt. Er sagte, allerdings mit schlingernder Stimme: »Genau! Meine Worte! Wenn du berühmt sein willst, mußt du etwas schlecht machen. So schlecht wie sonst keiner auf der Welt. Ich beglückwünsche euch, zu eurem hundsmiserabel schlechten Europäertum.«

Andy lächelte. Mit diesem einen Satz hatte ihm Bohuš gezeigt, daß er ihn verstand. Sie stießen miteinander an und übersahen dabei Lober. Das war eine Sache zwischen ihnen beiden. Dann beugte sich Andy näher zu Lober:

»Das einzige, was ihr tut, ist Angst haben! Ihr habt Angst vor uns, ihr habt Angst, daß immer noch mehr kommen, die es tatsächlich ernst und – im wahrsten Sinne des Wortes – für bare Münze nehmen, was ihr die ganze Zeit über gepredigt habt, daß es nämlich für den Menschen gar keine Alternative gibt, wenn er ein Mensch sein will, als so zu leben wie ihr. Und zuletzt und vor allem habt ihr Angst vor der Veränderung. Ihr, die ihr vor neunundachtzig keine Sonntagsrede ausgelassen habt, um zu betonen, daß sich irgendwann einmal in Europa alles umwälzen werde … mittlerweile glaube ich ja, daß ihr heimlich darum gebetet habt, der liebe Gott möge es nur ja nicht allzu bald geschehen lassen, möglichst nicht mehr zu euren eigenen Lebzeiten – ihr ewigen Redner vom Wandel also, ihr habt nur noch eine Lebensenergie, und das ist eure Scheißangst, daß nun tatsächlich alles so kommt, wie ihr es in euren Sonntagsreden immer gepredigt habt. –

Jahrzehntelang habt ihr alles getan, damit wir nur einen Wunsch kannten: euren ... wie hieß das ... way of life. Durch den Stacheldrahtzaun hindurch habt ihr es uns immer gezeigt, euer schickes, luxuriöses, piekfeines Leben in Freiheit. Nur hinlangen haben wir nie dürfen. Im Grunde wart ihr wie die Nutten in Amsterdam, die sich in Schaufenster setzen und ihre Titten herzeigen. Die wissen auch genau wie ihr, da ist ja noch die Glaswand dazwischen. Erst wird bezahlt. Welchen Preis wollt ihr eigentlich von uns?«
Lober wurde es langsam ungemütlich bei dieser Philippika. Er sagte: »Sind Sie sich wirklich sicher, daß ich der Richtige bin ... für Ihre Ansprache?«
»Das ist mir egal, ob Sie der Richtige sind. Außerdem ist gerade niemand anderer da. Oder sehen Sie hier sonst noch jemanden?«
»Nein.«
»Na, also!«
In dem Moment kam die Bacherin zur Tür herein. Zielstrebig ging sie auf Andy zu. Der rappelte sich, mühsam genug, von seinem Stuhl hoch.
»Bacherin!« rief er, »mein Augenstern!« Und fiel ihr um den Hals.
»Ich hab dir doch versprochen, ich komme«, sagte sie.

16

Eine Erklärung wäre vielleicht ganz nett, dachte Lober, mußte aber einsehen, daß mit den beiden vorerst nicht mehr zu rechnen war. Die hatten nur mehr Aug und Ohr füreinander. Soviel jedenfalls konnte Lober ihrem gegenseitigen und gegenseitig sich unterbrechenden Erzählen – lang mußten sie sich nicht mehr gesehen haben – entnehmen, daß ihr Zusammentreffen, hier in dieser gottverlassenen Gegend, lange schon abgemacht und geplant gewesen war. Es gehörte gewissermaßen mit zum Konzept des Monuments der Einfachheit.

Die Bacherin sagte: »Und du hältst dann auch die Rede?«

Und er: »Selbstverständlich!«

Und sie: »Und es kommt auch das Licht darin vor, das besondere?«

»Ja.«

»Und die Langeweile, die es nur hier gibt?«

»Aber ja.«

»Ich stell dich dann vor als Spezialisten der Langeweile.«

»Ja bitte! Und, wenn's geht, auch noch als außerordentlichen Professor der Sanctasimpliciologie!«

Sie lachten. Wie Kinder in der Krone eines Kirschbaums, die sich die Doppelkirschen am Stengel über die Ohren hängen.

»Und den Traktat von der langsamen aber stetigen Auflösung der Materie, den erwähnst du natürlich auch?«

»Ehrensache! Ich dachte, vielleicht im Mittelteil … im eher melancholischen Mittelteil meiner Rede, daß ich da zu sprechen kommen könnte … zum Beispiel auf die Bierkioske vor dem Werkstor der Stahlfabrik … oder auch auf die Hinterhäuser mit ihren Pawlatschen, die bewohnt werden von nach Mottenkugeln duftenden Herrschaften nicht nur gesetzten, sondern schon liegenden Alters … sie sind immer so lustig gekleidet, so als ob sie sich mit dieser Garderobe an den Straßenrand stellen werden, um dem vorbeikommenden Erzherzog Ferdinand zuzujubeln.«

»Und was ist mit den Kanaldeckeln? Immer noch wolltest du mir die Kanaldeckel mit den österreichischen Aufschriften zeigen. Vielleicht lassen sich Frottagen davon machen …«

»Wenn wir sie noch finden. Ich sage nur: Traktat von der langsamen aber stetigen Auflösung der Materie. Von ihr übrigens sind auch die Tennisplätze betroffen in den Parteibonzenvierteln der Hauptstadt, mit ihrem so schönroten Sandbelag, auf dem sich jedes hellgrüne Lindenblatt und die gelben Samenwürmer der Haselnüsse im Frühjahr abzeichnen. Und der Uringestank in den Hausruinen, wo ist der eigentlich geblieben …«

»Gone!« rief die Bacherin dazwischen.

»… und die Messinghelme der Dorffeuerwehren, die bei keinem Dorfumzug fehlen dürfen …«

»Gone!«

»… und die Milchkannen der Frauen auf dem Straßenmarkt, an einigen Stellen ist das Emaille abgeschlagen … und gefüllt sind sie bis an den Rand mit Heidelbeeren …«

»Gone!«

»… und die Hofschlachtungen, und die Mütter, die die Rindsmägen putzen, diese Frotteehandtücher, die aussehen wie aus einer Fußballerkabine nach einer Regen- und Schlammschlacht, und die sie dann in feine Streifen schneiden für die Kuttelsuppe … die Kuttelsuppe muß auch dabei sein, was meinst du, Bacherin?«

»Aber natürlich!«

Das würde noch ewig so weitergehen, die Schwelgerei der beiden. Lober sah ein, daß er hier überflüssig war. Um nur ja nicht zu stören, stand er, ohne ein Wort zu sagen, auf und ging. Lediglich Bohuš bemerkte es. Er nickte Lober zu, so als wollte er sagen, »is schon in Ordnung, Junge!«.

Draußen war die Straße noch immer menschenleer. Lober sah sich nach links um, er sah sich nach rechts um und entschied, heute einmal keine Entscheidung zu treffen. Er überquerte die Straße und ging einfach geradeaus. Unter der Linde und an den Parkbänken vorbei. Saß da nicht jemand? Lober blieb stehen, zwang sich, noch einmal genauer hinzusehen. Am hoch aufragenden Zylinderhut erkannte er ihn: Ja, es war tatsächlich der Herr Hofrat. Und neben ihm der Spitz, der ein leises Winseln hören ließ. Ob er die Witterung Lobers aufgenommen hatte? Jedenfalls legte er die Schnauze in den Schoß seines Herrn, der dadurch aus seiner Starre gerissen wurde. Langsam drehte er den massigen Kopf Richtung Lober.

»Sie hier«, rutschte es Lober heraus, jetzt, da er das Gesicht sah, die Koteletten, die von einer tiefen Verzweiflung nach unten gezogenen Mundwinkel, es konnte kein Zweifel geben, das war er, der Hofrat. Lober sagte es aber nur ganz leise, er flüsterte es sich selber zu, vielleicht daß er sich nicht traute, die Erscheinung anzusprechen, damit sie nicht plötzlich verschwände. »Wo doch bei Ihnen immer alles so langsam geht … eigentlich«, murmelte er weiter, »grad so schnell, wie ein Mensch zu Fuß ist … und jetzt auf einmal Sie hier … und gestern … oder vorgestern … oder letzte Woche, wo war es, daß wir uns zuletzt sahen?«

Statt einer Antwort bekam Lober eine weitere Erscheinung. Im selben Moment nämlich traten hinter dem Brunnen Gestalten hervor, langsam, wie scheues Wild. Lober kniff einmal kurz die Augen zu. Sie waren aber immer noch da. Alle. Der Eremit mit dem Fahrrad, an dem die Kette fehlte, der Junge, der sich eine Gaskartusche vor seinen Bauch preßte, Heinz und Walter, die Wirtsleute vom *Weltende*.

Der Hofrat stand auf von seiner Bank und machte einen Schritt auf Lober zu. Im selben Moment wurde das aufheulende Kreischen mehrerer Mopeds hörbar. Kurz darauf schossen sie aus einer der Seitenstraßen heraus, zu dritt waren sie, und sie fuhren direkt auf Lober zu. Der sah noch einmal zum Hofrat hinüber. »In Verwunderung geraten, mein junger Freund … die Erscheinungen des Lebens … und dann immer wieder in Verwunderung darüber geraten. Mehr kann ich Ihnen auch nicht sagen!« Sprach's und war auch schon verschwunden. Und mit ihm all die Gestalten. Nur die drei mit ihren Mopeds, die blieben und waren real.

Der vorneweg Fahrende bremste so, daß er mit dem Vorderrad zehn Zentimeter vor Lobers Schuhspitzen zum Stehen kam. Seine beiden Kumpels hörten nicht auf, in einem eng gezogenen Kreis um die beiden Stehenden herumzukurven. Lober nervte ihr Spiel mit dem Gasgriff: Kurz drehten sie auf, dann wieder zurück. Dieses an- und abschwellende Surren der Mopedmotoren war so angenehm wie ein Schwarm Hornissen, der einem um den Kopf herumschwirrt.

»Davaj, vyvertaj! Pokazuj, shcho tam majesh!«, sagte der, der direkt vor Lober stand. Das Gesicht kam Lober bekannt vor. Hatte er das nicht vor kurzem erst gesehen? Genau! Das war der Typ, der an ihnen vorbeigerauscht war, bevor sie in die Branntweinschenke gegangen waren. Er hätte eine Flasche mitnehmen sollen von Warzabytsch's Balsam. Vielleicht wären sie damit zufrieden gewesen. Denn auch wenn Lober nicht verstanden hatte, was dieser Kerl gerade zu ihm gesagt hatte, war ihm sofort klar, was er wollte. Das, was alle Wegelagerer wollen. Zoll, Bakschisch, Lösegeld, Kopfprämie fürs Weiterleben.

Aber Lober hatte doch nichts mehr. Das fiel ihm jetzt gerade ein, nachdem der Typ mit einer fordernden Handbewegung, die wohl überall auf der Welt klar sein dürfte – her mit dem Zaster, bedeutete sie, – unterstrich, was er gerade gesagt hatte. Doch! Halt! Das Handy, das hatte er noch. Er fingerte danach in der Brusttasche seines Hemdes. Er hielt es dem Kerl hin, der jetzt abgestiegen war und sein Moped aufgebockt hatte. Den Motor ließ er laufen. Die anderen beiden hatten jetzt auch angehalten. Einer stand rechts, einer links von Lober. Der Kerl nahm das Handy, drehte es

ein paarmal in der Hand, streckte es Lober wieder hin.
»Zapchaj ce sobi v sraku, mudylo! Na fig meni ce hivno!«
Er will es erklärt haben. Dachte Lober. Das Handy. Wie es funktioniert. Lober sah auf das Display. Das durfte doch wohl nicht wahr sein. Auf einmal hatte er ein Netz … hier am Arsch der Welt … in diesem Monument der Einfachheit … oder war er eh fast schon wieder daheim? Lag da hinten, hinter der nächsten Kurve, etwa schon die Grenze? War er kurz davor heimzukehren?
»Zaraz jak vjibu!«, schnauzte ihn der Kerl an.
Der will die einzelnen Tastenfunktionen wissen, so deutete Lober das. Er trat neben den Kerl, damit der mit auf das Display schauen konnte.
»Passen Sie auf, dieses Zeichen hier zeigt an, daß Sie eine Nachricht bekommen haben. Wenn Sie dann hier das Menü wählen und hier auf Auswahl drücken …«
Lober bemerkte gar nicht, wie der Kerl einen Schritt zurückwich. Wie dem der Zorn und der Haß auf der Stirn loderten, und zwar genau an der Stelle über der Nasenwurzel zwischen den Augen, wo das Böse sitzt. Kommt da so ein Scheißwestler daher und hat nichts anderes dabei als ein uraltes Idiotenhandy, mit dem man noch nicht einmal Fotos machen konnte, und glaubte, sich damit herausreden zu können.
»Schauen Sie her, und schon können Sie die Nachricht lesen … Mensch, die ist ja von der Franzka.«
Genau in dem Moment holte der Kerl aus. Eine blitzschnelle Drehung um die eigene Achse, den rechten Fuß ausgefahren und schon traf Lober ein Kickboxschlag exakt auf die linke Schläfe. Das Handy flog ihm im hohen Bogen aus der Hand. Er selber sackte, ohne den geringsten Versuch, den Sturz abzufangen, nach hinten weg. Er fiel der Länge nach hin. Auf den Hinterkopf. Das Handy flog für Bruchteile einer Sekunde durch die Luft und vollführte dabei einige Salti.

Kurz zeigte es dem Himmel das Display. Und die Sonne, die darauf schien, dachte wahrscheinlich: Nanu, schon wieder was Neues. Denn ihr Strahl tastete die Botschaft ab, die da stand:

W. hat mich nochmal eingeladen. Ich geb dem nach. Ciao F.

Dann schlug das Handy auf dem Boden auf und war genauso ohnmächtig wie Lober.

Eingang gefunden in den Roman haben mehr oder weniger wortgetreue Zitate beziehungsweise absichtlich unkenntlich gemachte Bruchstücke aus verschiedenen Texten Adalbert Stifters. Es sind dies die Romane »Witiko« und »Der Nachsommer« sowie die Erzählungen »Brigitta«, »Der Waldgänger«, »Aus dem bairischen Walde«, »Der Pförtner im Herrenhause« (später überarbeitet in die Sammlung »Bunte Steine« aufgenommen unter dem Titel »Turmalin«) und nicht zuletzt das ganz außerordentliche autobiographische Fragment »Mein Leben«.

Ich danke Juri Andruchowytsch, der mit geholfen hat, die Sätze auf den Seiten 250 und 251 in die richtige Form zu bringen. Die Erzählung von dem quer durch die ganze Tschechoslowakei reisenden Dampfwalzenfahrer stammt ursprünglich von Bohumil Hrabal, wurde meines Wissens aber von ihm nie aufgeschrieben. Ich kenne sie nur dank des Weitererzählens durch Franz-Peter Künzel. Auch hierfür herzlichen Dank.

BS, Waldmünchen, im Spätsommer 2006

Bernhard Setzwein

im lichtung verlag

Bernhard Setzwein: Zucker. Ein Stück,
Diabetische Farce in 4 Szenen, 1997, 64 S., 7,60 Euro,
ISBN 978-3-929517-18-7 Die Protagonisten dieses Krankenkammerspiels sind zwei Diabetiker: der dickleibige, seine Krankheit ignorierende Fuderer und Radlinger, der Hypersensible, der Grübler, das Gehirntier. „Ein Gruseltheater gegen weißblaue Behaglichkeit!"

Bernhard Setzwein: Watten Wagner Wichs,
1998, 112 S., 10,20 Euro, ISBN 978-3-929517-26-2
Setzwein gewann mit diesem Stück beim Wettbewerb der Telfser Volksschauspiele 1997 den 2. Platz. *„Das Stück hat eine schleichende Gefährlichkeit, eine humorige Scheingemütlichkeit."* (Juryvorsitzende Ruth Drexel)

Bernhard Setzwein: Ein Fahneneid aufs Niemandsland,
Literatur über Grenzen. Essays, Reden, Interviews,
2001, 176 S., 12,70 Euro,ISBN 978-3-929517-41-5
„Bernhard Setzwein ist ein Grenzgänger sowohl was seinen Wohnort und den Standort seines Schreibtisches angeht wie auch sein weltoffenes Schreiben, das sich im ‚Fahneneid aufs Niemandsland' manifestiert." (Bayerischer Staatsanzeiger)

Hubert Ettl / Bernhard Setzwein (Hrsg.): **München.**
Reise-Lesebuch, 1999, 180 S., 92 S/W-Fotos, Format 23 x 21 cm, fest gebunden, 20,40 Euro, ISBN 978-3-929517-28-6
„Unsentimentale Liebeserklärung. Da finden sich keinerlei Betulichkeiten wie in anderen München-Büchern, keine kitschig hingemalten Genre-Bilder, ... Zusammen ergibt das eine Stadtbeschreibung, wie man sie sich besser kaum vorstellen kann." (Süddeutsche Zeitung)

Herbert Pöhnl / Bernhard Setzwein: Heimat bitte lächeln.
AugenBlicke ZwischenTöne StimmungsBilder,
Fotografien: Herbert Pöhnl, Texte: Bernhard Setzwein, 2004,
80 Farb- und Schwarzweißabb., 96 S., DINA4-Format, Broschur,
15,- Euro, ISBN 978-3-929517-69-9